Der Preis ist dein Leben

Psychothriller

Sabine Bruns

Lea wurde als Kind vom Boss ihrer Mutter vergewaltigt. Als investigativ arbeitende Journalistin hilft sie Frauen, die von ihren Partnern unterdrückt und misshandelt werden, bis sie während einer Recherche fast ermordet wird.

Ein Fremder rettet sie und sie verliebt sich zum ersten Mal in ihrem Leben. Doch manchmal ist die Realität nicht so, wie sie zu sein scheint. Lea schwebt in höchster Gefahr, ohne es zu ahnen.

Dieser Thriller spielt an realen Orten, in die fiktive Elemente integriert wurden. Die Handlung ist frei erfunden. Ähnlichkeiten zu lebenden oder toten Personen wären rein zufällig.

Impressum

TWENTYSIX - Der Self-Publishing-Verlag
Eine Kooperation zwischen der Verlagsgruppe Random House und Books on Demand
© 2021 Sabine Bruns
Herstellung und Verlag:
BoD – Books on Demand, Norderstedt
ISBN: 978-3-7407-7234-5

Sabine Bruns
Bruns Verlagsprojekte
Fehrenbruch 7, 27446 Anderlingen
www.sabine-bruns.com
Email: buero@sabine-bruns.com
1. Auflage 2021
Cover gefertigt mit Canva.com

1
Oktober 2019

«Sehr gut, du alter Wichser, mach dir einen netten Abend und lass mich ein paar hübsche Fotos schießen», murmelte Lea, während sie mit dem Zeigefinger ungeduldig auf das Lenkrad klopfte.

Durch den hohen, kunstvoll verzierten, Eisenzaun und das trockene Geäst einer Hecke, beobachtete sie die drei Männer. Noch vor wenigen Wochen war hier alles so dicht belaubt gewesen, dass sie vom Haus nichts hätte sehen können, jetzt im Herbst hatte man den freien Blick auf das Grundstück. Der anonyme Hinweis war zur rechten Zeit gekommen.

Die Villa wirkte kleiner, als sie sie in Erinnerung hatte. Für ein Kind war das Haus so beeindruckend und prächtig wie das Märchenschloss einer Prinzessin gewesen, jetzt empfand sie es nur noch als protzig und geschmacklos.

Die dunkle Limousine mit den getönten Scheiben stand vor dem Haupteingang der Villa. Die beiden Bodyguards stiegen vorne ein, Matteo Lorenzo hinten. Sie erkannte ihn an der Halbglatze und dem vorgewölbten Bäuchlein. Der Typ sah so harmlos aus, wie ihr Biologielehrer in der Highschool. Kaum zu glauben, dass er eines der brutalsten Gesichter in der Pädophilenszene war ... und jemand, mit dem sie eine alte Rechnung offen hatte. *Fangen Spielen* hatte er es damals genannt. Ratte! In Leas Mund sammelte sich bitterer Speichel, während ihre Erinnerungen lebendig wurden. Sie schüttelte unwillig den Kopf, um die ungebetenen Bilder aus ihrem Verstand zu vertreiben. Ablenkung konnte sie jetzt nicht gebrauchen.

Der Rolls fuhr langsam an, und das elektrische Tor an der Zufahrt zur Straße öffnete sich. Lea startete den Motor ihres uralten Nissans. Sie schob sich das letzte Stück Schokolade in den Mund und fegte die leere Packung mit einer ungeduldigen Bewegung vom Beifahrersitz in den Fußraum. Dann blinkte sie und ordnete sich in den laufenden

Verkehr ein. Konzentriert starrte sie nach vorne, um ihr Opfer nicht aus den Augen zu verlieren.

Lorenzos Limousine fuhr drei Wagen vor ihr. Seit so vielen Jahren jagte sie ihn, unzählige Male war er aufgrund von Indizien fast in den Knast gewandert und hatte sich doch mithilfe gekaufter Zeugen retten können. Aber Lea gab nicht auf. Nun hatte sie einen Tipp darüber bekommen, wo das Schwein heute seine Geschäfte tätigen würde. Vielleicht war der Zeitpunkt, um Rache zu üben, endlich gekommen.

Nur wegen Kerlen wie ihm war sie Journalistin geworden, nur, um solche Arschlöcher in den Knast zu bringen.

Die Limousine fuhr aus der Stadt hinaus. Erst ein Stück am Hudson entlang, dann weg vom Fluss durch kleine Orte in die Berge hinein. Zum Glück war viel Verkehr, sodass es dem Fahrer der Bonzenkarre nicht auffiel, dass ihm eine verrostete Schrottkiste folgte.

Kurz vor Scranton bogen sie endlich in die Zufahrt zu einem Industriegebiet ein und Lea vergrößerte ihren Abstand, um nicht aufzufallen. Um diese Tageszeit wurde hier nicht mehr gearbeitet, die Gegend war wie ausgestorben.

Vor einem massiven, mindestens zwei Meter hohen, Gittertor hielt die Limousine an, das Tor wurde von einem in schwarz gekleideten Typen aufgerollt und sie fuhr hinein. Es war das Gelände einer stillgelegten Konservenfabrik. Überall lag Müll herum und die eisernen Tore an den LKW-Laderampen wirkten verrostet und schief.

Lea fuhr an der Fabrik vorbei, bog um eine Ecke und parkte hinter einem Müllcontainer.

Mittlerweile war es ganz dunkel geworden. Sie rieb die schweißnassen Hände an der Jeans ab. Ihre Nerven waren zum Zerreißen gespannt. Selten hatte sie bei einer Recherche so ein mieses Gefühl, wie an diesem Abend. Sie konnte nicht wirklich begründen, warum. Vielleicht, weil der Tipp so narrensicher wirkte, dass er kaum real sein konnte. Und doch würde sie sich auf keinen Fall die Chance entgehen lassen, endlich Beweise gegen ihren Erzfeind in die Finger zu bekommen.

Sie folgte einem anonymen Hinweis, der eine Falle sein könnte und sie hatte sich nicht abgesichert. Normalerweise weihte sie Sammy in ihre Pläne ein, doch dieses Mal hatte sie das nicht getan, denn sie wusste genau, dass er alles getan hätte, um sie von dieser Tour abzubringen. Aber sie konnte ihm jetzt noch Bescheid geben. Sie griff zum Handy, öffnete Whatsapp und tippte los:

Hi Sam, ich folge einer Spur zu Matteo Lorenzo. Falls ich nicht wieder auftauche, sind hier die Koordinaten meines Autos, und lies die ausgedruckte Mail, die auf meinem Schreibtisch liegt. Ciao.

Sie schickte die Nachricht ab und stellte das Telefon auf Flugmodus, damit kein verräterisches Vibrieren oder gar Piepen ihr Vorhaben ruinierte.

Als sie ausstieg und bis zur Straßenecke zurückging, beobachtete sie, wie ein Lieferwagen ebenfalls durch das Tor rollte.

Eine Windbö animierte sie, den Kragen ihrer Jacke hochzuklappen. Ihre Ohrmuscheln schmerzten vor Kälte. Manchmal hätten längere Haare doch einen Nutzen. Trotzdem würde sie niemals ihren Schwur aufgeben, für den Rest ihres Lebens kurzhaarig herumzulaufen, damit sie nie wieder von einer Männerhand auf diese widerliche Art gepackt werden konnte.

Sie musterte den massiven Zaun. In dem anonymen Brief hatte es geheißen, an der Rückseite des Geländes wäre es leichter, einzudringen.

Um vom Schein der Straßenlaternen nicht erfasst zu werden, bewegte sie sich eng an der hohen Mauer einer Lagerhalle entlang. Regentropfen piksten wie feine Nadeln ihre Wangen und eine magere Katze huschte über die Straße. Scheiß Gegend hier.

Ein weiterer Lieferwagen bog um eine Ecke und kam Lea entgegen. Für einen kurzen Moment erfasste sie der Scheinwerferkegel, doch schnell sprang sie zur Seite und zog sich die

Kapuze ihres Hoodys tief in die Stirn. Der Wagen fuhr an ihr vorbei. Sie drehte sich um und beobachtete, wie er ebenfalls auf das Gelände der alten Fabrik rollte.

Ihr Herz schlug schneller. Hier war tatsächlich in dieser Nacht was los. Der Brief war kein Fake gewesen, aber es könnte eine Falle sein. Verflucht, sie würde das Risiko eingehen. Wenn es ihr gelänge, Fotos zu schießen, konnte sie die direkt ins Department und an die Presse schicken. Dann nützten diesen Arschlöchern ihre Kontakte zu Politikern und Staatsanwälten nichts mehr.

Lea gab Informationen grundsätzlich immer an die Polizei und die Medien. Nur wenn die breite Öffentlichkeit die Beweise kannte, trauten sich Richter, Urteile gegen angesehene Mitglieder der Gesellschaft zu fällen. Das hatte sie bereits am Anfang ihrer Karriere gelernt, als sie einen Bürgermeister angezeigt hatte, der die sechszehnjährige Babysitterin seiner Kinder geschwängert hatte. Er wurde aus Mangel an Beweisen freigesprochen, ein DNA Abgleich war nicht möglich gewesen, da das gesicherte Material leider im Labor verunreinigt worden war. Tja, so ein Pech aber auch.

Nach mittlerweile über zehn Jahren als investigative Journalistin wusste Lea, Gerechtigkeit hörte da auf, wo finanzkräftige Leute Bestechungsgelder zahlen konnten.

Sie erreichte das Ende der Sackgasse, und schlich auf einem verwilderten Stück sumpfigem Landes weiter zur Rückseite des alten Fabrikgebäudes. Überall lag Müll herum und sie achtete akribisch darauf, nicht versehentlich gegen einen verbeulten Eimer oder eine leere Flasche zu treten und Lärm zu machen.

Die Informationen entsprachen der Wahrheit. Hier war der Zaun beschädigt, ein Element hing halb herab und daneben waren alte Paletten aufgeschichtet worden, mit deren Hilfe sie hinüberklettern konnte. Es war fast zu einfach.

Angestrengt beobachtete sie das Halbdunkel um das riesige Gebäude herum. Es herrschte Ruhe. Kein Wachpersonal weit und breit, nur Ratten huschte an der Hauswand entlang. Entschlossen kletterte Lea auf die Paletten, hievte sich über den Zaun und ließ sich auf der anderen Seite hinabfallen.

Bei der Landung knickte sie mit dem Fuß um. Fuck! Tränen schossen ihr in die Augen, aber sie presste die Lippen fest zusammen und gab keinen Laut von sich.

Ärgerlich wischte sie sich mit dem Ärmel des Hoodys über das Gesicht und bewegte probeweise den Fuß. Es brannte wie Feuer, aber es ging. Glück gehabt. Nichts gebrochen.

Zwei breitschultrige Typen mit Funkgeräten tauchten an der Gebäudeecke auf. Lea warf sich auf den Boden und versteckte sich hinter einer umgekippten Mülltonne. Die Kerle wirken wie Türsteher im Rotlichtmilieu, Lea erkannte die Umrisse von Waffenholstern an ihren Hüften. Einer hatte eine Glatze, der andere halblange Haare und einen wild wuchernden Bart.

Zum Glück interessierten sich die beiden nicht für die Müllberge auf dem Gelände, sondern patrouillierten nur am Gebäude entlang. Sie trugen keine Uniformen. Es waren definitiv keine Angestellten einer Wachfirma. Noch ein Indiz dafür, dass hier krumme Geschäfte getätigt wurden.

Als sie verschwunden waren, rappelte Lea sich auf. Das Aufsetzen mit dem Fuß tat verflucht weh, aber darauf konnte sie jetzt keine Rücksicht nehmen. Es nieselte immer noch und sie wischte sich das Wasser aus dem Gesicht, um einen klaren Blick zu haben. Lautlos humpelte sie auf die alte Fabrik zu. Eine Nebeneingangstür war verschlossen und die Fenster der Hallen zu hoch, um eine Scheibe einzuschlagen und hindurchzuklettern.

In dem anonymen Brief war ein Hinweis auf den Keller gewesen. Sie versuchte, mit den Augen die Dunkelheit zu durchdringen, und ihr Blick fiel auf ein durch den Regen glänzendes, massives Gitterrost auf dem Fußboden direkt an der Hauswand. Das war bestimmt ein Schacht mit einem Kellerfenster darin. Sie schlich näher und spähte hinein. Bingo! Richtig vermutet.

Sie sah sich kurz nach rechts und links um und steckte einen halb zerbrochenen Ziegelstein in die Bauchtasche ihres Hoodys, um damit die Scheibe zu zerschlagen. Dann griff sie in das Gitter und versuchte, es anzuheben. Raue Flugrostteilchen drückten sich in die Haut ihrer Finger. Es rührte sich nicht. Verdammt! Sie wischte sich die Hände an der Jeans ab, biss die Zähne zusammen und probierte es nochmal. Sie trainierte täglich mit Gewichten, da würde sie ja wohl das bisschen Kraft zusammenraffen können, um ein dämliches Eisengitter zu bewegen. Und tatsächlich, sie schaffte es, das Gitter kurz anzuheben und ein Stück zur Seite zu schieben. Der Spalt war breit genug, um sich hindurchzuschlängeln.

Es stank unangenehm nach Nässe und Fäulnis. Ihre Füße landeten in etwas Weichem, hoffentlich nur vergammeltes Laub und kein verwesendes Tier. Zum Glück hatte sie daran gedacht, den Ziegelstein einzustecken, sie holte ihn aus der Bauchtasche und schlug die Fensterscheibe ein. Das Scheppern der Glasstücke auf dem Beton dröhnte in ihren Ohren. Shit! Angespannt hielt sie inne und wartete, ob etwas passierte. Doch alles blieb ruhig. Glück gehabt.

Mühsam kämpfte sie sich robbend, Zentimeter für Zentimeter, durch das schmale Fenster und streckte die Arme aus, um in der undurchdringlichen Finsternis des Kellers irgendetwas zu finden, woran sie sich festhalten konnte, um nicht mit einem Sturz auf den Kopf zu enden. Es zahlte sich mal wieder aus, dass sie schlank und sportlich war. Mit etwas mehr Speck um die Hüften wäre sie wohl im Fensterrahmen stecken geblieben.

Ihre Hände ertasten Metall. Was war das? Sie fuhr mit den Fingern daran entlang und identifizierte ein massives an der Wand befestigtes Regal! Perfekt, um sich daran festzuklammern.

Eine Minute später erreichte sie mit dem gesunden Fuß den Boden und stellt sich auf. Das Auftreten mit dem verletzten Knöchel war nicht angenehm, aber wenn sie nur vorne die Zehen belastete, ging es. Spinnweben kitzelten ihre Stirn. Sie schloss die Augen und wischte sich mit dem Hoodyärmel über das Gesicht. Dann zog sie ihr Handy aus der Jeanstasche, schaltete die Taschenlampenfunktion an und sah sich um.

Der Raum war niedrig, aber großflächig. Überall standen Regale, die jedoch alle leer geräumt waren. Sie humpelte quer durch die Regalreihen hindurch zu einer Stahltür, machte das Licht wieder aus und drückte auf die Klinke. Mit einem leisen Knarren ließ sich die schwere Tür öffnen. Das Geräusch wirkte so schrill wie das Quietschen der Bremsen von ihrem Nissan. Sie erstarrte und ihr Herz hämmert schmerzhaft hart in ihrem Brustkorb. Aber sie hatte wieder Glück, alles blieb still, hier unten gab es anscheinend niemanden, der sie hätte hören können.

Erleichtert huschte sie durch den Türspalt und erkannte, dass sie in einem langen, leeren Gang stand. Als sie die Tür hinter sich schloss, sah sie die Hand vor Augen nicht mehr. Obwohl es noch dunkler war, als in dem Lagerraum, traute sie sich nicht, die Taschenlampe ihres Handys erneut einzuschalten. Stattdessen tastete sie sich mit den Händen an der Wand entlang und schob die Füße vorwärts, ohne sie anzuheben, um sicher zu sein, nicht über irgendetwas zu stolpern.

Sie bog um eine Ecke und erreichte eine schmale, steile Metalltreppe. Oben schimmerte Licht.

Auf den Fußspitzen schlich sie Stufe für Stufe dicht an der verdreckten Betonwand entlang hinauf. Es stank nach einem Mix aus Urin, Diesel oder Benzin und faulendem Fisch. Leas Magen rebellierte und sie atmete durch den Mund, um dem Geruch zu entgehen.

Es blieb still. Sie betrat eine Halle, die wirkte, als ob sie in einer Tiefgarage gelandet wäre. Lediglich die Deckenhöhe passte nicht. Hier ließ es sich etwas besser atmen. An einer Wand brannten zwei Neonröhren. Drei teuere Wagen standen mitten im Raum, einer davon war Lorenzos Limousine. Auch die beiden Lieferwagen, die sie beobachtet hatte, entdeckte sie etwas weiter rechts.

Stück für Stück tastete sie sich vorwärts und suchte immer wieder Schutz hinter den Fahrzeugen oder den massiven Stützpfeilern aus Beton. Ihr Herz hämmerte in ihrer Brust so laut, dass sie glaubte, ein Echo durch die Halle schallen zu hören.

Plötzlich schrie jemand. Lea zuckte zusammen und verharrte stocksteif. Es war ein heller Schrei, wie von einer Frau oder einem Kind. Er ging in ein Schluchzen über, eine Tür knallte zu und das Weinen war nicht mehr zu hören.

Leas Kehle wurde eng. Übelkeit stieg in ihr auf. Wurden hier Menschen gefangengehalten? Gefoltert? Ermordet?

Nachdem es eine Weile ruhig blieb, schlich sie mit weichen Knien weiter und erreichte erneut eine Stahltür. Sie griff nach der Klinke, drückte sie vorsichtig hinunter und zog. Die Tür gab nach. Sie war nicht abgeschlossen. Lea öffnete sie ein kleines Stück, lugte durch den Spalt und erkannte ein breites Treppenhaus. Neonlicht schimmerte von den oberen Stockwerken hinab. Es war sauberer als unten, und hier stank es auch nicht so widerlich. Sie näherte sich eindeutig den Teilen des Gebäudes, die genutzt wurden. Konnte sie es wagen, hinauf zu gehen?

Verflucht, sie musste, wenn ihre Exkursion ein Resultat bringen sollte.

Sie schlich Stufe für Stufe nach oben. Im ersten Stock konnte man durch eine Glastür auf den Flur eines Bürotraktes sehen, in dem eine Notbeleuchtung eingeschaltet war. Der Gegensatz zum verwahrlosten Zustand, den die alte Fabrik von außen bot, konnte nicht größer sein. Sauberer Teppich bedeckte den Boden und die Wände wirkten frisch gestrichen. Lea stieß gegen die Tür, doch sie war verschlossen. Hier fand anscheinend an diesem Abend nichts statt.

Im zweiten Stock hingegen brannte helles Licht hinter der

dortigen Glastür und sie schwank leicht auf, als Lea dagegen drückte. Sie schlüpfte hindurch. Stille. Wieder schoss ihr der Gedanke durch den Kopf, dass es zu einfach war. Fühlten die Arschlöcher sich tatsächlich so sicher? Oder hatte der Brief sie in eine Falle gelockt, die jeden Moment zuschnappen würde.

Alles in ihr schrie *KEHR UM*, aber das konnte sie nicht. Sie hatte die einmalige Chance, Lorenzo und mit seinen Kumpanen unwiderruflich zu überführen. Die durfte sie sich nicht entgehen lassen. Der Hass war zu groß. Außerdem hatte sie einen Menschen schreien hören, der Hilfe brauchte.

Sie hielt das Handy fest in der Hand. Es war ihre Lebensversicherung und durfte ihr auf keinen Fall abhandenkommen. Sobald sie wusste, was hier gespielt wurde, würde sie damit nicht nur Fotos und Videos aufnehmen, sondern auch den Notruf wählen.

Sie lauschte an der ersten Tür des Flures. Als sie nichts hörte, öffnete sie sie und lugte hinein. Dunkelheit. Sie trat ein, schloss die Tür und aktivierte die Taschenlampe des Smartphones. Als sie sich umsah, wurde ihr übel. Bittere Galle sammelte sich in ihrem Mund. Sie stand in einem Studio mit Kameras und Scheinwerfern, dessen Bühne aus einem Kinderzimmer bestand. Die typische Einrichtung mit kitschigen Stofftieren und Spielzeug ließen ihre Erinnerungen wach werden. *Fangen spielen ...*

Ihr Brustkorb wurde eng, die Atemluft knapp. Entschlossen machte sie ein paar Fotos, wandte sich schnell ab und atmete bewusst lang aus. Eine Panikattacke konnte sie jetzt nicht gebrauchen. Sie musste klar im Kopf bleiben.

Sie verließ den Raum und schlich weiter, immer von Tür zu Tür und an die Rahmen gepresst, um nicht entdeckt zu werden, sollte plötzlich jemand im Flur erscheinen.

Der Teppich war sauber, weich und dick, wie in der Chefetage eines erfolgreichen Unternehmens.

Ein paar Türen standen halb auf und Lea blickte hinein. Es waren

Schneideräume mit hochwertiger technischer Ausstattungen, weitere Studios, eins war wie ein Schulzimmer eingerichtet, eines wie eine Arztpraxis. In anderen Räumen standen jede Menge Computer, die vermutlich zum Kopieren und verbreiten des Filmmaterials genutzt wurden.

    Sie fotografierte alles.

    Plötzlich hörte sie leise Stimmen. Es waren tiefe Männerstimmen, die sich unterhielten und lachten. Sie schlich weiter und wagte einen Blick um die Ecke. Vor ihr öffnete sich der Flur zu einem großen Empfangsbereich mit mehreren pompösen Sitzgruppen. Auf einer, ungefähr fünfzehn Meter entfernten, saßen die Männer, die sie gehört hatte. Zwei Bodyguards hielten sich davor auf und drehten ihr den Rücken zu. Sie waren in Leder und Kutten gekleidet, als gehörten sie zu einer Rockergang. Einer hatte streichholzkurze schwarze Haare, der andere braune lange, die zu einem Zopf zusammengebunden waren.

    Anscheinend erwartete man einen eventuellen Eindringling nicht von der Rückseite des Gebäudes, aus der Lea sich hereingeschlichen hatte, sondern nur von vorne. Das bedeutete, dass es mindestens ein weiteres Treppenhaus gab.

    Drei Männer saßen in den schwarzen Ledersesseln. Sie hatten Gläser vor sich auf einem niedrigen Glastisch stehen. Papiere und Fotografien lagen ebenfalls auf dem Tisch und auf dem Boden standen geschlossene Aktenkoffer. Alle trugen edle Anzüge und an ihren Handgelenken glänzten protzige Uhren. Rechts erkannte Lea den grauen Haarkranz ihres Erzfeindes Matteo Lorenzo, links saß ein schlanker Blonder und auf der anderen Seite ein südländisch wirkender Schwarzhaariger mit dicken Goldringen an den Fingern.

    Ihr Jagdfieber verdrängte die Angst. Wenn sie es näher ranschaffte, würde sie mit dem Handy das Gespräch aufnehmen können. Hier wurde garantiert über Geschäfte geredet. Was für eine Chance!

Ohne ein Geräusch zu verursachen, ließ Lea sich auf die Knie nieder und krabbelte im Schutz der ausladenden Polstermöbel so nah an die Männer heran, dass die Distanz nur noch sieben oder acht Meter betrug. Hier konnte sie Worte verstehen.

Sie schaltete die Aufnahmefunktion des Handys ein und schob es auf dem Fußboden vorsichtig noch ein Stück näher in Richtung der Männer.

«Asiaten sind nicht mehr so gefragt. Bringt mir ein paar blonde Europäer, Mädchen und Jungen. Locken machen sich gut, und blaue Augen», sagte Lorenzo, «und bloß nicht zu fett.»

Der Südländer lachte. «Ein bisschen Fettleibigkeit ist doch kein Problem, das reduziert die Futterkosten. Gib ihnen einfach nichts zu essen, bis sie dir dünn genug sind.»

Lorenzo lehnte sich zurück und schüttelte unwillig den Kopf. «Ich will das Material nicht so lange hier haben. Ankommen, Filmen, Abtransport. Fertig.»

Der Blonde schnaubte. «Mädchen und Jungen aus Deutschland oder Schweden sind dreimal so teuer wie die kleinen Dunkelhaarigen aus Asien oder Indien.»

Lorenzo winkte ab «Das macht nichts. Die Investition lohnt. Bringt mir regelmäßig vier bis fünf Neue, hinterher könnt ihr sie teuer weiterverkaufen.»

«Wir können es versuchen, aber in Amsterdam ist man sich noch nicht einig. Fjodor verhandelt mit den Besitzern mehrerer Frachter.»

Der Südländer hob die Hand. «Sorry, Matteo, aber abgesehen von den Transportproblemen müssen wir über einen anderen Punkt sprechen. Sofort weiter verkaufen ist nicht immer möglich, die letzten waren ganz schön lädiert.»

Lorenzo winkte ab. «Ein, zwei Wochen Erholung und sie sind wie neu ...»

Mit wild klopfendem Herzen lauschte Lea konzentriert den Männern und merkte zu spät, dass sich jemand von hinten näherte. Ihr

Kopf zuckte herum, doch da spürte sie bereits einen plötzlichen, fiesen Schmerz im Nacken, erschrak und schrie gellend auf.

danach und ihre Finger wurden mit ihrem Hals eingeklemmt. Sie röchelte, während der Typ sie hinter sich her zog und mit einem Ruck in sitzender Position an einen Pfeiler lehnte. Ihre Arme wurden von einem der anderen herabgezogen und das Kabel legte sich so eng um ihren Hals, dass sie keine Luft mehr bekam.

Das wars also. Sie japste erfolglos nach Sauerstoff, während sich vor ihren Augen roter Nebel bildete.

«Noch nicht», befahl Lorenzo und das Kabel lockerte sich. Lea hustete und würgte. Der Typ befestigte die Schlinge an dem Pfeiler ein Stück über ihrem Kopf, sodass sie gezwungen war, aufrecht zu sitzen, wenn sie sich nicht selbst strangulieren wollte.

«Wer weiß, dass du hier bist?» Lorenzo sah auf sie hinab.

«Fick dich, Arschloch.»

«Nimm den Zeigefinger.»

Der Glatzkopf hockte sich vor sie. Er packte ihr rechtes Handgelenk und streckte seine andere Hand nach hinten. Er sah ihr in die Augen und lächelte. «Gib mir die Rohrzange.» Der Typ, der sie gefunden hatte, zückte aus seinem Gürtel die Zange und gab sie ihm. Er klemmte ihren Finger damit direkt unter Handrücken und Knöchel ein.

«Wer?», fragte Lorenzo.

Lea presste die Lippen zusammen und starrte auf ihre Hand und die Zange. Der Techniker beugte sich grinsend vor. Er packte ihren Finger und stieß ihn mit einem Ruck nach oben. Es knackte und der Schmerz zuckte bis in Leas Brustkorb. Sie schrie auf und wieder explodierten grelle Blitze vor ihren Augen.

«Die andere», hörte sie Lorenzo sagen.

Das andere Handgelenk wurde gepackt, die Rohrzange um ihren Zeigefinger gelegt und zugedrückt. Die Männer warteten. Es war still.

«Wer», flüsterte Lorenzo plötzlich so dicht an ihrem Gesicht, dass sie sein Rasierwasser und seinen unangenehmen Atem riechen musste. Die Erinnerung war wie ein Flashback. Bilder von dem

Kinderzimmer in seinem Haus zuckten vor ihrem inneren Auge auf. Der Gestank ließ sie würgen.

Ein weiteres helles Knacken durchbrach die Stille und eine Sekunde später überfiel sie der Schmerz wie ein Tsunami. Sie brüllte und Tränen liefen über ihr Gesicht.

«Mittelfinger», hörte sie Lorenzo sagen und ihr rechtes Handgelenk wurde wieder fest umklammert, der Finger in die Zange geklemmt. Leas Widerstandskraft erlosch wie eine Kerze im Wind. Die Schmerzen waren nicht auszuhalten. Sie zogen wie glühende Pfeile durch ihren ganzen Körper. Es fühlte sich an, als wäre jede einzelne Muskelzelle wie ein Stück Papier zerfetzt worden. «Niemand weiß etwas», presste sie hervor.

«Fuck, jetzt fällt es mir ein, das ist die Journalistin, die vor zwei Jahren in LA die Brockman-Brothers in den Knast gebracht hat», rief der Blonde.

Lorenzo schnaubte. «Er hockte sich wieder vor Leas Gesicht und stierte sie an. «Letzte Chance: Woher hast du diese Adresse?», fragte er so leise, dass sich seine Stimme wie das Zischen einer Schlange anhörte.

Leas Herzschlag polterte unregelmäßig. Ihr Zwerchfell schien plötzlich aus einer Stahlplatte zu bestehen, die von unten gegen ihren Brustkorb drückte.

«Anonymer Hinweis», krächzte sie mühsam.

Das Knacken.

Bevor sie das hier erlebte, hatte sie nicht gewusst, wie sich das Brechen eines Knochens anhörte. Es war ein erschreckend unspektakuläres Geräusch, hell und kurz, als ob man im Herbst auf einen trockenen Zweig tritt. Doch der eine Sekunde später einsetzende Schmerz war nicht gewöhnlich, sondern brutal. In ihren Ohren rauschte es, sie hörte ihre eigenen heiseren Schreie und das Lachen der Männer um sie herum.

«Wer weiß, dass du hier bist, Schätzchen», forderte Lorenzo

freundlich und nickte dem Glatzkopf zu. «Den anderen Mittelfinger.»

Lea bäumte sich verzweifelt auf, doch das stramme Kabel um ihren Hals zwang sie zur Aufgabe.

Sie schrie und schrie. Tränen rannen aus ihren Augen, doch gnadenlos kam erneut das kurze, trockene Knacken. Vor ihren Augen tobten seltsame bunte Wellen vorbei.

«Das dauert zu lange, nehmt die Füße», knurrte der südländische Typ. Lea spürte, wie ihre Beine gepackt wurden und die Männer ihr die Sneakers auszogen. Das Kabel um ihren Hals wurde enger, sie keuchte und würgte.

Jemand packte ihr Kinn. Ihr Blick schärfte sich. Es war Lorenzo. «Dein Informant und Mitwisser, Lea Johnson, jetzt, oder wir brechen dir erst die Füße, dann die Unterschenkel, die Oberschenkel und die Arme, alle Knochen deines Körpers einzeln, bevor du sterben darfst.»

Lea starrte ihn eine Sekunde lang an. Wie hasste sie diese Grimasse. Wie oft hatte sie diese Visage aus ihren Alpträumen hochschrecken lassen. Sie keuchte und spuckte ihm mit aller Kraft, die sie noch aktivieren konnte, in sein hässliches Gesicht.

Er zuckte zurück. «Macht sie fertig», hörte sie ihn befehlen, dann verschwand er aus ihrem Sichtfeld.

Brennender Schmerz, schlimmer als alles, was sie vorher erlebt hatte, schoss von ihren Füßen durch ihre Beine in ihren Körper. Sie hörte ihre Schreie, erst schrill und dann auf merkwürdige Weise allmählich entfernter und leiser werdend, bis es um sie herum ganz still wurde und die Welt in tröstlicher Dunkelheit versank.

Das Brummen eines Motors drang in ihr Bewusstsein ein. Ihr Körper wurde auf einem harten Boden hin und hergeworfen, aber sie konnte die Gliedmaßen nicht bewegen. Sie öffnete die Lippen und hörte sich selbst röcheln. Ihr Mund war so trocken, als hätte sie Sand gegessen.

Sie begriff, dass sie im Laderaum eines Lieferwagens lag, der sich dem Motorengeräusch nach in hohem Tempo auf einer unebenen Strecke vorwärts bewegte. Schemenhaft erkannte sie die Metallwände. Durch die hinteren Fenster fiel kein Licht herein. Es war tiefe Nacht.

Noch einmal versuchte sie, die Hände zu heben, aber das ging nicht, sie war von allen Seiten eng eingeschlossen. Etwas knisterte und es roch nach Chemie. Endlich kapierte sie, was sie fühlte. Ihr Körper war von Kopf bis Fuß fest in eine dicke Plastikplane eingewickelt worden.

War sie bereits tot? Nein, dafür spürte sie die Schmerzen zu stark. Sie erinnerte sich an alles. Die Arschlöcher hatten ihr Knochen gebrochen und sie war ohnmächtig geworden. Vielleicht dachten sie, sie wäre tot und brachten sie irgendwo hin, um ihre Leiche zu entsorgen.

In ihren Händen und in ihren Füßen pochte der Schmerz im Takt ihres Herzschlages. Waren ihre Beine auch gebrochen? Sie konzentrierte sich, um in sich hineinzufühlen, aber es ließ sich keine direkte Schmerzquelle lokalisieren. Durchdringende Qualen zogen von ihren Händen und Füßen die Gliedmaßen nach oben. Spitze Pfeile schienen in den Adern zu stecken und jedes Rütteln und hin und her geworfen werden erzeugte neue Schmerzwellen, die durch den Körper tobten. Wie lange war sie ohnmächtig gewesen? Wohin fuhren sie? War es noch Nacht oder bereits Tag?

Gott, was für Schmerzen. Alles in ihr war so verkrampft, dass sie nur zitternd atmen konnte.

Was würde geschehen, wenn sie ihr Ziel erreichten? Kalte Panik kroch ihren Nacken herauf und in ihrer Kehle bildete sich ein dicker Felsbrocken. *Ruhiger atmen*, befahl sie sich selbst, *ruhiger atmen. Du darfst nicht kolabieren! Solange du lebst und denkst, hast du eine Chance.*

Der Wagen fuhr jetzt langsamer und ihr Körper wurde noch heftiger durchgerüttelt. Vermutlich waren sie vom Weg abgebogen und fuhren querfeldein. Tränen rannen aus ihren Augen. Sie schmeckte Salz auf den spröden Lippen, die Plastikfolie an ihrem Gesicht wurde nass.

Die Arschlöcher wollten sie irgendwo in der Wildnis töten und dort verrotten lassen. Fast war es ihr egal, denn die Schmerzen in ihren Gliedmaßen waren nicht zu ertragen. Der Tod würde Erlösung bedeuten. Hoffentlich ging es schnell. Vielleicht schossen sie ihr in den Kopf.

Der Wagen bremste. Der Motor ging aus. Stille. Lea hörte ihren Herzschlag von Sekunde zu Sekunde härter und immer schneller. Sie konnte nichts denken. Atemlos wartete sie darauf, dass die Schiebetür geöffnet würde, doch als es passierte, zuckte sie trotzdem zusammen.

Ein Lichtschimmer fiel herein. Schemenhaft durch die Folie im matten Schein des Mondes und etwas Licht von den nach vorne gerichteten Autoscheinwerfern, erkannte sie unscharf zwei Typen. Sie zerrten an der dicken Plastikplane, in die Lea eingerollt war, zogen sie heraus und ließen sie auf den Boden aufprallen. Lea wimmerte auf.

Einer der Typen trat ein paar Mal mit seiner Fußspitze gegen die Rolle. «Sie ist fast hinüber, wir können sie einfach liegen lassen.»

«Sei kein Arsch, gib ihr den Gnadenschuss.»

«Dann ist schon wieder eine Waffe verbrannt, oder wolltest du die Kugel aus ihrem hübschen Body buddeln, um sie mitzunehmen.»

«Fuck, dann lass es eben bleiben. Steig ein, ich hab heute noch mehr vor.»

Die Schiebetür wurde zugeschoben, die Männer entfernten sich. Autotüren schlugen zu, der Motor sprang an. Der Lieferwagen fuhr davon.

Lea lag unbeweglich da. Sie lebte. Die Typen hatten nicht geschossen. Ihr Körper fühlte sich an, als ob sie bei lebendigem Leibe verbrennen würde, aber sie lebte. Erschöpft schloss sie die Augen und alles wurde schwarz und still.

3

«Oh, Fuck.» In Sams Kopf schlug eine viel zu früh erwachte Gehirnzelle mit einem Hammer eine Wand ein. Konnte die nicht damit aufhören?

Mit einem Stöhnen drehte er sich auf den Rücken. Das Zimmer war halb dunkel und es roch unangenehm nach verbrauchter Luft und Bier. Er sah sich um. Er lag nicht in seinem Schlafzimmer. Aber das Bett war bequem. Neben ihm schlief eine Frau. Sie drehte ihm den Rücken zu und schnarchte leise. Über dem Rand der Decke waren zerzauste blonde Haare zu erkennen.

Auf dem Nachtschrank stand ein altmodischer Wecker. Falls das Teil richtig funktionierte, war es gleich zwölf Uhr am Mittag.

Sam stemmte sich auf einen Ellenbogen, beugte sich halb über sie und erkannte einen Teil ihres Gesichts. Es war Sophia. Bei dieser Erkenntnis fiel ihm auch der Verlauf des Abends und der Nacht wieder ein. Die süße, kleine, freche Sophia war die neue Praktikantin in der Redaktion und hatte so offensiv mit ihm geflirtet, dass es die reine Freude gewesen war. Unwillkürlich musste er trotz der Kopfschmerzen grinsen, als er daran dachte, wie sie ihn vor dem Klo des irischen Pubs, in dem sie mit einigen Kollegen gelandet waren, abgefangen und geküsst hatte. Schamlos, herrlich schamlos und unkompliziert die Kleine.

Er zupfte an ihren Haaren. «Hey Süße, muss ich mir was anziehen, bevor ich das Klo suchen gehe?»

Sie seufzte und räkelte sich. «Nimm die Tür schräg gegenüber. Dies ist eine Frauen WG, du brauchst dir also nichts anziehen. Meine Mitbewohnerinnen mögen schöne Schwänze.» Sie stöhnte und zog sich die Decke über den Kopf. «Lass bloß den Vorhang zu, mein Gehirn erträgt noch kein Tageslicht.»

«Okay, Babe.»

Sam richtete sich auf und stellte die Füße auf den Boden.

«Falls eine der anderen dich in ihr Zimmer zerren will, sag, dass ich noch nicht mit dir fertig bin», nuschelte sie mit dem Kopf unter der Decke.

Er gluckste.»Aye, Sir.»

«Nicht so laut.»

«Ich sorge mal für frische Luft, das wird dir guttun.» Er öffnete das Fenster einen Spalt, ohne dafür die Gardine aufzuziehen und verließ das Schlafzimmer. Sie hatten drei Kondome gebraucht, die jetzt alle im Papierkorb ihres Schreibtisches lagen. Und das trotz der vielen Guinness. Normalerweise schlief er vom Alkohol eher ein, als dass er aktiv wurde.

Als er die Angelegenheiten im Bad erledigt hatte und es verließ, stieg ihm der verführerische Duft von Kaffee in die Nase. Er ging dem nach und landete im Türrahmen einer kleinen Küche, in der sich eine junge Frau in Jogging-Outfit mit dunkler Hautfarbe und langen Dreadlocks gerade einen Becher einschenkte. «Guten Morgen.»

Sie drehte sich halb. Ihr Blick glitt an seinem nackten Körper hinab und sie stieß einen leisen Pfiff aus. «Sophia oder Carmen?»

«Sophia. Ich bin Sam.»

«Hi, Sam. Ich bin Loren.»

«Hi, Loren. Schön, dich kennenzulernen. Hast du für uns ein paar Tropfen übrig?» Er deutete auf die Kaffeekanne.

«Klar doch.» Sie holte zwei Becher aus dem Schrank, schenkte ein und reichte sie ihm. «Zucker? Milch?»

«Zucker. Äh ... weißt du, wie Sophia ihn trinkt?»

«Einfach Schwarz.»

Sie schob eine Zuckerdose näher und er bediente sich.

«Danke. Du rettest gerade Leben.»

«Gern geschehen.» Sie zeigte auf einen Berg Geschirr im Becken. «Erinnere Sophia daran, dass sie mit dem Abwasch dran ist.»

«Habt ihr keine Geschirrspülmaschine?»

Loren zuckte mit den Schultern und schlenderte mit ihrem Kaffeebecher in der Hand an ihm vorbei. «Ist grad defekt und die Reparatur zu teuer. Übrigens ...», sie warf im Vorbeigehen einen Blick nach unten. «Hübscher Schwanz.»

«Danke. Ich soll sagen, sie ist noch nicht fertig mit mir.» Loren gluckste. «Sophia war schon immer schlecht im Teilen.»

Sam grinste, drückte mit dem Unterarm die Tür zu Sophias Zimmer auf und ging hinein. Nachdem er sie mit dem Fuß wieder zugedrückt und den zweiten Becher neben dem Bett abgestellt hatte, ließ er sich auf der Matratze nieder. Die Luft im Raum hatte sich bereits merklich verbessert. Er rutschte so hoch, dass er an der Wand lehnen konnte. «Es gibt Kaffee, Sophia.»

«Mmh.» Sie rührte sich nicht.

Er trank einen Schluck und sein Blick fiel auf sein Smartphone, das neben der Jeans auf dem Fußboden lag. Vielleicht sollte er in der Redaktion Bescheid geben, dass sie beide heute nicht mehr erscheinen würden.

Seufzend beugte er sich hinab, angelte mit den Fingerspitzen und zog es nah genug, um es hochheben zu können. Mit dem Telefon in der Hand richtete er sich wieder auf, nahm einen Schluck Kaffee und tippte aufs Display.

Eine Whatsapp von Lea. Er öffnete die Nachricht und las.

Hi Sam, ich folge einer Spur zu Matteo Lorenzo. Falls ich nicht wieder auftauche, sind hier die Koordinaten meines Autos, und lies die ausgedruckte Mail, die auf meinem Schreibtisch liegt. Ciao.

«Fuck!»

Sophias Kopf zuckte hoch. «Was ist los?»

«Nichts», brummte er, während er bereits Leas Nummer wählte. Es klingelte. Es klingelte. Es klingelte. «Verflucht! Geh ran!»

Es klingelte. Es klingelte.

«Scheiße.» Er ließ das Handy fallen, sprang auf und begann, sich anzuziehen.

Sophia setzte sich auf. «Was ist passiert?»

«Ich muss los, Süße.» Er schloss die Jeans, zerrte sich das T-Shirt über den Kopf und drückte einen Kuss auf ihre Haare. «Tut mir leid. Wir sehen uns Morgen in der Redaktion.»

Sophia schnaubte. «Stress mit deiner Freundin? Bist du fremd gegangen?»

«Nein. Keine Sorge, ich habe nicht gelogen, ich bin wirklich solo. Eine Kollegin braucht Unterstützung.»

«Welche Kollegin?»

«Lea Johnsen. Du kennst sie nicht, sie arbeitet nicht bei uns, sondern ist eine freie Journalistin und gute Freundin von mir.»

«Gute Freundin mit gelegentlichem Sex, so wie ich?»

«Nein, Lea ist eine rein platonische gute Freundin. Ich stelle sie dir bei Gelegenheit vor. Du wirst sie mögen, und als angehende Journalistin kannst du viel von ihr lernen. Sie ist eine der Besten in der Branche. Ciao Babe.»

*

Irgendetwas weckte Lea. Mühsam riss sie die Augenlider auf. Sie spürte ein Stoßen in Höhe ihres Oberschenkels. Was war das? Unwillkürlich zuckte sie, wurde von einer Schmerzwelle zum Wimmern gebracht und die Bewegung an ihren Beinen hörte auf. Stattdessen raschelte es in einem Gebüsch. Anscheinend hatte ein Tier die Rolle aus Plastikplane untersucht. Leas Augen klappten wieder zu, doch gleichzeitig setzte ihr Überlebenswille ein. Sie durfte nicht schlafen. Sie musste sich befreien und fortbewegen, um Hilfe zu finden.

Denk nach, befahl sie ihrem Gehirn. *DENK GEFÄLLIGST NACH!*

Ihre Hose und ihr Shirt fühlten sich nass an. Entweder hatte sie eingewickelt in das Plastik geschwitzt oder sie hatte während ihrer

Ohnmacht uriniert. Letzteres schien ihr wahrscheinlicher, denn der Gestank war widerlich.

Die schwere Plane um ihren Körper fühlte sich nicht so an, als ob ein Strick darum gebunden wäre. Vielleicht musste sie es bloß schaffen, sich auf dem Boden zu wälzen, sich ein paar Mal zu drehen, um sich auszuwickeln.

Sie versuchte, Schwung zu holen und schrie auf. Wenn doch bloß nicht diese fiesen Schmerzen wären!

Nicht aufgeben, du darfst nicht aufgeben. Du willst leben und diese Schweine ins Gefängnis bringen, redete sie sich selbst im Kopf Mut zu. Sie biss die Zähne zusammen und versuchte hin und her zu schaukeln und tatsächlich, als sie genügend Schwung hatte, kippte sie auf den Bauch. Neue Schmerzenwellen zogen von Händen und Füßen durch ihren Körper, doch sie kämpfte weiter und landete wieder auf dem Rücken. Erschöpft keuchend gönnte sie sich eine Pause, dann begann sie erneut, um ihre Freiheit zu kämpfen. Noch mal. Und nochmal. Und nochmal. Endlich fühlte sich die Plane leichter an, sie konnte ihre Arme etwas bewegen, noch eine Umdrehung und Lea war frei. Sie blieb keuchend auf dem Rücken liegen und konzentrierte sich darauf, den Baum zu fixieren, der in ihrem Sichtfeld am nächsten stand. Es war taghell, die Nacht war vorbei. Die Sonne schien, aber ihre Strahlen brannten nicht wie im Hochsommer. Wolkenfelder zogen über den Himmel. Es war kalt. Allmählich klärte sich ihr Blick, ihr Kreislauf stabilisierte sich, sie konnte ruhiger atmen. Ihre spröden Lippen rissen ein. Sie leckte sich darüber und schmeckte Blut. Ihre Mundhöhle war ausgetrocknet. Sie hatte schrecklichen Durst. Vielleicht gab es einen Bach in der Nähe.

Unwillkürlich wollte sie sich mit den Händen aufstützen, um sich aufzusetzen, doch in dem Moment, in dem ihre Finger den Boden berührten, musste sie wieder aufschreien. Als der Schmerz abebbte, betrachtete Lea ihre Hände. Beide Zeige- und Mittelfinger waren übermäßig dick angeschwollen und von allen Seiten blau-lila angelaufen. Jede noch so kleine Bewegung brannte, als würde heißes Benzin durch ihre Adern fließen.

Vorsichtig stützte sie sich mit den Unterarmen und den gesunden Fingern ab und schaffte es, sich aufzusetzen. Sie blickte an sich hinab. An ihrer Jeans entdeckte sie Nässeränder an den Innenseiten der Oberschenkel, außerdem klebte der Stoff an der Haut. Sie hatte tatsächlich gepinkelt. Ihre Füße sahen unförmig aus. Sie steckten in ihren Socken, doch ihre Sneakers hatte sie nicht mehr an. Sie versuchte, die Füße zu bewegen, und auch das trieb ihr wieder Tränen des Schmerzes in die Augen. Die Arschlöcher hatten ihr anscheinend auf beiden Seiten die Knochen des Mittelfußes gebrochen. An Aufstehen und laufen war nicht zu denken. Sie musste krabbeln wie ein Tier, allerdings nicht auf gut gepolsterten Pfoten, sondern auf den Knien und Unterarmen.

Sie atmete tief durch und sah sich um. Sie lag am Ende einer Radspur, aber es sah nicht wie ein Weg aus. Die Männer waren tatsächlich querfeldein gefahren, um sie irgendwo im Nirgendwo abzuladen. Aber sie hatte in einem Lieferwagen gelegen, es war ganz sicher kein geländegängiges Fahrzeug gewesen. Mit so einer klobigen Kiste fuhr man nicht meilenweit durch holpriges Gelände. Sie konnten sich nicht weit von einem festen Weg oder einer Straße entfernt haben.

Um sie herum standen hohe Bäume und es gab dichtes Buschwerk, Gras und Felsbrocken, rechts ging es bergauf und vorne erkannte sie über den Baumwipfeln Gipfel, die zu einem Gebirge gehören mussten. Sie könnte in einem der Nationalparks gelandet sein.

Hier wäre es möglich, dass ihr ein Wanderer begegnete, sollte sie es schaffen, eine der Trailrouten zu erreichen. Um diese Jahreszeit waren zwar nur wenige Touristen unterwegs, aber es war eine Chance. Doch wo lang? Nach rechts? Nach links? Sie hatte keinen Kompass, um sich zu orientieren, und die Sonne stand hoch am Himmel. Es war nicht zu sehen, in welcher Richtung sie untergehen würde.

Sie musste sich entlang der noch sichtbaren Fahrspur bewegen, das war die einzige sichere Strategie, um an eine Straße zu gelangen.

Mühsam drehte sie sich auf Unterarme und Knie und begann, auf dem feuchten, kalten Erdboden zu krabbeln. Ihre Füße wurden zwangsläufig über den Boden geschliffen. Der Schmerz war kaum auszuhalten. Kleine Steine piksten in ihre Haut, und der Durst wurde immer schlimmer.

4

Verfluchter Mist, dreimal hatte Sam von unterwegs aus bei ihr angerufen, doch Lea ging nicht ran. Entweder lag sie im Tiefschlaf, oder es war ihr etwas passiert. Da es inzwischen früher Nachmittag war, war die zweite Möglichkeit wahrscheinlicher, eine Vorstellung, die ihm Übelkeit verursachte. Er fuhr sich durch die Haare und rieb sich die Augen. Matteo Lorenzo war nicht irgendein Arschloch, sondern der gut vernetzte New Yorker König der Kinderpornografie. Das konnte man ihm bloß nicht nachweisen, weil er raffiniert war, in jeder wichtigen Behörde gut bezahlte Informanten sitzen hatte und unter dem soliden Deckmantel der Bürgerlichkeit agierte. Immer wieder war auch im Zusammenhang mit der «Me Too»-Bewegung hinter vorgehaltener Hand sein Name genannt worden, doch das Schwein saß im Stadtrat und war aalglatt. Keiner traute sich, ihm wirklich Ärger zu machen, zu viel seines Geldes steckte in städtischen Projekten, zu eng waren seine Beziehungen zu einflussreichen Politikern.

Wenn Lea dem Arschloch in die Hände gefallen war, gab es kaum Hoffnung, sie lebendig wiederzusehen. Scheiße!

Er stand vor ihrer Haustür und klingelte, doch nichts passierte. Die alte Mrs. Martin, Leas Nachbarin kam heraus. Sie kannte ihn und sie grüßten sich. Sam nutzte die Gelegenheit, um ins Haus zu gelangen. Er lief die Treppe zu ihrer Wohnung hoch, klopfte und rief, doch sie war tatsächlich nicht da. Das gefiel ihm nicht. Das gefiel ihm ganz und gar nicht. Ihre Textnachricht war am vergangenen Abend eingegangen. Mittlerweile war es fast zwanzig Stunden später! Sie musste längst wieder zuhause sein. Sonst hätte sie sich doch erneut gemeldet! Ein mieses Druckgefühl breitete sich in seinem Brustkorb aus. Ausgerechnet Lorenzo! Was für ein Leichtsinn, ohne Rückendeckung einem der einflussreichsten Männer New Yorks hinterherzuspionieren! Was hatte sie sich nur dabei gedacht!

Er lief raus und um das Haus herum. Leas Wohnung war im ersten Stock. Irgendwann hatte sie ihm verraten, wo unter ihrem kleinen Balkon sie ihren Ersatzschlüssel versteckte. Er tastete die Feuertreppe hinauf bis zur dritten Halterung in der Wand. Darin sollte der Schlüssel klemmen. Tatsächlich, er war da. Sam ertastete ihn und zog ihn heraus. Nachdem er zurückgelaufen war, schloss er auf und trat ein. «Lea?»

Stille.

Durch den kurzen Flur betrat er den großen Raum, der links die Küche und rechts, getrennt durch einen Tresen, ihr Wohnzimmer war. Seine Blicke wanderten über die Küchenschränke. Eine benutzte Kaffeetasse stand auf der Spüle. Äpfel und zwei Banen lagen in einer Schale. Auf idem Tresen lag eine Illustrierte.

Er warf einen Blick rechts durch die Tür ins Schlafzimmer. Das Bett war unbenutzt.

Im Wohnzimmer an der Wand stand ihr großer Schreibtisch, auf dem wie immer ein Durcheinander aus unzähligen Papieren, handbeschriebenen Notizzetteln, Stiften, Speicherkarten und Kugelschreibern herrschte. Das untere Regalfach, in dem sie ihre Fototasche verstaute, wenn sie da war, war leer.

Er setzte sich auf ihren Schreibtischstuhl und warf einen Blick auf das Papierchaos. Sie hatte in ihrer kurzen Nachricht auf eine ausgedruckte Mail verwiesen. Systematisch sah er die Papiere auf dem Schreibtisch durch, bis er sie in der Hand hielt. Er las mit gerunzelter Stirn:

Sehr geehrte Mrs. Johnson. Ich weiß, dass sie seit langem Beweise gegen Matteo Lorenzo sammeln. Ich arbeite für ihn. Sie wissen, was mit Leuten passiert, die ihn verraten. Ich kann nichts tun, ohne mein Leben zu riskieren. Aber Sie können. Er hat ein neues geschäftliches Domizil, in dem er und seine Freunde sich sehr sicher fühlen, weil es außerhalb von New York liegt. Die Videoüberwachung ist noch nicht vollständig installiert. Nutzen Sie diese Chance. Folgen

Sie ihm heute um achtzehn Uhr, er wird zu einem Industriegebäude fahren und sich dort mit Geschäftspartnern treffen. An der Rückseite des Geländes ist der Zaun kaputt.

Kein Name und der Absender war eine nichtssagende Emailadresse. In der Betreffzeile hätte genauso gut direkt stehen können: *Ich bin eine Falle.*

Das musste Lea doch auch gespürt haben! Kopfschüttelnd suchte er auf ihrem Schreibtisch nach weiteren Hinweisen zu Lorenzo, aber er fand nichts. Anscheinend war sie tatsächlich nur aufgrund dieser einen verdammten Mail losgefahren. Sein Blick fiel auf das Versanddatum und die Uhrzeit. Jetzt wurde ihm klar, warum Lea ihn nicht angerufen hatte, sie hatte es zu eilig gehabt. Sie war sofort aufgebrochen, nachdem sie die Mail erhalten hatte, um es bis achtzehn Uhr zu Lorenzos Villa zu schaffen. Der Verfasser hatte *Zeitdruck erzeugt*, das war noch ein Indiz dafür, dass die Mail sie in eine Falle locken sollte. Verfluchter Mist! Lea war doch ein Profi! Warum hat sie das nicht kapiert?

Weil es um Lorenzo ging, natürlich. Immer, wenn es um das Arschloch ging, versagte ihr Verstand. Sie hasste den Kerl, weil sie eine alte Rechnung mit ihm offen hatte. Sam wusste nichts Genaues, aber er wusste, dass Lea kein Interesse an Sex hatte. Sie bezeichnete sich als asexuell. Außerdem erinnerte er sich noch gut an einen Abend vor zwei Jahren, den sie zusammen in einer Kneipe verbracht hatten, in der an der Wand ein Fernseher hing. In den Nachrichten brachten sie einen Bericht über den Wohltäter Matteo Lorenzo, der eine ansehnliche Summe für ein Kinderheim gespendet hatte, dessen Dach renovierungsbedürftig gewesen war. Beim Anblick des Typen im Fernsehen hatte sich Leas Gesicht zu einer starren Maske verhärtet. Ihre Lippen waren schmal wie ein Strich geworden und ihre Wangenmuskeln hatten gezuckt. Als Sam sie gefragt hatte, was los sei, hatte sie geantwortet, dass ihre Mutter jahrelang Lorenzos Haushälterin gewesen sei und sie einen Teil ihrer Kindheit in einer

Einliegerwohnung seiner Villa verbracht hatte.
Mehr hatte sie nicht erzählt, doch das war auch nicht nötig gewesen. Sam war schließlich Journalist.
Es war Leas Lebensinhalt, Beweise gegen Leute wie Lorenzo zu finden.
Während Lea mit ihrer Mutter in Lorenzos Villa gelebt hatte, musste etwas passiert sein, was den Hass ausgelöst hatte, den Lea hegte und der ihr den klaren Verstand raubte, sobald es um diesen Typen ging. Sam bildete sich ein, dass sie als Kind Zeugin seiner verbrecherischen Aktivitäten geworden war. Bei der Vorstellung, Lea könnte selbst von Lorenzo vergewaltigt worden sein, zog sich sein Magen zusammen und es wurde ihm kotzübel, deswegen verdrängte er diesen Verdacht.
Sam steckte die Mail ein und verließ die Wohnung. Sollte er zur Polizei gehen? Nein, die würden ihn nur auslachen und frühestens in drei Tagen eine Vermisstenanzeige aufnehmen. Lea war beim NYPD als sture Reporterin bekannt, die immer, wenn sie im Revier auftauchte, für unangenehme Arbeit sorgte, weil sie angesehene Leute anzeigte, mit denen Cobs sich nicht gerne anlegten. Er musste selber nach Lea suchen.
Im Auto schaltete er das Navi ein und gab die Koordinaten aus der Textnachricht auf seinem Handy als Ziel ein.

*

Lea schaffte keine zehn Meter, dann musste sie pausieren. Erschöpft ließ sie sich auf die Seite fallen. Die Haut an ihren Unterarmen begann bereits, aufzureißen, und die Knie taten fast genauso schlimm weh, wie die Füße mit den gebrochenen Knochen. *Nicht aufgeben. Bloß nicht aufgeben.*

Sie rappelte sich hoch und kroch weiter, stieß mit dem Zeigefinger gegen einen kleinen Stein und wimmerte auf. *Nicht aufgeben. Bloß nicht aufgeben.*

Sie krabbelte und pausierte keuchend, krabbelte und pausierte, stöhnte und weinte, schrie um Hilfe und schalt sich eine Idiotin, ihre Kräfte so zu verschwenden.

Als die Abenddämmerung einsetzte, hatte sie kaum Wegstrecke zurückgelegt und war so erschöpft, wie noch nie in ihrem Leben. Sie würde in der Wildnis übernachten müssen, und sie hatte keine Chance, sich gegen ein wildes Tier zu verteidigen, falls es sie angreifen sollte. Keine tolle Aussicht, aber noch viel schlimmer war der Durst. Nicht nur ihre Mundhöhle, auch ihre Kehle und der Hals waren so rau und trocken wie Sandpapier. Sie würde alles für einen einzigen Schluck Wasser geben.

Nicht Aufgeben! Noch einmal begehrte ihr Überlebensinstinkt auf und sie kämpfte sich ein Stück weiter, doch dann waren die letzten Kräfte aufgebraucht. Ihre linke Wange landete auf dem feuchten Erdboden und die kleinen, fiesen Steinchen piksten hinein.

Kalte Luft wehte über ihre rechte Gesichtshälfte. Bald würde es dunkel sein. Resignation raubte ihr den letzten Rest an Willenskraft. Gleichgültigkeit ließ sie entspannen. Sie schloss die Augen.

Vor ihr erschien das Gesicht einer Frau, erst unscharf, dann ganz klar und Lea erkannte ihre Mom. Sie lachte und sah so jung aus. Ihre über die Schultern reichenden welligen Haare glänzten in der Sonne wie polierte Kastanien. Lea hatte auch mal so schöne, lange Haare gehabt, bevor sie die Streichholzkurzfrisur gewählt hat, damit niemand sie mehr an den Haaren festhalten konnte.

Es tut mir leid, Mom, hörte Lea sich sagen, dann verblasste das Bild und stille, friedliche Dunkelheit breitete sich aus.

*

«Sie haben ihr Ziel erreicht.»

Sam ließ den Wagen ausrollen. Fast zwei Stunden lang war er unterwegs gewesen und nun in diesem Industriegebiet kurz vor Scranton gelandet. Es war bereits wieder dunkel.

Er entdeckte Leas alten Nissan erst, nachdem er mit den Augen die Umgebung abgesucht hatte. Fast hätte er ihn übersehen, denn er parkte neben einem Müllcontainer, wo ihn der Schein der Straßenlaternen nicht erreichte. Am Vorabend hatte sie die Nachricht an ihn getippt. Hatte sie dabei hier in ihrem Auto gesessen? Was war danach passiert?

Sam parkte hinter ihrem alten Geländewagen und sah sich um. Die Straße war leer. Kein Mensch weit und breit. Eine Papiertüte wehte einige Meter vor ihm über den Asphalt und blieb im Rinnstein liegen. Eine dreckige Taube landete auf dem Bürgersteig und pickte danach.

Sam stieg aus und schlenderte zu Leas Rostlaube. Er sah sich in alle Richtungen um, doch die Menschheit schien tatsächlich ausgestorben, zumindest hier. Nicht mal entfernte Motorengeräusche waren zu hören.

Die Türen des Nissans waren abgeschlossen. Er lugte durch die Scheiben. Ein halb geleerter Coffee-To-go-Becher stand in der Mittelkonsole, Leas alte Regenjacke lag auf der Rückbank und eine zerknüllte Packung ihrer Lieblingsschokolade lag im Fußraum des Beifahrersitzes. Ihre Fototasche lag hinter dem Fahrersitz auf dem Boden. Das war höchst seltsam. Die teure Kamera ließ sie normalerweise nicht im Auto.

Er richtete sich auf und checkte nochmal die Umgebung. Rechts hinter einem hohen Zaun ragte das Gebäude einer ehemaligen Fabrik auf. Links stand eine Lagerhalle ohne Fenster und etwas entfernt schräg gegenüber an der Querung zur Hauptstraße parkten einige LKWs einer Spedition neben mehreren Containern, von denen jeweils zwei aufeinandergestapelt waren.

Um diese Zeit wurde in keiner der ansässigen Firmen gearbeitet.

Wenn Lea sich an den Inhalt der Mail gehalten hatte, war sie zur Rückseite der alten Fabrik gelaufen, denn nur dieses Grundstück war von einem Zaun umgeben.

Er ging los, folgte dem Verlauf des massiven aber an vielen Stellen verrosteten Gitterverbundes und bog schließlich von der Straße auf unwegsames von Unkraut überwuchertes Gelände ab. Er erreichte eine Stelle, an der tatsächlich der Zaun kaputt war und ausgerechnet hier hatte jemand alte Paletten so aufgestapelt, dass man ganz leicht hinüber steigen konnte. Noch ein Indiz für eine Falle. Sam schüttelte den Kopf. «Verflucht Lea, wo war gestern dein Verstand?»

Er kletterte auf die andere Seite. Mittlerweile war es dunkel, und da hier keine Straßenlaternen brannten, sah er nur schemenhaft herumliegenden Müll, rostige Metallfässer und gestapelte Müllsäcke. Sam holte sein Handy raus und schaltete die Taschenlampenfunktion an. Warum lagerten Müllsäcke neben einer Fabrik, in der allem Anschein nach schon viele Jahre lang nicht mehr gearbeitet wurde?

Während Sam das Gebäude umrundete, suchte er mit den Augen alles ab. Er achtete auf jedes noch so kleine Zeichen, dass ihn zu Lea führen könnte. Doch er entdeckte nichts. Alle Türen waren verschlossen, und die Glasscheiben der Fenster so verstaubt, dass drinnen nichts zu erkennen war. Außer ein paar Ratten, die über das Gelände huschten, begegnete ihm kein Lebewesen. Er suchte nach einem Kellereingang und entdeckte ein Rost über einem typischen Kellerfensterschacht, aber das war mittels eines Vorhängeschlosses gesichert. Hier war sie ganz sicher nicht in das Gebäude gelangt.

Als er nach seinem Rundgang das Loch im Zaun wieder erreichte, verließ er das Gelände und kehrte zu den Autos zurück. Noch einmal sah er sich um. Er musste irgendetwas finden, was ihm weiterhelfen würde. Er konnte nicht einfach wieder fahren, und wenn er die ganze Nacht in der Gegend verbringen würde.

Vielleicht arbeitete in einer der anderen Firmen ein

Nachtwächter, der am Vorabend etwas beobachtet hatte.

Sam schlenderte zur nächsten Ecke und entdeckte einen gebeugt schlurfenden Typen in einem dunklen Mantel, der sich an der Lagerhalle entlang bewegte. Er zog einen kleinen Fahrradanhänger hinter sich her, auf dem sich prall gefüllte Plastiktüten stapelten. Ein Obdachloser. Vielleicht hatte der etwas gesehen. Gerade, als Sam rufen wollte, schob der Typ sich durch eine Seitentür in ein leerstehendes Gebäude hinter der Lagerhalle. Sam lief los. Das Haus hatte vorne breite Flügeltüren, wie sie bei Autowerkstätten üblich waren.

Sam öffnete die kleine Seitentür, durch die der Obdachlose verschwunden war, und ging hinein. In der Halle stank es nach altem Öl. Sam leuchte mit seinem Handy in alle Ecken des Raumes. Überall lag Müll herum. «Hallo?»

Keine Antwort.

Er sah am Ende eines Ganges einen Lichtschimmer. Zögernd tastete er sich an der Wand entlang und warf einen Blick in den Raum, aus dem das Licht kam. Mehrere Kerzen brannten auf dem Fußboden. Darum herum lagen dreckige Matratzen und ein paar leere Flaschen. «Hey! Ist hier jemand?»

Der Schlag kam unerwartet. Trotzdem hatte Sam noch Zeit, zu reagieren. Als er links von seinem Kopf etwas durch die Luft zischen hörte, duckte er sich zur Seite, so traf ihn der Baseballschläger nur an den Rippen, statt am Hinterkopf. Er schrie auf, fiel und rollte gegen die Kante des Türrahmens. Im Halbdunkel sah er die Umrisse des runden Holzes über seinem Kopf und riss die Hände hoch. «Nicht! Ich bin unbewaffnet!»

«Was willst du hier?», knurrte jemand und jetzt erkannte Sam, dass es drei Typen waren, die um ihn herumstanden. Das Weiß in ihren Augen schimmerte im Kerzenlicht.

Sein Angreifer drohte immer noch mit dem Schläger, sodass Sam sich nicht traute, aufzustehen oder auch nur die Hände sinken zu lassen.

«Ich suche eine Freundin.»

Die Typen lachten heiser. «Der Knabe glaubt, er findet hier ein Mädchen.»

«Ihr Auto steht neben der alten Fabrik auf der anderen Straßenseite. Sie ist seit gestern spurlos verschwunden. Habt ihr zufällig was gesehen?»

Der Typ mit dem Schläger trat einen Schritt zurück und ließ seine Waffe sinken. Sam atmete auf und senkte die Arme. Die drei wirkten, als ob sie schon lange auf der Straße lebten, ihre Klamotten kannten sicher keine Waschmaschine. «Keine Ahnung», brummte der Schläger heiser. «Was meint ihr, haben wir gestern was gesehen?», fragte er seine Freunde und einer seufzte theatralisch. «Es fällt mir so schwer, mich zu erinnern. Es sind so viele Stunden vergangen und man erlebt ja ständig was im Laufe des Tages.»

«Verstehe.» Sam rappelte sich stöhnend auf und zog ein paar Dollar aus der Hosentasche. «Mehr habe ich nicht dabei.» Der Typ griff zu, bückte sich und steckte das Geld in seinen Stiefel.

Sam zog geräuschvoll Luft durch die zusammengebissenen Zähne und lehnte sich gegen die Wand. Verflucht, er konnte kaum atmen. Bestimmt hatte der Knabe ihm eine Rippe gebrochen. Arschloch.

«Gestern war wieder Treffen da drüben», meinte einer der Obdachlosen und ließ sich auf eine der Matratzen fallen.

«Was für ein Treffen?»

«Das Übliche», sagte ein anderer. «Mehrere Bonzenautos, begleitet von einer Motorradgäng. Die Typen tragen Anzüge wie Manager, meistens folgen ein oder zwei Lieferwagen. Sie fahren alle rein, die Tore gehen zu und die Rocker schieben Wache. Nach ein paar Stunden verziehen sie sich wieder.»

«Wie oft beobachtet ihr das?»

«Meistens einmal die Woche, manchmal weniger.»

Sam rieb sich die schmerzende Seite. «Habt ihr mal Nummernschilder erkannt? Wisst ihr, wo die Leute herkommen?»

«Die Autos sehen nach Wallstreet aus. Es sind immer Limousinen oder teure Sportwagen. Und auf den Lieferwagen ist irgendwelche Werbung drauf. Nichts besonderes, die sind immer von anderen Firmen.»

«Und sie kommen nur nachts, nie am Tage?»

«Ja, Mann. Mehr wissen wir nicht. Wir sehen nämlich nicht hin, okay? Manchmal hört man Schreie. Es ist ziemlich klar, dass es gesünder ist, nicht zu wissen, was da drüben los ist.»

«Hat gestern auch jemand geschrien? Eine Frau?»

«Kann sein.» Er deutete zur Tür. «Und nun verpiss dich. Mehr kriegst du hier nicht.»

Sam nickte. «Danke für die Infos.»

Er drehte sich um und verließ das Gebäude, wobei es ihm schwerfiel, aufrecht zu gehen. Wieso hatten die Mistkerle nicht erst fragen und dann zuschlagen können?

Schwer atmend ließ er sich auf den Fahrersitz seines Autos fallen. Durch die Windschutzscheibe sah er auf Leas alten Nissan. Verflucht, wo war sie. Er musste zur Polizei, alles andere war sinnlos.

Er fuhr los. Als er auf die Hauptstraße abbog, sah er auf dem Gelände der Spedition, das von zwei hohen Laternen erleuchtet wurde, einen Wachmann zwischen den LKWs patrouillieren.

Er bremste, ließ den Motor ausgehen und stieg aus.

«Hey Mister!»

Der Typ blieb stehen. «Ja?»

«Waren sie gestern Nacht auch hier?»

Der Wachmann trat zögernd näher und legte seine Hand an die Seite, an der er ein Waffenholster trug. «Warum ist das interessant?»

«Sorry. Mein Name ist Sam Varantes. Ich bin Journalist und suche eine Freundin, die verschwunden ist.» Sam zückte seinen Presseausweis und hielt ihn hoch.

Der Wachmann trat einen weiteren Schritt näher und warf einen Blick darauf. «Warum suchen sie ausgerechnet hier?»

«Ihr Auto steht da drüben. Haben Sie gestern irgendwas gesehen?»

Sam stöhnte unwillkürlich, als er den Arm hob und in Richtung des Nissans wies. Der Wachmann zog die Augenbrauen zusammen. «Tut ihnen was weh?»

«Mir hat eben da drüben ein Obdachloser einen Baseballschläger gegen die Rippen gedonnert.»

Der Wachmann lachte trocken auf. «Die Gegend eignet sich nicht für einen gemütlichen Abendspaziergang.»

Sam schnaubte. «Auf diese Erkenntnis wäre ich nicht von selbst gekommen.»

«Anscheinend nicht, sonst wären ihre Rippen ja noch heile.»

«Ich habe gehört, in der alten Fabrik da drüben ist nachts häufiger mal was los.»

Der Wachmann nickte. «Hier fahren ab und zu ein paar Autos lang, die auf das Gelände abbiegen.»

«Sie merken sich wohl nicht zufällig die Nummernschilder?»

«Nein. Ich hänge zu sehr an meinem Leben.»

«Mist.» Resigniert und erschöpft rieb sich Sam über die Augen. Es wäre ja auch zu schön gewesen.

«Es ist wohl eine sehr gute Freundin, was?»

«Ja, das ist sie.»

Der Wachmann räusperte sich. «Die Spedition hat eine Videoüberwachung, die auch ein Stück Straße erfasst. Auf den Speicherkarten von gestern müssten alle Wagen drauf sein, die hier vorbei gefahren sind.» Er zückte einen Schlüssel. «Komm mit.»

«Danke, Mann.»

Er winkte ab. «Schon gut. Rede nicht drüber. Ich will keinen Ärger, weder mit meinem Boss, noch mit den Nachbarn.»

«Natürlich. Verstanden. Du kannst dich auf mich verlassen.»

Eine halbe Stunde später stieg Sam wieder in sein Auto. Auf einem Notizzettel, der in seiner Hemdtasche steckte, hatte er drei Autonummern notiert.

Leas Nissan war auch auf der Speicherkarte gewesen. Er hatte sogar ihr Gesicht hinter dem Steuer erkannt. Bei der Erinnerung bildete sich ein schaler Geschmack in seinem Mund. Verflucht, hoffentlich suchte er nicht nach ihrer Leiche.

*

«Hey! Aufwachen!»

Dumpf und weit weg rief jemand, aber Lea war viel zu müde, um zu reagieren. Ihre Lider fühlten sich tonnenschwer an, sie konnte sie nicht heben.

Irgendetwas rüttelte an ihrem Arm, Schmerzwellen tobten durch ihren Körper. Sie wimmerte auf, aber die Dunkelheit blieb.

Plötzlich berührte etwas Kühles ihre Lippen. Wasser. Gierig versuchte sie, den Mund zu öffnen und die Zunge zu bewegen, doch die war viel dicker als sonst. An ihren Zähnen schmerzten messerscharfe Kanten, so hatte sie sie noch nie gespürt. Alles fühlte sich seltsam an, taub, aber mit harten Konturen und völlig geschmacklos.

Etwas von dem kühlen Nass traf auf ihre Zunge. Viel zu wenig. Sie wollte sich dem entgegenstrecken, aber die Dunkelheit und die Schwere liessen sich nicht abschütteln. Doch sie hatte Glück, ihr Geschmackssinn registrierte trotzdem mehr Wasser, zu viel Wasser, sie musste husten und der Schmerz, der dabei durch ihren Nervenbahnen waberte, überdeckte alle anderen Empfindungen. Das Atmen wurde schwer. Es war, als ob die Luft wie eine dicke, wollene Decke auf ihren Körper drücken würde.

Plötzlich ein Ruck, ihre Arme und Beine wurden bewegt. Sie schrie auf, als die gebrochenen Knochenenden aneinander scheuerten, doch es hörte nicht auf. Sie wurde hochgehoben und irgendetwas schaukelte ihren Körper, fast, als ob sie in einem Boot liegen würde, mit dem die Wellen spielten, wie sie es damals erlebt hatte, als sie mit Mom an diesem großen See gewesen war.

«Ganz ruhig», sagte die Stimme. Das war der Kerl, der sie nicht erschossen hat, damit die Waffe nicht verbrennt. Aber der war doch gar nicht mehr da. Sie täuschte sich. Es musste der Engel sein, der sie in den Himmel holen würde. So wie Mom es immer über Paps gesagt hatte. Ihre Stimme klang seltsam blechern in ihrem Kopf. *Ein Engel ist gekommen und hat Daddy in den Himmel geholt.*

Ja, es fühlte sich an, als ob sie getragen wurde. Aber warum hatte der Engel eine so tiefe Stimme?

Vielleicht waren sie gleich da und sie würde ihren Dad und ihre Mom wiedersehen. Ob ihre Eltern sie wohl erkennen würden?

Die Bewegung hörte auf, sie spürte etwas weiches, sie wurde irgendwo abgelegt. Neuer Schmerz ließ sie wimmern, dann wurde es wieder dunkel und still.

*

«Ich will, dass sie jetzt mit der Suche beginnen. Morgen kann es schon zu spät sein. Es besteht der begründete Verdacht, dass hier eine Straftat begangen wird.»

Sam ballte die Fäuste, während er vor dem grauhaarigen Officer stand, der ihn ungerührt ansah. «Ich nehme ihr Anzeige auf, aber heute Nacht wird niemand mehr aktiv.»

«Warum nicht?»

Er kratzte sich am Kinn und seufzte. «Das einzige was sie haben, ist ein geparktes Auto.» Er lehnte sich zurück und verschränkte die Arme vor der Brust. «Vielleicht will ihre Freundin ja einfach nur nicht, dass sie wissen, wo sie ist.»

Fuck, der Typ ging Sam gewaltig auf die Nerven. Am liebsten, würde er ihm das selbstgefällige Grinsen aus dem Gesicht kratzen, aber das würde ihn nicht weiterbringen. «Ich habe Ihnen doch gesagt, dass sie Journalistin ist und einem anonymen Hinweis über einen Mann namens Matteo Lorenzo nachgegangen ist. Telefonieren Sie mit dem NYPD. Dort ist ihr Name bekannt, die müssen sofort aktiv werden.»

Der Officer lachte. «Wir sind hier nicht in der Großstadt. Und dieser Lorenzo sitzt in New York im Stadtrat. Sie glauben doch nicht im Ernst, dass ich aktiv werde, bevor nicht von ganz oben ein entsprechendes Okay auf meinem Schreibtisch liegt. Ganz abgesehen davon, darf ich nicht einfach mit New York telefonieren. Unser Büro muss mit unserem Bürgermeister klären, ob eine Zusammenarbeit mit dem NYPD stattfinden soll. Diese Adresse ist schließlich in unserer Stadt.» Er seufzte. «Hören Sie, ich verspreche Ihnen, ich werde morgen den Besitzer kontaktieren und ihn bitten, im Gebäude nach dem Rechten sehen. Mehr kann ich nicht tun.»

Sam rieb sich über das Gesicht. Natürlich. Der kleine Deputy hatte Angst, Lorenzo auf den Schlips zu treten und sich seine Beamtenkarriere zu versauen. Darauf hätte er auch gleich kommen können. Es hatte keinen Sinn. Genervt verließ er das Police Department und machte sich auf den Weg zurück nach New York.

Sich einfach zuhause schlafen zu legen, kam nicht in Frage. Er musste irgendetwas tun, also fuhr er wieder zu Leas Wohnung. Es war vier Uhr, als er ankam. Aber nach Schlafen war ihm trotzdem nicht zu Mute. Er suchte noch einmal ergebnislos ihren Schreibtisch ab, öffnete eine Schranktür und stutzte. Da standen vier dicke Ordner, und alle waren mit dem Namen Lorenzo beschriftet. Er zog den ersten raus, schlug ihn auf und pfiff leise durch die Zähne. Anscheinend war ihre Fixierung auf diesen Typen noch viel intensiver, als er gedacht hatte. Lea sammelte seit Jahren alles, was sie über den Mann finden konnte. Die Ordner enthielten Zeitungsausschnitte, Fotos, Speicherkarten, ausgedruckte Zeugenaussagen und handgeschriebene Notizen. Wow.

Inzwischen war es hell. Er kochte sich einen Kaffee und setzte sich auf den Fußboden, um alle Ordner von der ersten bis zu letzten Seite akribisch zu durchsuchen. Verflucht, wenn der Typ sie in die Finger bekommen hatte und auch nur eine Ahnung davon hatte, was Lea über ihn gesammelt hatte, war sie verloren.

Nein, Lorenzo konnte das nicht wissen und all die Informationen reichten nicht aus, ihn hinter Gitter zu bringen. Lea hatte lückenlos protokolliert, wie oft Beweise auf seltsame Art verschwanden oder Zeugen ihre Aussagen vor Gericht revidierten.

Seufzend legte er sich auf Leas Couch und starrte gegen die Zimmerdecke. Vor seinem inneren Auge sah er sie grinsen, Kaffee trinken, fluchen und lachen. Obwohl ihre tiefe Freundschaft rein platonisch war, hatte er immer gedacht, sie gut zu kennen. Aber unter der taffen Maske musste der Hass gegen Lorenzo brodeln wie ein Vulkan und er ahnte, warum das so war.

Sie durfte nicht verlieren. Er durfte sie nicht aufgeben.

Er musste alles tun, um sie zu finden.

5

Als Sam gegen Mittag erwachte, rappelte er sich stöhnend auf. Seine angeknackste Rippe nervte und Leas Couch war nicht die bequemste. Er kochte sich frischen Kaffee und schob sich nacheinander ein paar Scheiben Käse und ein halb vertrocknetes Stück Apfelkuchen aus ihrem Kühlschrank in den Mund. Während er den Kaffee trank, starrte er auf den Zettel mit den Nummernschildern. Er musste herausfinden, auf welche Namen die Wagen zugelassen waren.

Wen kannte er beim NYPD und wer schuldete ihm noch einen Gefallen? Agent Arschloch Josef Miller fiel ihm ein. Der Typ war zwar äußerst unsympathisch, aber genau der richtige für seine Zwecke an diesem Morgen. Sam hatte ihm vor noch nicht allzu langer Zeit einen Hinweis gegeben, der zur Verhaftung eines Bankräubers geführt hatte.

Er trank mit einem Zug den Kaffeebecher leer, stellte ihn neben den anderen auf die Spüle und verließ die Wohnung.

Eine Stunde später hatte er sich durch die Rushhour gekämpft und betrat das Büro des Agents.

Miller saß hinter seinem Schreibtisch und seine entspannte Körperhaltung drückte, wie immer, Selbstgefälligkeit aus. Seine blonden Haare waren akkurat mit schnurgeradem Seitenscheitel gekämmt und er stank nach billigem Rasierwasser. «Was führt Sie zu mir, Varantes?»

Sam zog sich einen Besucherstuhl heran und setzte sich. «Lea Johnson ist verschwunden.»

Miller grinste. «Diese penetrante Möchtegern-Reporterin?»

«Es ist mir egal, ob Sie sie mögen oder nicht.» Sam seufzte genervt. «Ich habe heute Nacht bereits eine Vermisstenanzeige im Büro des County-Sheriffs in Scranton aufgegeben und es wird dringend Zeit, dass ihr Euch mit den Kollegen dort koordiniert und nach ihr sucht.» Er zog den Notizzettel aus seiner Tasche und legte ihn auf den Tisch. «Hier drauf sind Autonummern notiert, die in diesem Zusammenhang geprüft werden müssen.»

«Wir sind nicht zuständig, solange nicht von oben eine entsprechende Order kommt.»

Sam grinste. «So weit ich mich erinnere, habe ich Ihnen vor kurzem einen Tipp gegeben, der Ihnen zu einem recht ansehnlichen Fahndungserfolg verholfen hat.»

«Es ist ihre Pflicht, Beobachtungen dieser Art der Polizei zu mitzuteilen.»

«Und dass sie nur durch Leas Engagement seit Jahren Arschlöcher vor Gericht bringen können, spielt auch keine Rolle? Ich erinnere mich, dass Sie es jedes Mal sehr geniessen, wenn Lea ihnen zu derartigen Erfolgen verhilft. Wie war das noch vor eineinhalb Jahren mit dem Fall Thompsen? Sie waren sogar auf dem Titelbild eines Frauenmagazins gewesen.»

Miller stöhnte, streckte den Arm aus und fummelte ungeduldig mit den Fingern herum. «Geben Sie her.»

Sam reichte ihm den Zettel und er legte ihn vor seine Tastatur. Dann beobachtete er, wie Miller tippte, auf den Bildschirm sah, stutzte, die nächsten Nummern eingab und sich schließlich räusperte. «Ich notiere das und gebe es an die zuständigen Beamten weiter.»

Sam beugte sich vor. «Zu wem gehören die Autos.»

«Datenschutz.»

«Bullshit.»

«Kein Kommentar.»

«Fuck, Miller, ich habe dir oft genug Tipps gegeben. Ich kann damit auch aufhören.»

«Sorry, Varantes, aber in diesem Fall kann ich nicht.»

Sam fixierte den Agent mit schmalen Augen. «Matteo Lorenzo, stimmts?»

Millers Wangenmuskeln zuckten. «Kein Kommentar.»

«Wer noch?»

«Ich sagte doch ...»

«Wer noch, verdammt noch mal?»

«Fuck, Varantes! Einer ist Senator und der dritte Wagen ist auf das italienische Konsulat zugelassen. Das muss reichen.»

«Scheiße.»

«Du sagst es. Ich lege die Nummern in ihre Akte. Sollen die zuständigen Leute in der Abteilung sich drum kümmern, wen sie offiziell gesucht wird. Mehr kann ich nicht tun. Und jetzt verschwinde. Wir haben uns heute nicht getroffen. Ich will keinen Ärger.»

*

Kühle Feuchtigkeit benetzte Leas Gesicht. Etwas Weiches strich über ihre Haut, es fühlte sich wunderbar an, und es duftete nach Seife.

Lea wollte die Augen öffnen, aber das ging nicht. Nein, ihre Augen waren offen, aber sie sah nichts, nur graue Schatten in milchigem Weiß. Oder waren ihre Augen doch geschlossen? Vielleicht war sie plötzlich blind geworden. Der Gedanke erschreckte sie nicht, sie war viel zu müde, um die Energie für einen Schreck aufzubringen, und viel zu erschöpft, um nachzudenken. Das kühle Weiche in ihrem Gesicht fühlte sich so gut an, dass sie die Blindheit akzeptieren würde. Es war, als ob ihre Haut brannte und ein Stück bauschige, kühle Watte das Feuer löschte. Was für ein Geschenk.

Ihr Blick klärte sich, das Weiß verschwand und sanftes Licht einer kleinen Lampe erhellte einen Raum. Lea begriff, dass ihr jemand mit einem flauschigen kühl – feuchten Lappen das Stirn und Wangen gekühlt hatte und sie währenddessen deshalb nichts anderes sehen konnte.

Irritiert drehte sie den Kopf und blickte in ein Gesicht, von dem sie nur die dunklen Augen, die Nasenspitze und die Lippen wahrnehmen konnte, alles andere verschwand unter einem dichten, langen Bart und welligen braunen Haaren.

Sie zuckte zusammen, hob unwillkürlich die Hände, streckte die Finger und jaulte vor Schmerz auf.

«Ganz ruhig, keine Angst. Bleib einfach still liegen.» Der Bart bewegte sich, als die sonore Männerstimme sie erreichte. «Niemand tut dir hier was.»

«Du bist der mit der Waffe», wollte Lea sagen, doch aus ihrem Mund kam nur ein seltsames Krächzen.

«Nicht reden, ruh dich aus», murmelte die Stimme. «Später kannst du mir alles erzählen. Du bist in Sicherheit. Du brauchst keine Angst mehr zu haben.»

Ein nasses Tuch wurde an ihre Lippen geführt und Wasser tropfte in ihren Mund. Gierig lutschte sie an dem Stoff. «Ja, so ist es gut», sagte die Stimme sanft. Das Tuch verschwand, Wasser plätscherte, und gleich darauf tröpfelte der Mann ihr wieder Feuchtigkeit in den Mund. Mit jedem Tropfen kehrte ein Stück Lebenskraft zurück. Sie täuschte sich, das war nicht die Männerstimme, an die sie sich erinnerte. Sie war auch tief, aber viel sanfter und so freundlich. Leas Blick schärfte sich, sie sah sich um und ihr Verstand begann, zu arbeiten.

Sie lag auf einem Bett in einem Raum aus Holz. Eine Blockhütte? Ja, genau, es musste eine Blockhütte sein. Auf dem Rand der Matratze saß ein Mann mit wirren Haaren und einem Vollbart, der ihr Wasser zwischen die Lippen träufelte. «Später kannst du richtig trinken, im Moment ist es so besser, damit du dich nicht verschluckst.»

«Danke», wollte sie sagen, doch nur ein «ange» fand den Weg aus ihrem Mund.

«Nicht reden, ruh dich aus», sagte er und seine Finger strichen hauchzart über ihre glühend heiße Stirn. «Schlaf noch ein wenig. Wenn du wieder aufwachst, wird es dir besser gehen.»

Das hörte sich toll an. Dankbar schloss Lea die Lider und schlief ein.

*

«Scheiße, Scheiße, Scheiße.» Stinksauer hämmerte Sam auf seiner Tastatur herum. Im Archiv der Redaktion fand er nur einen Bruchteil der Informationen über Lorenzo, die in Leas Ordnern gestanden hatten.

«Warum warst du nicht in der Redaktionskonferenz?»

Sam sah auf. Steven stand im Türrahmen. Wie immer trug sein Boss ein einfarbiges Hemd, bei dem die Ärmel bis zu den Ellenbogen hochgekrempelt waren, und eine schwarze Hose, die bequem, aber gleichzeitig für offiziellen Veranstaltungen gut genug war, bei denen man als Redaktionsleiter der Times nicht unbedingt in Jeans uns Sneakers auftauchte.

Er machte keinen gut gelaunten Eindruck. Die vielen Falten auf der Stirn und in den Augenwinkeln unter dem mit grauen Haaren bedeckten Haupt wirkten noch tiefer ausgeprägt, als sonst. Aber das war jetzt unwichtig. Das einzige, was Sam interessierte, war die Sorge um Lea. Er lehnte sich zurück und warf den Kugelschreiber auf den Tisch. «Du kennst doch Lea Johnson?»

«Natürlich. Was ist mit ihr?»

«Sie war hinter Matteo Lorenzo her und ist seit anderthalb Tagen verschwunden. Ich glaube, sie ist in eine Falle getappt.»

«Mist.» Steven trat näher, beugte sich vor und stützte sich mit den Handflächen auf dem Schreibtisch ab. «Was weißt du noch?»

«In ihrem Archiv habe ich jede Menge Hinweise auf Lorenzo im Zusammenhang mit dem Handel von Kinderpornografie gefunden und eine ausgedruckte Mail enthielt einen anonymen Tipp, dem sie nachgegangen ist.»

«Was sagt die Polizei?»

«Nichts.» Sam fuhr sich mit den Fingern durch die Haare und rieb sich die Augen, die längst vom Schlafmangel brannten. «Ihre letzte Spur führt nach Scranton. Dort habe ich in einem Industriegebiet ihr Auto gefunden. Aber die County-Cobs unternehmen nichts, weil sie keinen Grund sehen. Es gibt ja keine Spuren für ein Verbrechen. Deshalb bin ich heute Morgen bei Miller im NYPD gewesen. Er schuldete mir noch einen Gefallen.»

«Und? Hat er den Sheriff in Scranton kontaktiert?»

«Nein. Er hat drei Autonummern überprüft, die ich in dem Zusammenhang recherchiert habe, daraufhin Schweißflecken unter den Achseln bekommen und mir mitgeteilt, dass er eine Vermisstenakte anlegt, den Zettel mit den Kennzeichen hineinlegt und ansonsten nichts damit zutun haben will.»

«Arschloch. Was soll das?»

«Die Wagen sind auf Leute zugelassen, mit denen man keinen Streit anfängt.» Sam stand stöhnend auf. «Ich habe die ganze Nacht in Leas Archiv nach Hinweisen gesucht, die mir weiterhelfen können, anstatt zu schlafen. Wenn ich jetzt keinen Kaffee trinke, kriege ich Sehstörungen. Komm mit, ich gebe einen aus.»

Steven nickte und gemeinsam verließen sie das Büro. «Was weißt du außer den Autonummern?»

Während sie in den Flur schlenderten und sich dort aus dem Kaffeeautomaten bedienten, berichtete Sam von seinem Ausflug in das Industriegebiet, in dem er Leas Wagen gefunden hatte.

Steven runzelte die Stirn. «Scranton? Das ist doch eine Kleinstadt mitten in den Naturschutzgebieten. Irgendwas war vor einiger Zeit in der Gegend. Eine Mordserie, wenn ich mich richtig erinnere. Komm mit in mein Büro. Wir suchen im Archiv.»

Sam folgte ihm. Steven setzte sich an seinen Schreibtisch, stellte den Kaffeebecher ab und zog die Tastatur näher. Sam blickte ihm über die Schulter, während sein Boss sich in die Datenbank klickte und als Suchbegriff *Leichenfunde* eintippte.

Dann sahen sie gemeinsam auf den Bildschirm und beobachteten, wie sich die Zeilen füllten. Steven scrollte die lange Liste der Suchergebnisse nach unten.

«Da.» Er klickte auf einen Eintrag und ein Artikel öffnete sich. «Das meinte ich. Daran habe ich mich erinnert. Drei Kinderleichen im letzten Jahr im Tioga State Forest. Alle wurden innerhalb des Naturschutzgebietes gefunden und alle wiesen Spuren von Misshandlungen und Vergewaltigung auf. Man vermutete einen Serientäter, aber es gab nie eine echte Spur.»

Sam schüttelte den Kopf. «Das Gebiet kenne ich, da war ich schon mal wandern. Es liegt viel weiter nördlich.»

«Wo sonst würdest Du eine Leiche entsorgen, wenn du in Scranton damit sitzt?»

Sam nickte langsam. «Du hast Recht. In der Wildnis gibt es die besten Möglichkeiten. Was haben wir über die Kinderleichen?»

«Nicht viel. Aber ich meine, mich zu erinnern, dass es Hinweise auf einen Lieferwagen gab, der von mehreren Zeugen beschrieben worden war. Druck dir das Material von damals aus und lies es dir durch. Du müsstest Namen und Adressen von Leuten finden, mit denen wir in dem Zusammenhang gesprochen haben. Und dann fahr raus. Ich halte dir den Rücken frei.»

*

Eine Berührung an ihrem Zeigefinger jagte einen brennenden Pfeil durch Leas Arm. Sie riss die Augen auf, sah rot und schrie. Der Mann mit dem wilden Bart und den dunklen Augen beugte sich über sie. Er tat ihr weh! So weh!

«Shit. Tut mir leid, aber das muss jetzt sein», hörte sie die sanfte Männerstimme, die sie schon kannte.

Ihr Körper bäumte sich auf, doch dann war wieder alles schwarz und still.

Als sie das nächste Mal aufwachte, war sie allein. Sie konnte gut atmen und ihr Mund fühlte sich weniger trocken an. Die Schwere war verschwunden.

Tageslicht schien durch ein von außen vergittertes Fenster herein und erhellte einen mittelgroßen Raum, dessen Fußboden und Wände aus Holz bestanden. An einer Wand stand ein hoher Kleiderschrank und daneben ein Stuhl. Über der Lehne hingen Klamotten, die ihr unbekannt vorkamen.

Wo war sie? Sie hatte irgendwas geträumt von einem Wilden, Wald und einer Hütte. Dies war ein Blockhaus. Kein Traum?

Unwillkürlich bewegte sie einen Arm und spürte an ihrer Hand etwas schweres Kantiges. Sie hob den Kopf und sah an ihrem Körper entlang nach unten. Sie lag auf einem breiten Bett und war mit einer Decke, die in einem sauberen, weißen Bezug steckte, zugedeckt. Ihre Hände lagen auf der Decke und waren dick bandagiert. Sie konnte die Finger nicht rühren, sondern spürte etwas hartes, glattes an der Haut und den Gelenken. Anscheinend waren das Schienen. Nur die Fingerspitzen ließen sich millimeterweise bewegen, doch diese Versuche gab sie schnell auf, denn es tat weh.

Sie trug keine Hose. Ihre Beine fühlten sich nackt an und es stank nicht mehr nach Urin. Bruchstückhaft tauchten Bilder und Erinnerungsfetzen in ihrem Verstand auf. Da war ein Mann gewesen, der sie gefunden hatte. Wasser an ihren Lippen. Wahnsinnige Schmerzen bei jeder kleinen Bewegung. Ein weicher Lappen in ihrem Gesicht. Ihre Mom als junge Frau. Ein Wilder mit langen Haaren und einem dichten Bart. Brennen in den Fingern und Zehen.

Vorsichtig sah sie sich genauer im Raum um. Das Bett, auf dem sie lag, war ein breites Doppelbett. An der Wand hinter einer Tür, die nur angelehnt war, entdeckte sie metallene Garderobenhaken, an einem hing eine Lederweste. In einer Ecke lehnte ein Besen an der Wand.

Sie drehte den Kopf in Richtung Fenster. Durch die Gitterstäbe erkannte sie Bäume und ein Stück bewölkten Himmel.

Neben dem Bett stand ein Hocker und darauf ein Becher mit Wasser.

Wasser!

Sie machte Anstalten, sich aufsetzen, um danach zu greifen, doch als sie sich mit den Händen aufstützen wollte, stieß sie einen Schmerzlaut aus und gab sofort auf. Verdammt, natürlich, ein paar ihrer Finger waren ja gebrochen.

Zum Glück war der Schmerz durch die Schienen unter den Bandagen erträglich und nicht mehr so schlimm, wie sie ihn in ihrer bruchstückhaften Erinnerung empfunden hatte. Sie hob den Kopf und bewegte die Beine unter der Decke. Auch das ging. Irgendetwas Hartes drückte gegen ihre Fußsohlen.

Sie begriff. Der wilde Typ, der ihr so weh getan hatte, musste ihre gebrochenen Knochen geschient und einbandagiert haben. Er hatte sie gerettet. Wer war er?

Plötzlich hörte sie Geräusche. Eine Tür klappte und schwere Schritte auf Holzboden näherten sich. Sie drehte den Kopf und starrte auf die rohe Holztür ihrer Kammer. Ihr Herz klopfte wild.

Die Tür ging langsam auf. Der Typ mit den langen Haaren und dem dichten Bart sah herein. Ihre Blicke begegneten sich. Seine Augen wirkten fast schwarz. Ein Schreck zuckte wie ein elektrischer Schlag durch ihren Körper. *GEFAHR* schrie es in ihr. Ihr Brustkorb wurde eng. Sie hörte sich selbst keuchen, konnte jedoch den Blick nicht abwenden.

«Sch ... nicht doch», murmelte er, öffnete die Tür ganz und trat ein. «Keine Angst.»

Er wirkte riesengroß und hatte breite Schultern. Durch sein kariertes Holzfällerhemd erkannte sie die Konturen ausgeprägter Armmuskeln. Und in seiner Jeans steckten Beine mit kräftigen Oberschenkeln. Seine Hände waren doppelt so groß wie ihre und an den Füßen trug er Militärstiefel.

Er setzte sich auf den Bettrand und Leas Körper versteifte. Sie starrte ihn an und konnte den Blick nicht abwenden. *GEFAHR* schrie es immer wieder in ihrem Kopf. *GEFAHR! GEFAHR! GEFAHR!*

Tief verborgene, Jahrtausende alte und über die Generationen vererbte, Instinkte wurden wach und animierten sie, an Flucht zu denken, ihre Beine zuckten unter der Decke.

«Du kannst nicht aufstehen, Mädchen, deine Füße sind gebrochen, aber keine Angst, das kommt alles wieder in Ordnung.»

GEFAHR! GEFAHR! GEFAHR!

Er legte seine linke Pranke an ihren rechten Oberarm, sodass sich sein Körper halb über ihrem befand. Die Berührung fühlte sich warm und angenehm an, trotzdem befeuerte sie noch Leas Panik. Sie hielt die Luft an.

«Mein Name ist Jake West», sagte er langsam und deutlich. «Ich habe dich halbtot im Wald gefunden und in mein Blockhaus gebracht. Deine Finger und deine Mittelfußknochen sind gebrochen, deswegen habe ich sie geschient. Du hattest Fieber, aber das ist jetzt runtergegangen. Du wirst wieder gesund. Okay?»

Leas Verstand verarbeitete seine Erklärungen. Er lächelte. Trotzdem warnte die Stimme in ihrem Kopf immer weiter. *GEFAHR! GEFAHR! GEFAHR!*

Fass mich nicht an, komm mir nicht so nah wollte sie schreien, doch in ihrer Kehle steckte ein dicker Kloß. Es fühlte sich an, als wären ihre Stimmbänder gelähmt. Sie schluckte. Er hatte sie gerettet, aber sie war ihm hilflos ausgeliefert. Würde er das ausnutzen? Würde er über sie herfallen? War die Freundlichkeit nur aufgesetzt, um sie einzulullen? Plötzlich sah sie vor ihrem inneren Auge einen Film ablaufen. Es war der Moment, als sie sich auf dem Gelände der alten Fabrik hinter der Tonne versteckt hatte, weil sie Wachposten vorbei gekommen waren. Dieser Typ war einer der beiden, der mit den langen Haaren und dem Vollbart. *GEFAHR! GEFAHR! GEFAHR!*

Aber warum sollte er plötzlich ein Blockhaus im Wald haben und sie retten? Das ergab keinen Sinn. Ihre Erinnerung spielte ihr einen Streich.

Er richtete den Oberkörper wieder auf und hob seine Arme in einer beschwichtigenden Geste. «Ich tu dir wirklich nichts. Ich schwöre.»

Lea räusperte sich, um ihre Stimme zu aktivieren. «Wie lange bin ich hier?», flüsterte sie.

«Ich habe dich vorgestern gefunden. Du hattest hohes Fieber und hast die letzten zwanzig Stunden fest geschlafen.»

Er legte seine Hand auf ihre Stirn und ließ sich nicht davon abschrecken, dass sie zusammenzuckte. Er nickte und seine Lippen verzogen sich zu einem Lächeln. «Keine Hitze mehr. Sehr gut. Wie wäre es mit einem ordentlichen Frühstück?»

Unfähig, zu reagieren, starrte Lea ihn an. Er lächelte. «Kaffee? Oder trinkst du lieber Tee?»

Sie schluckte. «Kaffee.»

Mit einem Zwinkern stand er auf. «Kommt sofort, Madame.»

Sie sah ihm nach. Er ließ die Tür weit aufstehen und sie erkannte einen großen Raum. In ihrem Blickfeld lag eine Küchenzeile mit dunkelbraunen Schränken, die Haupteingangstür und ein Stück von einem ausladenden braunen Ledersessel.

Als er zurückkehrte, hielt er ein Tablett in den Händen und setzte es vorsichtig auf dem Hocker neben dem Bett ab.

Er lief noch einmal zurück und brachte zwei dicke Kissen mit.

Er trat an das Bett heran und beugte sich zu ihr herab. «Ich helfe dir, dich aufzurichten.»

Ohne auf eine Antwort zu warten, schob er einen Arm unter ihre Schultern. Vor Überraschung und in Erwartung neuer Schmerzen zog Lea scharf die Luft durch die Zähne, doch das hielt ihn nicht davon ab, ihren Oberkörper anzuheben. «Gleich hast du es bequem», murmelt er, steckte ihr die Kissen in den Rücken und legte seine

Hände um ihren Brustkorb, um sie wie ein Kind etwas zurückzuschieben, damit sie sich sitzend anlehnen konnte.

Alles ging so schnell, dass Lea weder protestierte, noch seine Berührungen abwehrte, und erstaunlicherweise tat es nicht weh. Er musste sehr kräftig sein, denn er hatte sie mühelos und mit sanfter Gleichmäßigkeit bewegt, ohne dass dabei ihre Hände oder Füße einen schmerzhaften Ruck hätten ertragen müssen.

Er setzte sich auf den Rand der Matratze und schob das Tablett auf ihren Schoß. Lea senkte den Blick. Auf einem Teller lag eine in kleine Happen geschnittene Brotscheibe. Die Stücke waren mit roter Marmelade bestrichen. Daneben stand ein Becher mit Kaffee, aus dem verführerisches Aroma in ihre Nase zog.

Unwillkürlich leckte sie sich über die spröden Lippen.

Sie bewegte die Arme, aber die dicken Verbände machten sie hilflos.

«Ich helfe dir.» Jake nahm den Becher und hielt ihn ihr vorsichtig an den Mund. Seine freie Hand legte sich an ihren Hals und ihre Wange, als wollte er ihre Bewegungen koordinieren. Der typische Reflex, der sie immer überfiel, wenn ein Mann ihr zu nahe kam, ließ ihre Muskeln anspannen und ihren Körper versteifen. Jake musste es spüren, aber er kommentierte ihre Reaktion nicht.

«Schön langsam trinken», ordnete er an und Lea schluckte.

Der Kaffee war das Wunderbarste, was sie je getrunken hatte. Die Energie des Koffeins schien direkt in ihr Blut zu gelangen. Sofort fühlte sie sich viel wacher.

Als er den Becher absetzte und seine Hand senkte, entspannten ihre Muskeln. Sie seufzte erleichtert.

Er lächelte. «Es geht doch nichts über einen starken Kaffee, nicht wahr?»

Lea nickte.

Er zog eine Gabel vom Tablett, spießte einen Happen Brot auf und hielt ihn ihr vor den Mund. Lea zögerte. *GEFAHR, GEFAHR,* brüllte ihre innere Stimme.

«Probier wenigstens ein Stück. Bitte.» Sein tiefer Bass vibrierte sanft in ihrer Brust. «Du brauchst etwas in den Magen, um wieder zu Kräften zu kommen.»

Zaghaft öffnete sie den Mund und er schob das Brotstück hinein. Der süße Geschmack nach Erdbeeren explodierte auf ihrer Zunge. Ganz automatisch machte sie Kaubewegungen und schluckte.

Er neigte leicht den Kopf. «Gut, oder?»

Sie nickte und er gab ihr das nächste Stück.

Es war still im Haus.

Jake hielt ihr abwechselnd den Becher und Brothappen vor den Mund. Während sie sich von ihm füttern ließ, beobachtete sie ihn und wurde das Gefühl nicht los, ihn zu kennen. War er doch einer der Gangster? Aber warum sollte er sie dann retten?

«Wer hat dir das angetan?», fragte er leise, als der Teller leer war.

«Ich muss zur Polizei», flüsterte Lea.

«Was ist dir passiert?»

Ihre Augen wurden schmal. Wusste er etwas oder nicht? Log er oder war er wirklich ein Fremder, der sie zufällig gefunden hatte? Sie musste Gewissheit haben. «Das weißt du doch.»

Konzentriert beobachtete sie sein Gesicht. Er zog die Augenbrauen hoch. «Ich? Wie kommst du darauf?»

«Du warst da.»

«Natürlich, sonst hätte ich dich ja nicht gefunden. Du lagst am Waldrand nahe eines Abhangs, und du warst allein.»

«In der Nacht», murmelte sie und er schüttelte den Kopf. «Nein, es war Tag. Sagst du mir deinen Namen?»

Sie entdeckte in seinem Gesicht keine Anzeichen von Nervosität. Das war auch schwierig, weil sein Vollbart so dicht war, aber ein nervöses Zucken der Augenlider hätte sie sehen müssen. Doch er wirkte entspannt und sah ihr ruhig in die Augen. Er glaubte, mit *da* meinte sie den Ort, wo er sie entdeckt hatte. Sie musste sich täuschen. Der Typ auf dem Gelände der Fabrik hatte lediglich auch einen Vollbart und braune Haare gehabt. Es gab viele Rockertypen, die so aussahen. Außerdem war es dunkel gewesen, sie hatte kaum etwas erkennen können. Dieser Mann war ein anderer und er hatte sie gerettet. Er würde ihr helfen.

«Ich heiße Lea Johnson. Ich bin Journalistin und muss zur Polizei und Anzeige erstatten.» Ein Hustenanfall schüttelte sie und ihre Rippen schmerzten.

Er runzelte die Stirn. «Deine Stimmbänder sind noch gereizt. Versuch, sie zu schonen. Es reicht, wenn du ganz leise redest, ich verstehe dich schon.»

Sie nickte und flüsterte ein «Okay».

«Hast du jemandem auf die Füße getreten, der das nicht nett fand.»

«So kann man es ausdrücken.»

Jake stand auf. «Leg dich wieder hin.» Er stützte ihre Schultern, zog die Kissen weg und manövrierte sie sanft in die Waagerechte. «Wer?»

Leas Körper erstarrte unter seiner Berührung. Seit den Vergewaltigungen während ihrer Kindheit konnte sie es nicht ertragen, von einem Mann berührt zu werden. Jetzt, in dieser hilflosen Lage, allein mit dem Fremden in seiner Hütte, war es noch viel schlimmer. Sein Geruch nach Mann ließ Übelkeit in ihr aufsteigen.

Er richtete sich auf und runzelte die Stirn. «Du kannst mir vertrauen. Bei mir bist du in Sicherheit.»

«Matteo Lorenzo», stieß sie aus. Wieder fixierte sie sein Gesicht, um jedes winzige nervöse Zucken oder eine fahrige Augenbewegung zu erkennen, aber sie entdeckte nichts dergleichen.

Er stieß einen leisen Pfiff aus. «Lorenzo sitzt in New York im Stadtrat. Er ist ein mächtiger Mann.»

«Du kennst ihn?»

«Nicht persönlich.»

«Ich muss zur Polizei», wiederholte Lea ihre Forderung.

Jake rieb sich über den Bart. «Wenn Lorenzo dich umbringen wollte und du wieder in der Stadt auftauchst, überlebst du keine vierundzwanzig Stunden. Der Typ hat in allen wichtigen Ämtern und Krankenhäusern Leute bestochen, die für ihn die Drecksarbeit übernehmen. Vermutlich würde dir eine Krankenschwester Luft in die Venen pumpen, während du schläfst.»

«Woher weißt du das?»

«Ich war lange beim FBI.»

«Du bist ein Agent?»

«Ich war es. Ich habe vor Jahren meinen Job geschmissen und mich hier in die Wildnis zurückgezogen, weil ich die Menschen und ihre Bösartigkeit nicht mehr ertragen habe.»

Er legte eine Hand auf ihren Arm und augenblicklich versteifte sie. Er schien es zu merken, denn er zuckte zurück. Er runzelte die Stirn, doch er kommentierte ihre Reaktion nicht, sondern stand auf. «Vertrau mir Lea. Erstmal sorgen wir dafür, dass du wieder fit wirst und dann überlegen wir gemeinsam, wie wir das Arschloch drankriegen. Schlaf noch eine Weile, okay?»

Sie nickte zögernd.

Er lächelte. «Gut. Ich lasse die Tür auf. Ruf mich, wenn du mich brauchst.»

Ohne auf eine Antwort zu warten, nahm er das Tablett und ging.

Sie sah ihm nach. Er hieß Jake West und er hatte für das FBI gearbeitet. Warum wurde sie das Gefühl nicht los, ihn zu kennen. Jake ... Jake ... Jake war ein häufiger Name. Einer der Verkäufer im *7 - Eleven* gegenüber ihrer Wohnung hieß Jake. Angestrengt wühlte sie in ihrem Gedächtnis nach weiteren Gesichtern, zu denen dieser Name passte. Warum glaubte sie, ihn zu kennen? Ähnelte er jemandem aus ihrem Bekanntenkreis? Vielleicht kannte sie ihn wegen seines alten Jobs? Als Journalistin betrat sie oft die Büros von Sicherheitsbehörden. Eventuell waren sie sich begegnet, ohne direkt miteinander zutun zu haben. Sie hatte auch mal einen Jake in den Knast gebracht, Jake Thompsen. Das war ein smarter Typ gewesen, hatte wie ein Model für Unterwäsche ausgesehen. Der hatte ihr im Gericht Rache geschworen und war geflohen, bevor er seine Haftstrafe angetreten hatte. Auch schon eine Weile her.

Sie atmete tief durch. Irgendwann würde es ihr wieder einfallen. Er hatte sie gerettet, also schwebte sie wohl bei ihm nicht in Gefahr ... es sei denn er würde eines Tages eine Gegenleistung verlangen.

Unwillig schüttelte sie den Kopf. Es nützte nichts, zu grübeln. Im Moment würde er ihr nichts tun, sonst hätte er das schon.

Sie hörte ihn nebenan mit Geschirr hantieren und leise eine Melodie summen. Ihre Augenlider wurden schwer und sie dämmerte in den Schlaf.

*

«Hier muss es sein», murmelte Sam, setzte den Blinker und bog auf den großen Parkplatz ab. Er ließ den Wagen ausrollen und schalte den Motor ab. Als er die Wagentür öffnete, fröstelte er. Es regnete zwar nicht, aber es war windig und dichte Wolkenfelder bedeckten den Himmel. Hier draußen war es bedeutend ungemütlicher als in der Stadt. Er stieg aus, holte vom Rücksitz seine dicke Winterjacke und zog sie an. Nachdem er das Auto abgeschlossen hatte, reckte er sich und ging ein paar Schritte. Nach der langen Fahrt schienen alle Gelenke eingerostet.

Er sah er sich um. Im Sommer wurden die Parkplätze rund um das Naturschutzgebiet täglich von Touristen und Wanderern gut gefüllt, jetzt war er hier ganz allein. Die Stille fiel ihm auf. Nur das Piepen und Zwitschern einiger Vögel gemixt mit dem Geräusch des Windes in den Blättern der Bäume, die längst in allen Tönen des Herbstes leuchten, waren zu hören. Ein beeindruckendes Bild einer Palette verschiedener Braun- und Gelbtöne. Was für ein Unterschied zu New York. Er trat an den Rand des Parkplatzes und sah in die Wildnis hinein. Zwischen den Ästen einer lichten Baumreihe hindurch konnte man weit gucken, die zackige Linie eines Gebirgskamms war deutlich zu erkennen.

Kein anderes Auto stand auf dem Parkplatz. Mitten in der Woche und bei herbstlichem Wetter waren nicht mal ein paar hartgesottene einheimischen Naturliebhaber unterwegs.

Sam kämmte mit den Fingern die Haare zurück, die ihm der Wind vor die Augen geweht hatte. Er atmete tief durch und sah sich um. Das hier war Wildnis pur. Wenn der geteerte Parkplatz nicht wäre, könnte man sich einbilden, ganz allein auf der Welt zu sein, und wäre der Anlass seines Ausflugs nicht so traurig, würde er ihn genießen. So aber vermittelte ihm die unberührte Natur und Einsamkeit eher ein mulmiges Gefühl.

Er knöpfte seine Jacke bis oben hin zu und schlug den Kragen hoch, um sich vor dem Wind zu schützen.

In diesem Gebiet waren Kinderleichen wie Müll entsorgt worden, und gleich würde der Ranger ihm die Stellen zeigen, an denen die toten Mädchen und Jungen gelegen hatten.

Er sah auf die Uhr. William Brooks sollte jeden Moment um die Ecke kommen. Sam war gespannt auf den Mann. Am Telefon hatte er einen ruhigen und gelassenen Eindruck vermittelt, er schien ein Mann zu sein, auf den man sich verlassen konnte. Der rauen Stimme nach schätzte er ihn auf Ende vierzig, Anfang fünfzig.

Als hätte der Ranger seine Gedanken gehört, wehte der eisige Wind das Geräusch eines Automotors erst leise dann lauter an Sams Ohr. Ein grüner Doge Ram mit dem Logo der Naturschutzbehörde bog auf dem Parkplatz ab und parkte neben seinem Auto.

Der Ranger stieg aus, setzte seinen Hut auf und schlenderte auf Sam zu. «Mister Varantes?»

«Der bin ich. Und sie sind Mister Brooks, nehme ich an.»

«Richtig.»

Sam musterte den Mann. Er hatte graue Haare und trug die Uniform der Naturschutzbehörde. Sein Gesicht war mit Falten durchzogen und die Hautbräune des Sommers noch präsent. Er war genauso groß wie Sam und seine Figur wirkte sportlich und fit.

Der Ranger runzelte die Stirn, während er einen Blick auf Sams Füße warf. «Haben Sie keine anderen Schuhe mit?»

Sam folgte seinem Blick. «Das sind meine Outdoorschuhe. Nicht gut?» Brooks zuckte mit den Schultern. «Für eine Sonntagswanderung im Central Park sicher ausreichend, hier trägt man was anderes. Lassen Sie uns losgehen, sonst wird es dunkel, bevor sie alle Fundstellen gesehen haben.»

Er marschierte in einen der Wanderwege hinein und Sam folgte ihm. Der Weg führte über felsigen Boden, der fast überall mit einer dünnen Schicht Erde und Gras bedeckt war tief in den Wald hinein.

«Warum interessieren Sie sich für die Leichenfunde», fragte Brooks, ohne sich umzusehen.

«Sie könnten mit einem neuen Vermisstenfall zusammenhängen.»

Der Rancher fragte nicht weiter, sondern marschierte stumm geradeaus. Small Talk gehörte in der Wildnis anscheinend nicht zum Standard in den Benimmregeln. Sam störte es nicht. Er war es gewohnt, ständig mit Leuten zu reden, das Schweigen im Wald war eine angenehme Abwechslung.

Nach einer Weile bog Brooks auf einen Weg ab, der so unauffällig und schmal war, dass man ihn bestenfalls als Trampelpfad bezeichnen konnte. Es ging links rum, dann irgendwann rechts rum, ein Stück an einem Bach mit klarem, fließendem Wasser entlang, über einen kleinen Steg, wieder um eine Kurve, scheinbar im Zickzackkurs durch die Wildnis. Sam hatte längst die Orientierung verloren, doch der Ranger marschierte in gleichmäßigem Tempo, ohne sich viel umzusehen. Er schien die Landschaft so gut zu kennen, wie sein Wohnzimmer.

Nach vierzig Minuten erreichten Sie eine idyllische Lichtung, die von hohem Gras bewachsen war.

Brooks blieb stehen und deutete an den Rand der lichten Fläche zu einem umgestürzten Baum. «Hinter dem alten Stamm haben wir die erste Leiche gefunden. Sie ist bis heute nicht identifiziert, weil sie von Tieren angefressen und bereits verwest war, sodass man ihre Gesichtszüge nicht mehr erkennen konnte. Laut der Gerichtsmedizin handelte es sich um ein Mädchen, das zum Zeitpunkt des Todes zwölf oder dreizehn Jahre alt gewesen war. Da der Fund zu keinem Vermisstenfall passte, gehen die Behörden davon aus, dass es ein ausländisches Kind war. Interpol ist eingeschaltet.»

Sie liefen zu der Stelle und Sam musste einen Anfall von Übelkeit hinunterschlucken, obwohl hinter dem morschen Baumstamm nichts mehr auf einen Leichenfund hinwies.

«Wer hat sie gefunden?», fragte er und zog sein Handy heraus, um ein Foto zu machen.

Brooks stellte einen Fuß auf einen Felsbrocken und lehnte sich mit dem Unterarm auf seinen Oberschenkel. Er kratzte sich am Ohr. Sein Hut verrutschte und er rückte ihn wieder gerade. «Wanderer. Sie wollten hier picknicken und bemerkten den Gestank.» Er drehte sich halb und zeigte nach vorne.

«Die nächsten Leichen lagen tiefer im Gestrüpp da hinten. Sie wurden nur wenige Wochen später von Waldarbeiten entdeckt. Ich zeige Ihnen die Stelle.»

Sie schlängelten sich hintereinander um dichtes Buschwerk herum und Sam fluchte innerlich über seine tatsächlich äußerst unpraktischen Schuhe. Er rutschte immer wieder auf dem felsigen Boden aus und seit er in eine Wasserpfütze getreten war, war sein linker Fuß nass. Brooks hatte Recht, diese Treter taugten nur für den Stadtpark.

Dem Rancher merkte man keine Zeichen von Anstrengung an, aber Sam kam allmählich ins Schwitzen. Der Wind war zwischen den

Bäumen nicht so sehr zu spüren wie auf dem offenen Parkplatz. Vielleicht lag es aber auch daran, dass er eine miese Kondition hatte. Er sollte mehr Sport treiben.

Brooks blieb stehen und zeigte auf einen Felsbrocken, der ungefähr hüfthoch aus dem Erdreich ragte. «Hier lag Nummer zwei und gleich daneben Nummer drei. Es waren ein Mädchen und ein Junge, die ihrem Zustand nach gleichzeitig hier abgelegt worden waren. Nach den Funden organisierten wir eine weitläufige Suchaktion und fanden drei weitere Kinderleiche, ein Mädchen und zwei Jungen, zwanzig Meter weiter. Wir sind nicht sicher, ob die Fundorte auch die Ablageorte waren. Es gab Schleifspuren und Tierhaare. Ein Mädchen war ganz sicher von Braunbären verschleppt worden. Er seufzte und stemmte die Fäuste in die Seiten. Danach war ein paar Wochen lang Ruhe, bis Waldarbeiter die bisher letzte Leiche fanden. «Sie lag etwas weiter nördlich an einem kleinen See.»

Sam machte wieder Fotos. «Wie sind die Kinder ums Leben gekommen?»

«Unterschiedlich. Zwei sind erschossen worden, ein Junge hatte Würgemale am Hals, das Mädchen, was zuletzt gefunden wurde, ist laut Obduktionsbericht an inneren Blutungen nach Vergewaltigung gestorben. Sie war zehn oder elf Jahre alt.»

Sam schluckte. Die Vorstellung, dass ein so junges Mädchen so sterben musste, war nicht so leicht zu verkraften.

«Und die Polizei ist sicher, dass alle Funde im Zusammenhang stehen?», fragte er.

Der Ranger nickte. «Man fand an mehreren Leichen Spuren, die sich glichen. Der Staub an ihren Füßen enthielt gleiche Substanzen.»

Sam runzelte die «Was für Substanzen?»

«Winzige Metallpartikel.»

«Wie von Konserven?»

Der Ranger zuckte mit den Schultern. «Keine Ahnung. Fragen Sie den Gerichtsmediziner. Wir müssen da lang.» Er zeigte Richtung

Norden, und sie gingen nebeneinander weiter. Sam hob den Arm und schützte sein Gesicht vor herabhängenden Zweigen. «Gab es weitere Ähnlichkeiten?»

«Alle waren mager und sexuell missbraucht worden.» Brooks seufzte. «Der Sheriff vermutet, dass die Mädchen und Jungen vor ihrem Tod einen längeren Zeitraum gefangengehalten und regelmäßig vergewaltigt worden sind. Entsorgt haben die Arschlöcher sie, wenn sie ausgelaugt und gesundheitlich am Ende waren.»

«Die? Kein Einzeltäter?»

Brooks zuckte mit den Schultern. «Nein, es sieht nach organisierter Kriminalität aus.»

Sam nickte versonnen. Sein Bauchgefühl sagte ihm, dass Steven den richtigen Riecher gehabt hatte. Was der Ranger erzählte, passte zu Leas Recherchen und dem, was sie über Lorenzo vermutete. Anscheinend war der anonyme Hinweis in der Mail von ihrem Schreibtisch tatsächlich eine heiße Spur gewesen. «Wo kamen die Kinder her? War es möglich, welche zu identifizieren?»

«Bisher sind drei Identitäten geklärt. Sie galten bereits mehrere Monate lang als vermisst. Nur ein Mädchen kam aus den USA, die anderen aus Europa.»

Sam stutzte. «Europa? Ich hätte eher Mexiko oder Asien vermutet.»

«Nein, es waren blonde, hübsche Kinder, deren Eltern ausfindig gemacht werden konnten. Ein Mädchen ist in Deutschland entführt worden, das andere in den Niederlanden.»

Sie erreichten einen breiten Weg, auf dem deutlich sichtbare Reifenspuren zu sehen waren. Der Rancher blieb stehen. «Dieser Weg geht direkt von der Hauptstraße ab und ist für Privatautos gesperrt. Nur Jäger und Waldarbeiter haben die Erlaubnis, ihn zu benutzen. Wenige Meter neben diesem Weg lag die letzte Leiche, und es gab frische Reifenspuren eines Lieferwagens, der ganz sicher keinem der Leute gehört, die hier reinfahren dürfen. Wir vermuten, dass die

Arschlöcher gestört wurden und das Opfer deshalb nicht wie die anderen tiefer in die Wildnis schleppten, sondern hier offen liegenließen. Leider haben sich aber trotz mehrerer Aufrufe keine Zeugen gemeldet.»

Sie marschierten ein Stück weiter, und Brooks zeigte Sam den Fundort hinter einem kleinen Busch. Nachdem Sam auch hier mit seinem Handy fotografiert hatte, deutete Brooks in die entgegengesetzte Richtung den Weg entlang. «Wir können hier hoch zur Straße, von da ist es nicht weit bis zum Parkplatz.»

Sie liefen nebeneinander los.

Sam schüttelte den Kopf. «Ich verstehe nicht, warum die Leichen nicht vergraben wurden, das wäre für die Verbrecher doch sicherer gewesen.»

«Der Boden ist hier an vielen Stellen zu felsig, und wenn man weiches Erdreich findet, müsste man sehr tief graben, um Tiere davon abzuhalten, die Leichen wieder auszubuddeln. Das ist denen zu mühsam. Solche Verbrecher gehören zu großen, gut organisierten Banden. Die fühlen sich sicher. Es ist ihnen egal, ob und wann die Kinder gefunden werden. Was ...» Er blieb stehen, sah zur Seite auf eine felsige und mit Sträuchern bewachsene Fläche, und runzelte die Stirn. «Wer, verdammt noch mal, hat da seinen Müll entsorgt?»

Er bog vom Weg ab und lief querfeldein. Sam folgte ihm und dann entdeckte er, was dem Rancher aufgefallen war. Halb in einem Gebüsch lag eine große, eingerissene Plane. Es handelte sich nicht um eine dünne Plastikfolie, sondern um schweres, dickes Material, wie man es auf Baustellen, oder in Industrieunternehmen nutzte.

Der Ranger fasste die graue Plane an und zog sie auseinander. Sie war ungefähr zwei mal vier Meter groß. Sam beugte sich vor und rümpfte die Nase. «Das stinkt ja ekelhaft.»

Brooks senkte den Kopf und roch ebenfalls an der Plane. «Das ist Urin.»

Sam verzog angewidert das Gesicht. «Ein Bär?»

«Riecht verdammt nach Mensch.» Der Ranger kratzte sich am Kinn. «Das gefällt mir nicht.» Er zeigte auf den Boden. «Hier sind Schleifspuren. Vielleicht ist hier schon wieder ein Leichnam abgelegt worden.»

In Sams Hals bildete sich ein dicker Kloß und Leas Gesicht erschien vor seinem inneren Auge. Plötzlich war ihm eiskalt. Er sah sich um. «Aber hier liegt nirgends ein Mensch.»

«Vielleicht wurde er von einem Tier verschleppt. Die Spurensicherung wird hier alles absuchen.»

Sam kämpfte gegen einen Würgereiz. War Leas Leiche hier entsorgt worden? Hatten Tiere sie aus der Plane gewickelt, irgendwo hingeschleppt und ihren Körper angefressen?

Der Rancher neigte leicht den Kopf. «Was ist los, Mann? Kotzen Sie hier nicht hin. Nachher versauen sie noch irgendwelche wichtigen Spuren.»

Sam schüttelte den Kopf. «Nein. Keine Angst.» Er presste die Lippen aufeinander.

Brooks runzelte die Stirn. «Sie sind nicht nur wegen der Kinderleichen hier. Sie sprachen von einem Vermisstenfall.»

Sam stöhnte. «Eine Kollegin von mir war Typen auf der Spur, die vermutlich Kinderhandel betreiben und Kinderpornos verkaufen. Sie heißt Lea Johnson und wird seit vier Tagen vermisst. Ich suche sie und mache mir große Sorgen.»

Brooks nickte langsam und drückte seine Schulter. «Verstehe.»

Seufzend holte er sein Handy heraus und alarmierte die Polizei. Als er das Telefon wieder wegsteckte, sah er Sam an. «Verschwinden Sie, Varantes. Unser Sheriff mag keine Presseleute. Wenn er kommt, sollte hier niemand rumlaufen, der hier nichts zu suchen hat. Je mehr Leute anwesend sind, desto mehr Spuren werden zerstört.»

Sam wollte protestieren, doch Brooks hob die Hand. «Seien Sie vernünftig, Mann. Ich rufe Sie an, wenn wir was finden. Versprochen.»

Der Ranger hatte Recht. Er konnte nichts tun, würde nur im Weg rumstehen, während die Leute von der Spurensicherung ihre Arbeit machen. Seufzend nickte er. «Okay. Ich verzieh mich.»

«Gehen Sie geradeaus und wenn Sie die Straße erreichen, rechts entlang weiter. Von da aus sind es nur rund fünfhundert Meter bis zum Parkplatz.»

6

Lea erwachte, weil sie dringend zur Toilette musste. Durch das Fenster schien die Sonne herein. Sie hatte keine Ahnung, wie lange sie geschlafen hatte, aber sie fühlte sich deutlich besser, als in der letzten wachen Phase.

Ihr Blick glitt durch den Raum. Sonnenstrahlen und die Schatten von sich draußen im Wind bewegenden Tannenzweige warfen Muster auf die Holzwände. Ein bisschen wirkte es, als würde eine graue Krallenhand darüber kratzen.

Die Tür war wieder nur angelehnt, aber aus dem Nebenraum war kein Geräusch zu hören, außer dem Knistern eines Feuers. Das war ihr schon mal aufgefallen, aber sie hatte es nicht beachtet. Anscheinend wurde die Hütte mit einem offenen Kamin beheizt.

Allein aufstehen, war angesichts ihrer lädierten Gliedmaßen wohl nicht möglich. Sie würde sich von Jake helfen lassen müssen. Der Gedanke verknotete ihren Magen. Wie sollte sie das aushalten, wenn schon der förmliche Händedruck eines Mannes dafür sorgte, dass sämtliche Muskeln ihres Körpers auf Fluchtmodus schalteten.

Im Moment war sie schmerzfrei. Sie bewegte sich vorsichtig und schob die Decke zurück. Es tat nicht weh. Sie rollte auf die Seite, stützte sich mit dem Unterarm auf und schaffte es tatsächlich, die Beine aus dem Bett zu heben und sich aufzusetzen.

Sie starrte an sich herunter. Zum ersten Mal realisierte sie mit dem Verstand, dass sie ihre Klamotten nicht mehr anhatte. Ihre Beine waren nackt und am Körper trug sie eine Art Nachthemd. Nein, kein Nachthemd, sondern ein übergroßes graues T-Shirt und darunter ... nichts. Keine Unterwäsche. Jake musste sie vollständig entkleidet haben, während sie ohne Bewusstsein gewesen war.

Sie atmete mehrmals tief durch, um die Enge aus dem Brustkorb zu vertreiben, die sich, bei dieser Erkenntnis, dort gebildet hatte.

Ihre Füße berührten den Boden, oder besser gesagt, die Wülste, bestehend aus Schienen an den Fußsohlen und dicken Lagen von Bandagen darum herum, berührten den Boden. Ob sie ihr Gewicht tragen würden? Vielleicht konnte sie krabbeln, wie sie es auch im Wald getan hatte, um Hilfe zu finden. Sie Sie versuche, sich abzustützen, um mit dem Po weiter an den Rand der Matratze zu rutschen. Dabei drückte sie versehentlich gegen den Hocker neben dem Bett und schob ihn rumpelnd über den Boden.

Sofort ertönte nebenan ein schabendes Geräusch und gleich darauf hörte sie schwere Männerschritte. Eine Sekunde später stand Jake im Türrahmen. «Hey.»

«Hey», flüsterte sie. Ihre Kehle war immer noch rau.

Er lächelte. «Dir gehts besser. Das ist gut.»

Lea räusperte sich. «Ich muss mal aufstehen», krächzte sie und machte Anstalten, sich mit den Handschienen abzustützen, um sich zu erheben.

«Ho, ho, ho ... das wird nichts, Mädchen.» Mit zwei Schritten war er bei ihr und legte seine Hände leicht auf ihre Schultern.

Sie versteifte.

«Du kannst nicht stehen. Ich werde dich tragen.» Er ließ sie los, stellte sich etwas mehr seitlich, beugte sich herab und legte eine Hand auf ihren Rücken, die andere wollte er unter ihre Kniekehlen schieben.

«NEIN!»

Er zuckte sofort zurück, hob die Augenbrauen und zog die Stirn kraus.

Lea presste die Lippen aufeinander. Was für eine scheiß Situation. Sie zwang sich, zu ihm aufzusehen. «Ich kann es nicht gut aushalten, berührt zu werden. Und ... äh ... ich werde auch nicht gern *Mädchen* genannt.»

«Sorry. Ich versuche, dran zu denken.» Er lächelte. An seinen Augen bildeten sich kleine Lachfältchen und seine Nase zuckte. Das entschärfte seine körperliche Dominanz, vor der sie Angst hatte. Er wirkte fast verlegen und sah für einen Moment zum Fenster hinaus, als müsste er seinen Gedanken ordnen.

Dann schüttelte er den Kopf und sah wieder auf sie hinab und stützte die Hände in die Taille. «Laufen kannst du definitiv nicht. Ich muss dich tragen, aber ich werde sehr vorsichtig sein. Es wird nicht weh tun. Die Schienen sitzen gut und schützen deine Finger und Zehen.»

«Darum geht es nicht.» Verflucht, sie hasste es, darüber reden zu müssen. Sie atmete tief durch und wendete den Blick ab. «Mir wird schlecht. Übel. Ich muss kotzen, wenn mich ein Mann anfasst.»

«Oh.» Ihr Blick zuckte zu ihm hoch. Er nickte langsam. «Schlimme Erfahrungen?»

Sie senkte schnell wieder den Kopf. «Mhm.»

«Verstehe.» Er drehte sich und setzte sich neben sie auf das Bett, ohne sie zu berühren. Leas Muskeln zuckten trotzdem in Alarmbereitschaft. Er legte seine Unterarme auf seine Oberschenkel und faltete die Hände. «Das Bad ist direkt nebenan. Bis zur Toilette sind es nur ein paar Schritte.» Er seufzte und atmete tief durch. «Okay, ich bin bereit, zu riskieren, dass du mich vollkotzt.»

Das Bild des großen kräftigen Mannes mit dem wilden Vollbart neben ihr und dazu der Satz aus seinem Mund, der sich anhörte, als hätte er allen Mut zusammennehmen müssen, um ihn auszusprechen, animierten Lea, zu kichern.

Er drehte den Kopf, zwinkerte und grinste. «Sollen wir es wagen?»

Sie zog seufzend die Nase kraus. «Es bleibt uns wohl nichts anderes übrig.»

Er nickte und stand auf, verschwand kurz nebenan und sie hörte eine Tür aufgehen und etwas klappern. Dann kehrte er zurück. «Alles klar, Lea Johnson. Der Weg ist frei und der Klodeckel offen, es wird ganz schnell gehen. Einfach nicht drüber nachdenken, okay.»

Ohne auf eine Antwort zu warten, schob er einen Arm unter ihre Knie, den anderen um ihre Schultern und hob sie hoch. Lea hatte nicht das Gefühl, dass er sich anstrengen musste. Wie zu erwarten, verkrampfte sie am ganzen Körper und in ihrer Kehle bildete sich ein dicker Kloß. Sie hielt den Atem an, um seinen Geruch nicht einatmen zu müssen. Er bewegte sich mit ruhigen, aber großen Schritten aus dem Schlafzimmer heraus und in ein geräumiges Badezimmer hinein. Leas Blick fiel auf eine riesige Eckbadewanne, einer Toilette und ein Waschbecken. Neben dem Klo blieb er stehen, ließ sie sanft auf die Klobrille hinunter und zog dabei an der Rückseite des T-Shirts, sodass ihr Gesäß entblößt wurde.

Ohne sie anzusehen, verließ er den Raum. «Ruf mich, wenn du fertig bist.»

Er schloss die Tür und Lea atmete aus.

Das körperliche Bedürfnis, die Blase zu leeren, überdeckte für diesen Moment jedes Gefühl von Peinlichkeit oder Scham und erleichtert gab sie dem Drang nach.

Sie sah sich um. Die große Badewanne war blitzsauber. In einen schicken Waschtisch aus grauem Marmor war ein weißes Waschbecken integriert, die modernen Armaturen glänzten und in einem hohen Regal entdeckte sie Handtücher, Schachteln mit Seifen, Dosen mit Lotionen und andere Utensilien für das menschliche Wohlbefinden. Neben dem Waschbecken stand ein Glas mit einer Zahnbürste und an der Wand hing an einem Haken ein Bademantel. In einer Jagdhütte mitten in der Wildnis ein so schönes riesiges Badezimmer ... das hatte sie nicht erwartet. Stand das Blockhaus gar nicht so weit ab von jeder Zivilisation, wie sie glaubte?

Ihre Füße in den unförmigen Bandagewülsten berührten den Boden und sie probierte etwas Gewicht darauf zu legen, das funktionierte sogar, doch sie konnte die Hände nicht nutzen, um sich festzuhalten. Sie konnte sich nicht mal den Arsch abwischen. Keine Chance, sie war selbst für die intimsten alltäglichen Handlungen auf Jake angewiesen. Allein der Gedanke drehte bereits ihren Mageninhalt um, und sie schmeckte bittere Galle im Mund.

«Ich bin fertig», krächzte sie widerwillig.

Er kam herein und stellte sich wieder neben sie. «Beug dich vor», murmelte er und drückte sie leicht zwischen den Schulterblättern nach vorne. Er riss Klopapier ab und tupfte ihren Schambereich trocken. In Leas Brustkorb verkrampfte sich alles, ihr Magen wollte rebellieren, sie wimmerte auf, doch dann spülte er schon, legte einen Arm um ihre Schultern, den anderen unter ihre Knie und hob sie hoch.

Im Wohnraum blieb er vor einer riesigen, gemütlich wirkenden, ledernen Wohnlandschaft stehen, auf der er ein Bettlaken ausgebreitet hatte. Er ließ sie vorsichtig hinab, sodass sie sitzend auf der Seite der Couch landete, auf der ihre Beine lang hoch liegen konnten. «Bitte sehr, Madame.»

Er richtete sich auf und ging in die Schlafkammer, kehrte mit der Bettdecke zurück und deckte sie fürsorglich zu. «Ich habe extra für meinen Gast einen Kuchen gebacken.»

«Oh.»

Zwinkernd wendete er sich ab und schlenderte hinter einen Küchentresen zu einer modern wirkenden Küchenzeile mit Spüle, Backofen, Mikrowellengerät und Kühlschrank. Lea sah sich um. Der Wohnraum war riesengroß. Vermutlich passte ihr New Yorker Appartement zweimal hier hinein. Vorne rechts und links neben der Tür gab es Fenster, doch die waren, genauso wie das über der Spüle in der Küche, vergittert. Neben einem breiten Kamin, in dem ein Feuer brannte, stand ein Schrank, dessen Tür offen war, sodass ihr Blick auf zwei Jagdwaffen fiel. Sie schluckte. Sie mochte keine Waffen, sie weckten Erinnerungen an ihre Kindheit. Augenblicklich spürte sie Platzangst und Enge im Brustkorb. Sie war in diesem Blockhaus allein mit einem fremden Mann, der Waffen besaß. Er war viel größer, kräftiger und selbstbewusster, als sie und die dicken Gitter vor den Fenstern schüchterten sie zusätzlich ein. Sie war hilflos bei ihm eingesperrt. Er konnte sie zu allem zwingen, wenn er wollte.

Er war nett. Noch war er nett. Sehr nett. Zu nett. Zu freundliches

Lächeln. Das war gefährlich. Mit förmlicher Distanz zu einem Mann kam sie besser klar, als mit betörender Sanftheit und einlullender Fürsorglichkeit.

Vor der Couch standen ein niedriger ovaler Tisch und gegenüber zwei breite Sessel. Es gab einen Fernseher auf einem Sideboard. Auf einem Esstisch lagen ein paar Zeitschriften und ein Smartphone, in einem Regal sah sie Bücher, vorwiegend Krimis.

Wieder glitt ihr Blick in den Küchenbereich, dessen moderne Ausstattung sie immer noch staunen ließ.

«Wo sind wir hier?», fragte Lea.

«Tioga State Forest. Weitab jeden Wanderweges.»

«Welcher Ort ist am nächsten?»

«Der einzige Größere ist Wellsboro, der nächstgelegene mit einem Lebensmittelladen und einer Post ist Stony Folk. Dahin brauche ich mit dem Auto etwas länger als eine halbe Stunde.»

«So weit?»

Er lachte. «Auf Waldwegen kann man nur langsam fahren. Im Winter bei Schnee bin ich manchmal für eine Weile von der Außenwelt abgeschlossen.»

Sie runzelte die Stirn. Die Blockhütte stand tatsächlich mitten in der Wildnis. Nach Scranton waren es mindestens zwei Stunden Fahrtzeit. Anscheinend war sie eingewickelt in der Plane im Transporter lange ohne Bewusstsein gewesen, denn die Fahrt war ihr nicht so lang vorkommen.

Konnte das alles wirklich so sein, wie er es sagte? Vielleicht log er sie an. Aber warum? Wollte er sie nicht weglassen, sondern verstecken und …

Er warf ihr über die Schulter einen Blick zu, während er am Küchenwaschbecken hantierte. «Glaubst du mir nicht?»

«Na ja. Deine Einrichtung ist …»

Er lachte. «Sonnenkollektoren und ein mit Diesel betriebener Generator sorgen für Strom. Am Haus ist ein Grundwasserbrunnen, dessen Pumpe mir drinnen das fließende Wasser beschert, und für Toilette und Abwasser habe ich eine streng ökologische Sickergrube anlegen lassen.»

«Wow.»

«Ich mag es einsam, aber nicht primitiv.»

«Ich wusste nicht, dass man in dieser Gegend überhaupt bauen darf.»

«Darf man heute wohl auch nicht mehr. Die erste Version dieser Jagdhütte ist über hundert Jahre alt. Sie wurde von Generation zu Generation innerhalb meiner Familie vererbt und immer wieder renoviert und ausgebaut.»

Er öffnete einen Kühlschrank, holte eine Saftflasche heraus und goss ein Glas voll. Dann schlenderte er damit zu Lea hinüber und setzte sich zu ihr auf die Couch. «Trink. Du hattest viel zu wenig Flüssigkeit in den letzten beiden Tagen.»

Ohne ihr die Zeit zu geben, sich auf seine Berührungen einzustellen, legte er einen Arm in ihren Nacken und hielt ihr das Glas an die Lippen. Lea zuckte zwar zusammen, aber sie trank. Es war süßer Orangensaft, der herrlich kühl ihre gereizte Kehle verwöhnte. Für einen Moment vergaß sie die unangenehme Nähe des Mannes, und leerte gierig das ganze Glas.

Er lächelte und griff nach einem Papiertuch aus einer Box auf dem Tisch, mit dem er ihr sanft die Mundwinkel und das Kinn abwischte, nachdem er das Glas abgestellt hatte. Die Nähe war plötzlich so intim, dass Lea augenblicklich versteifte und Atemprobleme bekam.

Er zog sich zurück und drückte kurz ihre Schulter. «Schon fertig. Entspann dich.»

Ohne auf eine Antwort zu warten, stand er auf und Lea ließ zitternd die Luft aus den Lungen.

Etwas piepte. «Ah! Unser Kuchen!» Jake schlenderte zur Küchenzeile, öffnete die Backofentür und holte mit Hilfe eines dicken

Topflappens eine Kuchenform heraus, die er auf der Spüle abstellte. Herrlicher Duft füllte den Raum. «Ich hoffe, du magst warmen Apfelkuchen.»

Lea nickte.

Er lächelte. «Sehr gut.»

Ihr Blick fiel auf das Smartphone. «Kann ich jemanden anrufen?»

Er winkte ab. «Kein Netz. Wenn ich telefonieren will, fahre ich ein paar Meilen Richtung Osten einen Berg hoch, da gehts. Wir haben hier auch kein Internet, und das Fernsehen funktioniert nicht mehr, seit man Programme nur noch digital und nicht mehr über Antenne empfangen kann.

«Warum hast du keine Satellitenschüssel?»

Er winkte seufzend ab. «Ich sollte mir mal eine anschaffen, aber es ist mir nicht besonders wichtig.»

Lea schluckte. Das was seltsam. Jedes moderne Wohnmobil hatte eine Satellitenschüssel, und Handyempfang war bei fast allen Anbietern selbst in den abgelegensten Gegenden um New York herum seit Jahren kein Problem mehr. Log er sie doch an? Wovon lebte er? Musste nicht jeder Mensch mit anderen kommunizieren?

Sie war mit Jake von der Außenwelt abgeschnitten. Sie war hilflos und ihm ausgeliefert. Wollte er verhindern, dass sie zu anderen Menschen Kontakt aufnahm? Sie bewegte die Arme, und ihr Blick fiel auf ihre dick einbandagierten Hände, mit denen sie nicht mal einen Kaffeebecher selber greifen konnte. Nach ihrer Erinnerung waren nur zwei Finger je Hand betroffen. Hatte er ihre Hände so dick eingewickelt, um sie wehrlos zu machen? Ihr Herz klopfte schneller. «Sind alle meine Finger gebrochen?», fragte sie.

Jake, der damit beschäftigt war, den Kuchen aufzuschneiden und zwei Teller zu füllen, sah auf. «Auf beiden Seiten die Zeigefinger und Mittelfinger. Aber es sind glatte Brüche, die Enden werden gut wieder zusammenwachsen.»

«Also könnte ich die Daumen ...»

«Bald. Ich habe deine Hände ganz einbandagiert, weil nur dann die beiden betroffenen Finger wirklich still liegen. So hätte es auch ein Arzt gemacht. Kaffee?»

Sie nickte und er setzte Wasser auf.

«Die absolut ruhige Lage der Bruchstellen ist notwendig, damit die Knochen reibungslos zusammenwachsen.» Er lächelte, während er Kaffeepulver in eine Pressstempelkanne füllte. «In drei Wochen ist das Gröbste überstanden. Dann werden kleinere Schienen und Verbände reichen. Ich habe mich informiert, vertrau mir.»

«Wo hast du dich informiert?»

«Im Internet.»

«Aber ...»

Er zwinkerte. «Ich bin auf den Berg gefahren, während du geschlafen hast.»

«Ach so. Sorry.» Lea spürte, dass ihre Wangen heiß wurden.

Jake schlenderte näher und stellte die Teller auf dem Tisch ab. «Keine Sorge Lea, nach dem, was du erlebt hast, ist es ganz normal, dass du misstrauisch bist. Wenn du mich besser kennst, wirst du mir vertrauen.» Er setzte sich und sah sie an. «Frag mich, was immer du wissen willst.»

«Wovon lebst du? Hast du keinen Job?»

«Ich habe ein kleines Vermögen von meiner Familie geerbt. Und hier draußen braucht man nicht viel.» Er winkte ab. «Aber ich bin nicht nur faul. Ich arbeite an einem Buch über meine Zeit beim FBI.»

«Interessant.»

«Wen möchtest du anrufen?»

«Ähm ...» Lea zögerte. Ihr Misstrauen war noch lange nicht abgeklungen. Er musste nicht unbedingt erfahren, dass sie Einzelgängerin war und außer Sammy weder Freunde noch Familie hatte, die sie vermissten. Ob Sam nach ihr suchte? Wenn er die Nachricht auf seinem Handy gelesen hatte, ganz sicher. Doch in dieser

Wildnis würde er sie niemals finden.

«Meine Auftraggeber. Die warten auf Material», murmelte sie schnell.

«Wir könnten morgen zusammen hochfahren und telefonieren, aber ...» Er runzelte die Stirn und wiegte den Kopf hin und her.

«Was?»

«Matteo Lorenzo ist dem FBI seit langem bekannt. Nur weil man ihm noch nie etwas nachweisen konnte, heißt das nicht, dass man ihn nicht auf dem Schirm hat. Der Typ ist mächtig. Er hat überall seine Spione sitzen, und wenn er sichergehen will, dass eine Journalistin nichts über ihn veröffentlicht, wird er entsprechend sorgfältig ihre Auftraggeber überwachen. Ein Anruf könnte ihn auf unsere Spur bringen.»

«Er hält mich für tot.»

«Er wird überprüfen, ob dich jemand vermisst und man nach dir sucht.»

«Er weiß nicht, für wen ich arbeite.»

«Hattest du ein Handy dabei, als sie dich beim Spionieren erwischt haben?»

«Ja.»

«Das hat jetzt er. Geh davon aus, dass er Leute auf der Gehaltsliste hat, die jede Zugangssicherung knacken können.»

«Mhm.» Leas Brustkorb zog sich schmerzhaft zusammen. Ob die Arschlöcher die Message an Sam gefunden hatten? War er jetzt in Gefahr? Hatten sie ihn vielleicht längst ermordet? Sie schluckte hart.

«Woher weißt du, dass sie mich in der alten Fabrik erwischt haben?»

«Ich weiß nichts von einer alten Fabrik.»

«Aber du hast doch eben ...»

«Hey», er hob in einer besänftigenden Geste die Hände. «Lea, du hast mir erzählt, dass du Ärger mit Lorenzo hast. Stimmts?»

«Ja.»

«Und seine Truppe hat dich gefoltert und in der Wildnis ausgesetzt. Das stimmt auch, oder?»

«Ja.»

«Also müssen sie dich bei etwas erwischt haben, was du gesehen oder gehört hast, aber nicht hättest sehen oder hören sollen. Deshalb bin ich davon ausgegangen, dass Du spioniert hast. Ich habe nur Schlussfolgerungen gezogen. Okay?»

«Ähm ... ja. Entschuldigung.»

«Kein Problem. Wie ich schon sagte: Frag mich jederzeit und alles. Ich möchte, dass du mir vertraust.»

Sie nickte zögernd, er lächelte und drückte kurz ihr Bein.

Das Wasser auf dem Gasherd kochte und er stand auf, um die Kaffeekanne zu füllen.

Als er kurz darauf mit gefüllten Bechern zurückkehrte, setzte er sich so dicht neben sie, dass sein Oberschenkel ihren berührte.

Unwillkürlich versuchte sie, auszuweichen, aber das war nicht möglich.

«Gewöhne dich an meine Nähe, Lea, ich werde dich in den nächsten Tagen sehr oft anfassen müssen. Ich muss dir ins Bad helfen, ich muss dich ausziehen, waschen und wieder anziehen. Ich werde dir die Zähne putzen und dich mehrmals am Tag tragen. Ich habe dir bis jetzt nichts angetan und ich werde dir auch nichts tun. Wir machen das wie einen Sprung ins kalte Wasser. Stell es dir wie eine Konfrontationstherapie bei einem Psychotherapeuten vor. Je mehr gute Erfahrungen du mit mir machst, desto eher wirst du dich trotz meiner Nähe entspannen können.»

Lea presste die Lippen zusammen und starrte nach vorne. Ihr Herz klopfte so heftig, dass es bis in ihren Hals hinein dröhnte. Überdeutlich fühlte sie seine Körperwärme an ihrem Bein und sie wollte nichts lieber, als aufspringen und flüchten. Aber das ging nicht. Sie war ihm wehrlos ausgeliefert. In ihrem Nacken kribbelte es, als ob über ihr das geöffnete Maul eines Raubtieres schwebte, das in der nächsten Sekunde ihr Genick packen würde. Er lebte allein in der Wildnis. Wenn er ein gesunder Mann war, hatte er Bedürfnisse. Wer weiß, ob er sie nicht nur einlullen wollte, um bei erstbester Gelegenheit ...

Er hielt ein Stück Kuchen an ihren Mund, doch sie war so erstarrt, dass ihre Lippen sich wie zugeklebt anfühlten.

Er kommentierte ihr Zögern nicht, sondern erzählte von einem Seeadler, den er am Morgen ganz nah über der Hütte beobachtet hatte. Dessen Flügel hätten über eine bemerkenswerte Spannbreite verfügt, und beim nächsten Mal würde er Lea holen, damit sie den Anblick ebenfalls genießen könnte.

Sie nahm alle Kraft zusammen und riss den Mund auf.

Er begann, sie mit Kaffee und Kuchen zu füttern und sich auch immer wieder selbst zu bedienen.

Vielleicht war es seine lässige Art und die Gleichmütigkeit, die er ausstrahlte, als wäre es völlig normal, eine fremde Frau zu füttern, die ihr half, allmählich ruhiger zu werden.

Gelassen über die Natur, das Wetter und die Schwarzbären vor sich hin plaudernd, hielt er ihr immer wieder die Kuchengabel oder den Kaffeebecher an den Mund. Sie kaute und schluckte und schämte sich für ihr Misstrauen. Er hatte Recht. Wenn er gewollt hätte, hätte er ihr schon längst etwas angetan. Sie musste lernen, ihm zu trauen.

Nach einer Weile begannen Leas verkrampfte Muskeln vor Anstrengung zu zittern. Nach und nach entspannte sie und atmete gleichmäßiger.

«Siehst du, so ist es besser», murmelte Jake und lächelte, als er die Gabel mit dem letzten Stück Kuchen an die Lippen hielt.

«Möchtest du einen Film gucken?»

Irritiert runzelte sie die Stirn. «Ich denke, du hast keine Satellitenschüssel?»

«Schon mal was von DVDs gehört?» Er stupste sie auf die Nasenspitze. «Ich habe allerdings nur Krimis, davon jedoch reichlich.»

Er stand auf, öffnete die Tür des Sideboards unter dem Fernseher, und Leas Blick fiel auf einen DVD Player und eine beachtliche Anzahl von Filmen.

«Kennst du den?», fragte er und hielt ein Cover hoch. Lea sah gar nicht hin. «Nein», sagte sie. Sie sah nie Krimis, sie kannte garantiert keinen einzigen aus seiner Sammlung. Er grinste. «Das ist gut, den habe ich mir nämlich erst letzte Woche besorgt und selber noch nicht gesehen.»

Er schaltete die Geräte ein, legte die DVD in den Player und griff nach einer Fernbedienung. Dann schob er mit einem eisernen Hacken die Glut im Kamin zusammen und legte zwei frische Holzscheite drauf.

Er setzte sich wieder zu ihr, hob die Beine auf das lange Couchteil neben ihre und überkreuzte die Knöchel.

«Machs dir gemütlich», murmelte er, legte den Arm um ihre Schultern und zog sie sachte an seinen Körper. Augenblicklich versteifte Lea.

Sich notgedrungen von ihm füttern zu lassen und auf der Toilette zu ertragen, dass er ihr den Arsch abwischte, war eine Sache, doch Berührung ohne Grund! Nein, das war etwas ganz anderes. Das war privat, das war Nähe, das war Einlullen. Alles in ihr wollte rebellieren, aufspringen und weglaufen.

Er ließ sich nicht beirren. «Ganz ruhig, nur anlehnen und Krimi gucken», murmelte er, während er mit der Fernbedienung den Film startete und die Lautstärke regulierte.

Lea wollte protestieren, aber selbst das schaffte sie nicht, ihre Kehle war mal wieder zugeschnürt. Stockstseif sass sie da und starrte auf den Bildschirm, ohne von der Handlung etwas wahrzunehmen.

Seine Finger strichen hauchzart auf ihrem Oberarm rauf und runter. Die Bewegung war so beiläufig, dass er es vermutlich unbewusst tat. Sie schluckte und nach einer Weile wurde ihre Atmung gleichmäßiger und ihre Muskeln entspannten. Sein Geruch war auch nicht so schlimm, er trug seine Kleidung garantiert noch nicht lange, sie duftete nach Waschmittel, als hätte er sie erst vor kurzem aus dem Schrank geholt. Sie konnte fast vergessen, dass es ein Mann war, der sie im Arm hielt, und das sanfte, regelmäßige Streicheln hatte einen meditativen Charakter.

Müdigkeit überfiel sie, ihre Lider wurden schwer und es war anstrengend, den Kopf oben zu halten.

«Nicht erschrecken, Lea», flüsterte eine Stimme dicht an ihrem Ohr und sie fühlte eine Bewegung. Ihre Lider klappten auf. Irritiert sah sie sich um. Der Fernseher war aus und das Feuer im Kamin runtergebrannt. Es war fast dunkel im Raum.

Jake schob sanft ihren Körper zurück und zog seinen Arm unter ihrem Nacken weg. Sie schüttelte den Kopf und wollte sich über die Augen reiben, aber als sie den Arm hob, spürte sie nur die raue Bandage in ihrem Gesicht. Verflucht, sie war ja verletzt. Stöhnend ließ sie den Arm sinken.

«Juckt es irgendwo?», fragte Jake und hob seine Hand, doch sie schüttelte schnell den Kopf. «Nein, geht schon.»

«Ich bringe dich wieder ins Bett, okay?»
Sie nickte und er hob sie hoch.

«Wie spät ist es?», fragte sie.

«Gleich achtzehn Uhr.»

Er trug sie in die kleine Schlafkammer. Nachdem er sie zugedeckt hatte, drehte er sich und ging, blieb jedoch im Türrahmen noch einmal stehen.

«Schlaf und mach dir keine Sorgen, Lea. Wenn du mich brauchst, ruf einfach, okay?»

Sie nickte. Er schloss die Tür. Sie atmete aus und schloss die Augen.

Irgendwann weckte er sie nochmal, half ihr erneut auf die Toilette und fütterte sie mit einer Suppe, dann ließ er sie wieder allein. Lea wurde gar nicht richtig wach. Im Halbschlaf ließ sie alles über sich ergehen und wunderte sich, dass sie seine Nähe nicht als unangenehm empfand. Vielleicht war sie einfach zu erschöpft. Aber wovon? Bevor sie sich mit dem Gedanken weiter beschäftigen konnte, schlief sie bereits wieder ein.

*

«Kann ich irgendwas tun?» Sophia hockte sich auf Sams Schreibtisch und sah auf ihn hinab.

Sam rieb sich stöhnend über das Gesicht. «Nein. Ich habe eben mal wieder beim NYPD angerufen. Inzwischen suchen sie wenigstens, aber sie finden nichts. Sagen sie jedenfalls. Immerhin haben sie Leas Geländewagen abgeschleppt und nach Spuren durchsucht. Ich soll das Auto abholen, es steht ihnen im Weg herum.»

Sein Handy vibrierte und Sam hob es hoch. «Das ist der Rancher.» Er klickte auf den grünen Hörer. «Ja.»

«William Brooks hier.»

«Hi, Mr. Brooks.» Sam stand auf und trat ans Fenster. Wenn der Rancher anrief, bedeutete das, dass es Neuigkeiten gab und er hatte Angst, dass es keine guten waren. «Hat der Suchtrupp Spuren von meiner Kollegin gefunden?»

«Nicht direkt. Aber der Urin in der Plane war von einer Frau.»

«Fuck.» Sam musste schlucken. Bei der Nachricht hatte ihn ein Gefühl wie bei einem Stromstoß durchzuckt. Er sah Leas Gesicht vor seinem inneren Auge und glaubte, seine Lunge würde zusammenschrumpfen. Er drückte energisch die Schultern zurück und atmete tief ein. Er musste sich zusammenreißen. Und seinen Verstand benutzen. So lange man nicht Leas Leiche fand, lebte sie und er konnte ihr helfen, aber nur, wenn er nicht vor lauter Kummer ausflippte. Er räusperte sich. «Und sonst? Gibts noch was neues?»

Der Sheriff schwieg einen Moment, dann hörte er ihn leise seufzen. «Wir haben etwas weiter an der Hauptstraße Sneakers gefunden.»

Sam runzelte die Stirn. Seine Finger der freien Hand drückten einen Kugelschreiber zusammen. Es knackte, als das Plastik zersprang. «Welche Farbe?»

«Weiß mit blauen Streifen. Größe neununddreißig, nicht neu, sehen eher so aus, als ob sie täglich getragen worden wären. Wissen Sie, ob ihre Kollegin solche Schuhe hatte?»

Sam nickte. Dann wurde ihm bewusst, dass Brooks das nicht sehen konnte. «Ja. Sie hatte solche Schuhe. Verfluchter Mist. Was kann ich tun? Bitte sagen Sie mir, dass ich irgendetwas tun kann.»

«Das können Sie. Ich bin gerade im Büro des Sheriffs. Im Labor könnte man DNA Spuren sichern, das wird er veranlassen. Er braucht Vergleichsmaterial und hat beim NYPD angerufen, doch die fanden das nicht besonders interessant.»

«Wie meinen Sie das?»

«Ich habe dem Sheriff von Ihrer Kollegin erzählt. Deshalb rief er bei der New Yorker Polizei an, doch die haben ihn abgewimmelt. Es gäbe keine Anzeichen für ein Verbrechen gegen die Journalistin.»

Sam schnaubte. «Diese Arschlöcher! Hören Sie, ich habe einen Schlüssel zu Leas Wohnung und kann Vergleichsmaterial von ihr besorgen. Wohin muss ich es bringen?»

«Zum Büro des Sheriffs in Wellsboro.» Der Rancher nannte ihm die Adresse, und Sam kritzelte sie auf seinen Notizblock. «Danke Mr. Brooks. Vielen Dank. Sie haben was gut bei mir.»

«Schon okay. Melden Sie sich, wenn ich helfen kann.»

«Danke.»

Er beendete das Gespräch und Sam senkte die Hand. Er zwickte sich mit Daumen und Zeigefinger knapp unter den Augen in den Nasenrücken, um sich zur Konzentration zu zwingen. Er durfte jetzt nicht ausflippen, er musste cool bleiben und seinen Verstand benutzen.

«Was ist los?», fragte Sophia.

Sam sah auf. «Ich muss weg. Richte Steven aus, das ich mich von unterwegs melde.»

«Klar, kein Problem. Und wenn ich sonst was tun kann, sag Bescheid, okay?»

Sam drückte einen Kuss auf ihre Wange. «Danke, Sophia. Ich melde mich, versprochen.»

Eine halbe Stunde später betrat er Leas Appartement. Als er die Tür aufschloss, erwartete eine Sekunde lang, sie anzutreffen, aber das war natürlich nicht so. In der Wohnung war es still wie in einem Grab.

Alles sah genauso aus, wie das letzte Mal, als er nach dem anonymen Brief gesucht hatte. Niemand war in der Zwischenzeit da gewesen. Niemand hatte aufgeräumt. Sein Kaffeebecher stand immer noch neben ihrem auf der Spüle. Der Anblick tat weh. Aber er würde die Becher nicht abwaschen. Es fühlte sich an, wie ein verrücktes, total bescheuertes, Orakel. Solange ihre benutzten Tassen da zusammen standen, lebte Lea. Basta.

Sam betrat ihr Schlafzimmer und suchte in ihren Schränken nach ihren Schuhen. Die Sneakers, ihre Lieblingsschuhe, waren nicht da. Es wunderte ihn nicht. Er hatte zwar gesucht, aber eigentlich war ihm längst klar gewesen, dass die Schuhe, von denen der Rancher gesprochen hatte, ihre waren. «Fuck, Lea. Was für ein Scheiß! Was hast du bloß gemacht? Wo verdammt noch mal bist du?»

Er betrat ihr Badezimmer, sah sich kurz um, und griff nach ihrer Haarbürste und der Zahnbürste. Außerdem fand er im Abfluss der Dusche ein paar Haare. Das müsste reichen, um sie zu identifizieren. Er steckte alles in eine Plastiktüte und verließ die Wohnung.

*

In der Nacht schreckte Lea hoch, weil sie Geräusche im Zimmer hörte.

«Scht ... ganz ruhig, schlaf einfach weiter», murmelte Jake im Dunkeln, und sie spürte, dass sich neben ihr die Matratze senkte.

Ihr Verstand schrie *ALARM*, sie stieß ein Wimmern aus und machte unwillkürlich eine diffuse Fluchtbewegung, als ob sie auch nur die geringste Chance hätte, vor ihm davonlaufen zu können.

«Keine Angst, Lea, ich fasse dich nicht an.»

Sie hörte eine Decke rascheln, aber ihre wurde nicht berührt. Er hatte eine eigne mitgebracht, die er jetzt über seinen Körper zog.

«Ich würde ja auf der Couch übernachten, damit du dich wohler fühlst, aber ich befürchte, dass ich dich nicht hören könnte, falls du mich brauchst, denn ich habe einen sehr tiefen Schlaf. Solltest du zur Toilette müssen, rüttele am besten an meinem Arm, um mich zu wecken.»

Er drehte sich auf die Seite von ihr weg und bewegte sich nicht mehr.

Starr vor Schreck sah sie in der Dunkelheit auf seinen eben ihr aufragenden Rücken. Sie konnte ihn, im durch das Fenster hereinfallenden Mondlicht, nur schemenhaft erkennen. Nach einer Weile hörte sie ihn tief und regelmäßig atmen und die Deckenkontur hob und senkte sich kaum merklich. Er schlief, und ihr Körper schmerzte vor lauter Anspannung. Sie atmete zitternd tief ein und aus und konzentrierte sich darauf, ihre Muskeln zu lockern.

Am Morgen wachte sie auf, weil Kaffeeduft ihre Nase kitzelte und leise Musik eine gemütliche Morgenatmosphäre erzeugte. Wieder spielte Sonnenlicht mit den Schatten von Ästen an den Holzwänden und aus dem Nebenraum hörte sie das Knistern des Kaminfeuers.

Sie fühlte sich viel kräftiger und ausgeruhter als am Vortag. Die Betthälfte neben ihr war leer, nur eine zerknüllte Decke und ein

Kissen erinnerte daran, dass ein Mann dort geschlafen hatte.

Er tauchte im Türrahmen auf. «Hey.»

«Hey.»

Er trug ein graues, verwaschenes Shirt und Jeans.

«Guten Morgen. Wie gehts dir heute?»

«Besser. Danke.»

Er nickte. «Du bist auch nicht mehr so blass wie gestern.»

«Ich helfe dir schnell ins Bad und dann können wir frühstücken.»

Ohne auf eine Antwort zu warten, schlug er ihre Decke zurück und half ihr, sich aufzurichten. Er trug sie zur Toilette und anschließend ins Wohnzimmer. Dann beschäftigte er sich emsig in der Küche und fütterte sie schließlich mit Rührei und Toast.

Lea ließ alles mit sich geschehen, Jake gab ihr keine Zeit, viel nachzudenken und ihr Körper gewöhnte sich allmählich daran, von ihm berührt zu werden.

Nachdem er das Geschirr weggeräumt hatte, blieb er vor ihr stehen, stemmte die Hände in die Seiten und seufzte.

«Es wird dir nicht gefallen, aber es führt kein Weg daran vorbei und wir sollten es nicht länger vor uns herschieben.»

Sie zog irritiert die Augenbrauen hoch. «Was?»

«Ich muss dich duschen, Sweetheart.»

Augenblicklich raste ihr Herz.

Er neigte leicht den Kopf. «Wir tun es einfach, okay? Ich verspreche, es wird nicht peinlich.» Er betrachtete mit gerunzelter Stirn ihre bandagierten Hände. «Die müssen wir einpacken.»

Ohne auf eine Antwort zu warten, drehte er sich um. Lea beobachtete, wie er eine Tür öffnete, die so raffiniert in die Wand eingebaut war, dass sie ihr bisher noch gar nicht aufgefallen war. Es schien ein Abstellraum oder eine Art Wandschrank zu sein. Er zog ein stabiles kurzes Brett daraus hervor, Plastikfolie und Klebeband. Sie schluckte. *GEFAHR,* schrie ihr Instinkt beim Anblick des Klebebandes. *GEFAHR! GEFAHR! GEFAHR!*

Er verschwand mit den Utensilien im Bad und kehrte zurück.
«Auf gehts, Lea.»

Er trug sie ins Bad und setzte sie auf das Brett, das er quer über die Badewanne gelegt hatte. Zum ersten Mal nach langer Zeit spürte Lea, wie sich die eisige Kälte in ihrem Körper ausbreitete, die sie wehrlos machte. Damals, als sie regelmäßig den Missbrauch ertragen musste, war dieses Gefühl immer ein Bestandteil gewesen. Es war die Hilflosigkeit, das Wissen, ausgeliefert zu sein, was sie in den Zustand der absoluten Passivität gleiten ließ.

Jake schien ihre Veränderung nicht zu bemerken. Er verpackte ihre Hände und Füße in Plastikfolie, zog ihr das übergroße T-Shirt über den Kopf und sie war nackt. Reflexartig zog sie die Arme vor ihren Körper. Mehr konnte sie nicht tun, sie verfiel endgültig in die Starre und Gefühllosigkeit der Eiseskälte. Plötzlich war sie wieder das kleine Kind, das zu Eis wurde, weil es sonst nicht ertragen konnte, was ihm blühte. Sie konnte sich nicht dagegen wehren. Es war, als ob ihr Körper und ihre Seele in die Hülle einer kalten, toten Puppe schlüpfen würden.

Jake kommentierte ihre angespannte Körperhaltung nicht, sondern nahm den Duschkopf in die Hand und drehte das Wasser auf. Nachdem er sorgfältig die Wassertemperatur eingestellt hatte, wendete er sich ihr zu. «Augen zu.»

Ihre Lider gehorchten mechanisch, und eine Sekunde später spürte sie den Wasserstrahl auf der Kopfhaut. Belebend, heiß und trotzdem erfrischend, Lebensgeister weckend und Energiereserven aktivierend. Ein herrliches Gefühl, dass die Hülle der Puppe tatsächlich durchdringen konnte. Das hatte sie damals nie erlebt. Sie konnte sich wieder bewegen. Aber das war nicht gut, denn mit der Beweglichkeit kam auch das Gefühl zurück und die Nähe des Mannes ließ Übelkeit in ihr aufsteigen. Sie schmeckte schon die bittere Galle im Mund. Gleich würde das Würgen beginnen. Ihre Beine begannen, unkontrolliert zu zittern und Panik stieg in ihr auf. Damals war die

Puppenstarre immer erst gewichen, wenn sie nach dem Missbrauch wieder alleine gewesen war. O NEIN!

«Warum hast du so kurze Haare», fragte er beiläufig. Sie schluckte. «Weils praktisch ist», stieß sie aus und erinnerte sich daran, wie es sich anfühlte, an langen Haaren gepackt und eingefangen zu werden.

«Schon gut», murmelte er, als ob ihre hochgezogenen Schultern die Erinnerungen in ihrem Kopf verraten hätten. «Konzentriere dich auf deinen Atem, schön langsam ein und aus», hörte sie ihn leise sagen und gehorchte ganz automatisch. Seine Anweisungen waren plötzlich der Strohhalm, an den sie sich klammern und vor der Panik schützen konnte.

Sorgfältig schamponierte er ihre Haare ein und massierte sanft ihre Kopfhaut, anschließend rieb er mit regelmäßigen Bewegungen jeden Zentimeter ihres Körpers mit einem weichen Waschlappen und angenehm nach Kräutern duftendem Duschgel ab. Er spülte ausgiebig mit Wasser nach. Er beachtete ihr verkrampften, zitternden Gliedmaßen nicht. Sie redeten nicht und sie konzentrierte sich aufs Atmen. Nur das Glucksen und Rauschen des Wassers füllte die Stille im Raum.

Nachdem er sie abgetrocknet hatte, zog er ihr ein frisches riesiges T-Shirt an und bestand darauf, ihr auch noch die Zähne zu putzen. Sie öffnete den Mund und ließ es geschehen.

Alles, was er machte, machte er in langsamen und sanften, aber nicht fahrigen, sondern sehr sicheren Bewegungen, als ob sie sein Kind wäre, das er versorgte, und das war für Lea unerträglich.

Er musste ihre Steifheit spüren, er musste sie zittern sehen, er musste ihre Schluckbewegungen wahrnehmen, mit denen sie trotz aller Konzentration auf ihre Atmung gegen die Übelkeit ankämpfte, doch all das ignorierte er.

Als er sie schließlich zur Couch zurücktrug und dort zudeckte, presste er für einen kurzen Moment seine Lippen auf ihre Stirn. «Du

hast es geschafft und darfst stolz auf dich sein, Süße. Du bist eine sehr starke und mutige Frau. Nun tu mir den Gefallen, und entspann dich, damit ich mir nicht mehr wie ein mieser Arsch vorkommen muss.»
Schief lächelnd richtete er sich auf und Lea konnte tatsächlich ihre Schultern hängen lassen und seufzen. Frisch geduscht zu sein und den Geschmack nach Zahnpasta im Mund zu haben, fühlte sich verdammt gut an.

«Tut mir leid, dass ich mich so anstelle», flüsterte sie.

«Schon gut.»

«Danke.»

Als er lächelte, spürte sie, wie ihr Hitze in die Wangen stieg. Er sagte oder zeigte es zwar nicht, aber ihr war trotzdem klar, dass er sie für total durchgeknallt halten musste.

Er drückte kurz ihren Arm. «Denk nicht so viel nach. Es ist alles okay.»

7

Nachdem Sam die Plastiktüte mit dem DNA-Material im Büro des Sheriffs in Wellsboro abgegeben hatte, setzte er sich wieder in sein Auto. Er ließ den Motor an und fuhr Richtung New York, doch es widerstrebte ihm, die Gegend zu verlassen. Hier fühlte er sich Lea näher als in der Stadt, und er hatte das dringende Bedürfnis mehr zu tun, als nur auf die Ergebnisse aus dem Labor zu warten.

Als er an dem Parkplatz vorbeikam, auf dem er sich mit dem Ranger getroffen hatte, bremste er ab und suchte bei langsamer Fahrt die Abzweigung in den schmalen ungepflasterten Weg mit dem Verbotsschild für Privatfahrzeuge, über den er nach dem Fund der Plane die Straße zu Fuß erreicht hatte. Er entdeckte sie, blinkte und fuhr hinein. Langsam rollte sein Wagen den holprigen Weg entlang bis zu der Stelle, an der er den Ranger verlassen hatte, nachdem der die Polizei gerufen hatte.

Er parkte das Auto und stieg aus, sah sich um und verließ den Weg, um querfeldein zum Fundort der Plane zu gelangen.

Er setzte sich auf einen Felsbrocken und versuchte, sich vorzustellen, was geschehen sein könnte. Verbrecher hatten einen Menschen ermordet, in die dicke Plane gewickelt und hier in die Wildnis transportiert. Sie hatten das Auto auf dem Weg stehengelassen, das eingerollte Mordopfer herausgeholt, ein Stück querfeldein getragen und dort abgelegt. Tiere hatten die Leiche ausgepackt und verschleppt.

Hätte es nicht deutliche Spuren geben müssen? Hätte ein Bär nicht die Plane kaputtgebissen? Hätte man nicht Pfotenabdrücke sehen müssen? Müssten nicht Tierhaare an der Plane haften? Hätten die Polizisten nicht Leichenteile, Knochen oder Kleidungsreste finden müssen? Und der Urin? Leichen pinkeln doch nicht. Oder verliert ein toter Körper Flüssigkeiten, weil Schließmuskel erschlaffen? Sam raufte sich die Haare, er hatte keine Ahnung. Über so eine Frage hatte er nie nachgedacht.

Gab es Alternativen zu diesem Hergang der Geschichte? Was, wenn das Opfer gelebt und sich aus der Plane befreit hatte? Könnte es einen Grund geben, warum es sich dann nicht bei der Polizei meldete? Angst?

Lea war misstrauisch und sie wusste, wie gut Lorenzos Spitzel-Netzwerk bei den Behörden funktionierte. Konnte es sein, dass sie sich irgendwo versteckte, um vor Lorenzos Killern sicher zu sein? Sie war verletzt. Würde sie überhaupt allein klarkommen? Hatte sie vielleicht Hilfe? Half ihr jemand, sich zu verstecken? Aber dann würde sie sich doch wenigstens per Handy bei ihm melden. Oder traute sie sich selbst das nicht, aus Angst, Lorenzo könnte ihre Spur finden? Vielleicht hatte sie ihr Gedächtnis verloren und wusste nicht, wer sie war? Hatte man in der Wildnis überhaupt überall Handyempfang? Er zog sein Telefon heraus. Das Display zeigte zwei Balken an und er befand sich nah der Hauptstraße. Vielleicht war es Lea gelungen, in einen Ort zu gelangen, und sie versteckte sich dort! Die Idee animierte ihn, aufzuspringen. In der Handyapp suchte er die Landkarte ab. Dem roten Punkt, der seinem Standort markierte, am nächsten gab es eine kleine Ortschaft namens Stony Folk. Es war keine Spur, es war nicht mal eine Vermutung, es war nur eine klitzeklitzekleine Idee, an die er sich klammerte, als er beschloss, dorthin zu fahren.

Er brauchte keine fünfzehn Minuten, bis er am Ortsschild vorbei in den Ort hinein fuhr und den Wagen ausrollen ließ.

An der Mainstreet unweit eines Postoffices mit einem kleinen Souveniershop und einem Supermarkt, gab es einen Diner und knapp zwei Meilen weiter am Ende des Ortes eine kleine Pension.

Es gab nur zwei Seitenstraßen mit Häusern der Einwohner, eine mit einem Hinweisschild zu einer Lodge.

Keine Menschenseele lief auf der Straße herum, doch vor dem Supermarkt parkten zwei Autos und die Beleuchtung des Diners war eingeschaltet.

Nachdem Sam den Ort durchquert hatte, drehte er um und fuhr noch einmal hinein.

Vor der Pension parkte er und ging hinein. Im Empfangsbereich lag ein Teppich, dessen Muster nicht mehr zu erkennen war, weil schon zu viele Schuhe ihn abgewetzt hatten. Auch der Rest der Einrichtung wirkte wie aus dem letzten Jahrhundert entnommen. An den Wänden hingen Gemälde der Landschaft, die die Touristen hierher lockte. Das Naturschutzgebiet war im In- und Ausland als Wanderparadies bekannt.

Auf dem alten Holztresen an der Rezeption gab es eine Klingel. Er schlug drauf und wartete. Schritte näherten sich, es waren schlurfende, langsame Schritte wie von einem alten Menschen und tatsächlich, eine gebeugte Frau mit schneeweißen Haaren und faltigem Gesicht kam durch eine offene Tür hinter den Tresen.

«Guten Tag, junger Mann.»

Sam nickte ihr zu. «Guten Tag.»

Sie ließ ihren Blick ungeniert deutlich an seinem Körper hinunter und wieder hinauf gleiten. «Sie sind nicht zum Wandern hier, stimmts?»

«Stimmt.»

«Aber sie wollen ein Zimmer?»

«Nein. Ich habe nur eine Frage.»

Sie hob die Augenbrauen. «Schießen Sie los.»

«Wohnt eine junge alleinstehende Frau bei Ihnen? Schlank, sehr kurze Haare?»

«Warum interessiert sie das?»

«Ich bin Journalist. Meine Kollegin ist verschwunden und ich suche sie.»

Die Alte runzelte die Stirn. «Will sie denn gefunden werden?» Ihre Stimme bekam einen kämpferischen Charakter, was Sam angesichts ihrer augenscheinlichen Gebrechlichkeit zum Lächeln reizte.

«Es könnte sein, dass sie sich versteckt, weil sie in Schwierigkeiten ist.»

«Aha.»

Das Gesicht der alten Dame verschloss sich zusehends. Sam hob beschwichtigend die Hände. «Ich glaube, das kam jetzt falsch rüber. Sie hat nichts Illegales getan, sie war Verbrechern auf der Spur und die könnten sie jagen. Ich arbeite mit der Polizei zusammen.» Er zückte seinen Presseausweis und hielt ihn ihr hin. Sie betrachtete den Ausweis, doch ihre Miene entspannte sich nicht. «Hier wohnt zur Zeit keine alleinstehende Frau.»

Sam seufzte. «Okay.» Er drehte sich zur Tür. «Sollte ihnen eine junge Frau begegnen, die vielleicht verletzt ist, sagen sie ihr bitte, sie möchte sich bei Sam melden.»

Sie nickte, doch ihre Mimik veränderte sich nicht.

«Danke. Und entschuldigen Sie die Störung, Mam.»

Ohne auf eine Antwort zu warten, lief er hinaus. Alte Ziege. Er sah sich nach rechts und links um, und beschloss Richtung Ortsmitte zu laufen. Ein älteres Ehepaar begegnete ihm vor dem Postoffice. Er beschrieb ihnen Lea, doch sie erinnerten sich nicht an eine schlanke Frau mit kurzen Haaren. Vor dem Supermarkt wollte gerade ein großer, breitschultriger Kerl in einen schwarzen Pick Up steigen. Er hatte lange Haare, einen Vollbart und trug eine Sonnenbrille. Auch ihn sprach Sam an und beschrieb ihm Lea. Der Typ runzelte die Stirn. «Wieso suchen sie diese Frau?»

Sam zwinkerte. «Meine Freundin ist für ein Wanderwochenende in diese Gegend gefahren und ich möchte sie überraschen. Leider habe ich den Zettel verloren, auf dem ich mir ihr Hotel notiert hatte.»

Der Typ nickte, ohne eine Miene zu verziehen. Dann räusperte er sich. «Nie gesehen.»

«Okay, danke, Sir.»

Sam lief weiter und stöhnte genervt. Nun hatte er sich schon extra einen harmlosen Grund gesucht, aber das nützte anscheinend auch nichts. Besonders freundlich schienen die Leute in dieser Gegend nicht zu sein.

Er erreichte den Diner und trat ein. Es war leer.

Das Lokal war genau so eingerichtet, wie man Diner in den USA seit hundert Jahren einrichtete. Sam musste an das alte, kleine Hotel denken, in dem man ebenfalls das Gefühl hatte, die Zeit wäre stehengeblieben. Vielleicht war er versehentlich in eine Zeitmaschine geraten. Wäre der Anlass seines Besuches nicht so verdammt ernst, fände er diesen Gedanken durchaus amüsant.

Er ließ sich an einem Fensterplatz nieder und hörte Geräusche aus der Küche.

Eine junge Kellnerin trat durch eine Schwingtür in den Gastraum. Sie trug ein schlichtes T-Shirt, eine enge Jeans, und hatte die lockigen Haare zu einem Pferdeschwanz zusammengebunden. Strahlend kam sie an den Tisch. «Hi! Ich bin Laura. Was kann ich für dich tun?» Aus der Tasche ihrer Hose guckte ein Smartphone hervor. Es war doch das einundzwanzigste Jahrhundert. Eindeutig.

«Hi.» Sam grinste. «Was für ein wohltuendes Lächeln.»

«Äh ...» Sie runzelte die Stirn und er hob die Hand. «Sorry, das sollte keine dumme Anmache sein. Du bist bloß die erste Person, der ich in diesem Dorf begegne, die mich anlächelt, alle anderen hatten eine Mimik drauf, als würden sie jeden Fremden für einen Verbrecher halten.»

Der Lockenkopf gluckste. «Na ja, man sieht dir an, dass du aus der Stadt kommst und kein typischer Wanderer bist. Solche wie du sind meistens die Typen, die sich bei ihrer ersten Tour verlaufen und dann von einem Suchtrupp gerettet werden müssen.»

Sam lachte. «Ich bin kein Tourist. Mein Name ist Sam Varantes. Ich bin Journalist und schreibe über die Gegend hier.»

«Oh! Na dann! Möchtest du Kaffee?»

«Ja gerne und würdest du mir ein paar Fragen beantworten?»

«Na klar.»

Puh, endlich die richtige Strategie, um weiterzukommen.

Zwei Stunden später verließ Sam den Diner und setzte sich in sein Auto. Es war fast Mitternacht. Er würde sich im nächsten erreichbaren Motel ein Zimmer nehmen und am Morgen nach New York zurückfahren. Er würde auf die Analyseergebnisse aus dem Labor warten. Nebenbei hatte er einiges zu recherchieren, bevor er nach Stony Folk zurückkehren würde.

Er wusste nun, dass es im Naturschutzgebiet weit verstreut einsam gelegene Jagdhütten gab, die teils dauernd bewohnt und teils als Ferienhäuser genutzt wurden, und dass es tatsächlich Gebiete gab, in denen man keinen Handyempfang hatte.

Zurück in der Stadt würde er sich eine Wanderkarte und ein Einwohnerverzeichnis organisieren und recherchieren, welche Jagdhütten am nächsten zum Fundort der Plane lagen. Dann würde er zurückkehren und auf die Suche gehen.

Die Hoffnung, Lea in einem der Blockhäuser zu finden, war klein, doch vielleicht hatte irgendeiner der dort lebenden Einsiedler wenigstens etwas beobachtet, was ihn weiterbrachte. Alles war besser, als tatenlos herumzusitzen.

*

Lea schlug die Augen auf. Sie lag auf der Couch und der Fernseher lief. Sie musste beim Krimischauen eingeschlafen sein. Außer der Musik, dem Knistern des Feuers und den Stimmen im Film war alles ruhig. Irritiert sah sie sich um. Anscheinend hatte Jake die Blockhütte verlassen. Sie war allein.

Draußen war es hell, es musste später Vormittag sein. Wie viele Tage war sie schon in seinem Haus? Drei? Vier? Fünf? Es fiel ihr schwer, die Zeitspannen zu schätzen, weil die Abläufe der Tage so ungeregelt waren. Das Schlafen war nicht auf die Nächte beschränkt, sondern sie schlief total unregelmäßig, auch die Mahlzeiten richteten sich nicht nach den Uhrzeiten. Manchmal machte Jake ihr nachmittags ein Frühstück oder wärmte in der Nacht eine Suppe auf.

Lea schlief viel, unnormal viel, aber Jake meinte, es wäre normal, denn ihr Körper bräuchte im Moment mehr Energie und Kraft, um zu heilen.

Er behandelte Lea mit gleichmäßiger Fürsorge und ruhiger Freundlichkeit. Er half ihr auf die Toilette. Er fütterte sie. Er wusch sie und zog ihr regelmäßig ein frisches T-Shirt von ihm an. Er schlief nachts neben ihr im Bett, er hielt sie auf der Couch im Arm, während einer seiner Krimis im Fernsehen lief.

Und wenn sie bei all dem immer wieder angstvoll erstarrte, tat er so, als würde er es nicht bemerken.

Die Minuten verstrichen und er kehrte nicht zurück. Wo war er? Was tat er?

Obwohl er gleichbleibend sanft und fürsorglich war, blieb ihr Misstrauen, vielleicht gerade weil er sich so selbstlos um sie kümmerte. Es gab keinen plausiblen Grund dafür. Warum versorgte er sie? Was hatte er davon? Warum brachte er sie nicht in ein Krankenhaus oder zur Polizei? Sie verstand ihn nicht und das machte ihr Angst.

Jetzt hatte er sie allein gelassen und sie hatte keine Ahnung, wie lange er schon weg war.

Was, wenn er mit Lorenzo darüber verhandelte, sie an ihn zu verkaufen? Was, wenn seine Freundlichkeit und Fürsorge nur gespielt war? Was, wenn ...

Ihr Blick zuckte zum Esstisch. Dort lag ein Tablet. Das Display leuchtete in diesem Moment. Eine Meldung? Eine Email? Gab es doch eine Internetverbindung?

Noch nie hatte sie dieses Tablet gesehen. Hielt Jake es normalerweise vor ihr versteckt und hatte es jetzt auf dem Tisch vergessen? Schottete er sie von der Außenwelt ab? Log er sie an?

Ihr Herz klopfte plötzlich schnell und hart. Sie spürte es im ganzen Körper. *ALARM,* schrie es in ihrem Kopf. Sie musste Gewissheit haben.

Sie hob ihre Hände und betrachtete die unförmigen Bandagenwülste. Ihr Blick glitt zu ihren noch dicker eingewickelten Füssen. Konnte sie es schaffen, allein zum Tisch zu krabbeln? Sie musste es schaffen.

Vorsichtig drehte sie sich und schob sich auf die Unterarme gestützt in Bauchlage robbend schräg rückwärts, bis sie mit den Beinen den Fußboden erreichte. Jetzt kam ein schwieriger Moment. Sie musste die Füße auf den Boden legen. In Erwartung des Schmerzes biss sie die Zähne zusammen, doch es tat nicht weh. Die Schiene und die Bandagen verhinderten jede Bewegung der verletzten Knochen. Erleichtert atmete sie auf und ließ sich ganz auf den Boden rutschen. Dann krabbelte sie, so wie sie es auch im Wald getan hatte auf den Unterarmen und Knien durch den Raum. Als sie am Tisch angelangt war, umschlang sie ein Stuhlbein mit der Armbeuge und zog den Stuhl zurück. Nun musste sie sich irgendwie hochhangeln. Ratlos blickte sie nach oben, als sie hörte, wie hinter ihr die Tür geöffnet wurde. Ihr Kopf zuckte herum. Jake stand im Eingang. Er trug seine dicke gefütterte Jeansjacke. Durch das blendende Tageslicht von draußen wirkte er im Türrahmen wie ein schwarzer Riese. Sie konnte seine Gesichtszüge nicht erkennen, und er sagte kein Wort. Die Tür knallte zu. Lea zuckte zusammen. Sie bewegte sich nicht, und in ihrem Nacken kribbelte es. *GEFAHR!*

Sie drehte den Kopf und sah ihn an. Er runzelte die Stirn und seine Augen waren schmal. Sein Blick fühlte sich an wie ein eiskalter, harter Wasserstrahl.

Lea presste die Lippen aufeinander, um nicht vor Angst aufzuheulen. Er strahlte Kälte, Zorn, Aggression und Hass aus. Sie erwartete, dass er explodieren, schreien und sie treten und schlagen würde.

Die Zeit schien stillzustehen, als ob man einen Film stoppte. Alles in ihr verkrampfte, sie konnte nicht mehr atmen. Es war bestimmt nur ein kurzer Moment, vielleicht ein paar Sekunden. Doch es fühlte sich an, wie eine Stunde. Dann brach der Bann. Mit zwei Schritten war er bei ihr und sein Gesichtsausdruck änderte sich schlagartig zu besorgt. «Was ist passiert?»

«Nichts», presste sie hervor.

«Bist du gefallen?»

«Nein.»

Er runzelte die Stirn. «Du wolltest aufstehen? Warum?»

Sie schluckte. Sollte sie lügen? Nein, sie hielt die Ungewissheit nicht aus. Sie brauchte Klarheit. «Das Tablet hat Internet», presste sie hervor und starrte ihn an, um jede verräterische Regung in seinem Gesicht zu erkennen.

Er schüttelte den Kopf. «Bullshit.»

«Es kam eine Nachricht. Das Display leuchtete auf.»

Jake nahm das Gerät in die Hand und tippte drauf. «Es ist aus. Es hat sich abgeschaltet, weil der Akku leer war. Kurz davor piept es und eine entsprechende Meldung erscheint. Wahrscheinlich hast du die gesehen.» Er sah zu ihr hinab und presste die Lippen zusammen. Er kapierte, dass sie ihm misstraute. Lea senkte den Kopf. Plötzlich schämte sie sich.

«Komm.» Seufzend bückte er sich. «Ich helfe dir zurück auf die Couch.»

Er schob seine Arme unter ihren Körper und hob sie hoch. Eine Minute später saß sie wieder auf ihrem Platz. Jake drehte sich weg und zog seine Jacke aus. Er sah sie nicht an und sprach nicht mit ihr.

Er schaltete den Fernseher ab und Stille breitete sich aus. Er legte neue Holzscheite in das Feuer, schlenderte in die Küchenzeile und begann, dort aufzuräumen.

Die Stille war bedrückend.

Lea fühlte sich beschissen. Er hatte sie gerettet und kümmerte sich um sie, doch sie traute ihm nicht. Wie mies musste sich das für ihn anfühlen. «Es tut mir leid.»

«Schon gut.» Er drehte sich nicht um.

«Ich habe das Display aufleuchten sehen und du warst nicht da und ...»

«Schon gut.»

«Nein, es tut mir wirklich leid. Es ist nicht so, dass ich ... ich meine, ich war irritiert und wollte nur sehen, ...»

«Du musst mir nichts erklären.» Er ließ die Arme sinken, verharrte einen Moment und drehte sich dann zu ihr um. «Es verletzt mich, dass du mir immer noch nicht traust.»

Er trat zu ihr, setzte sich auf die Couch und legte seine Hände an ihren Hals, sodass seine Daumen über ihre Wangen strichen. Augenblicklich begann ihr Herz zu rasen und er schüttelte den Kopf. «Dein Puls explodiert gleich, Lea. Was ist dir passiert, dass du immer noch solche Angst vor mir hast?»

Sie schluckte. Ihr Kopf war leer. Wie hypnotisiert. Das einzige, was sie spürte, war die Wärme seiner großen Hände und das Streicheln seiner Daumen auf ihrer Wange. Er war nicht wütend, er war traurig und besorgt.

«Was kann ich tun, damit du mir vertraust?»

Immer noch war sie nicht fähig, sich zu regen. Er zog ihren Kopf an seine Brust und umarmte sie. «Ich bin nicht dein Feind, Lea, ich bin dein Freund.»

Sie zitterte.

«Sch ... ist ja gut.» Er streichelte ihren steifen Rücken hoch und runter. Nach einer Weile räusperte er sich. «Ich muss dir was sagen.»

Sie sah zu ihm auf.

«Eigentlich wollte ich es dir verschweigen, um dir keine Angst zu machen?»

«Als ich gestern in Stony Folk Lebensmittel gekauft habe, ist mir ein dubioser Typ begegnet. Er läuft durch den Ort und fragt nach dir.

Er macht nicht den Eindruck, als ob er ein Freund ist.»

Augenblicklich ruckte Leas Kopf von ihm weg und sie sah in sein Gesicht. Sie keuchte. «Was?»

Jake legte seine Lippen auf ihre Haare. «Ganz ruhig. Alles ist gut. Niemand weiß, dass du bei mir bist und ich werde dich nicht verraten. Ich beschütze dich. Ich passe auf, dass dir niemand etwas tut. Lehn dich an. Lass dir helfen. Lass mich dein Freund sein. Du musst nicht allein gegen das Böse in dieser Welt kämpfen.»

Er drückte ihr Gesicht wieder gegen seine Brust, und tief in ihr löste sich etwas. Die Mauer, die sie vor vielen Jahren um ihre Gefühle herum aufgebaut hatte, bekam Risse. Seine Umarmung war so tröstlich, seine Stimme so sanft und seine Worte trafen sie tief in ihrem Herzen. Seit den schrecklichen Erfahrungen ihrer Kindheit hatte sie sich nicht mehr erlaubt, Menschen zu trauen. Sie lebte allein, sie war eine Einzelgängerin, sie sprach nie über ihre Vergangenheit. Sie war einsam. Sie vermisste Berührungen, Umarmungen, Streicheln, das Gefühl, jemanden hinter sich zu haben, der zu einem stand, was auch geschah. Menschen waren Rudeltiere. Jeder brauchte sein soziales Umfeld, seine Familie, sein sicheres Nest, doch sie hatte das alles seit so vielen Jahren nicht mehr. Sie hatte nur Sam, den verlässlichen Kollegen, den Kumpel, mit dem man durch dick und dünn gehen konnte. Doch ein Kumpel war eben nur ein Kumpel und auf die Dauer nicht genug.

Der Wunsch, sich in Jakes Armen mental fallen zu lassen, wurde immer stärker, doch ihre innere Stimme ließ sich nicht so leicht überzeugen. *ALARM! ALARM,* schrie es in ihrem Kopf. Lea war erschöpft und sie hasste diese Stimme. Sie wollte sie nicht mehr hören, sie wollte ausruhen.

Ihr Körper entkrampfte zitternd und sie drückte ihre Stirn gegen Jakes T-Shirt.

Sie spürte seinen Atem an ihrem Kopf. «Ich möchte, dass du mir vertraust. Frag mich alles, was du willst, rede mit mir, wenn dir was komisch vorkommt, wenn ich irgendetwas tue, was dich misstrauisch macht, aber bitte bleib hier im Haus. Es könnten Wanderer vorbeikommen und dich sehen, die im Ort Rast machen oder übernachten und von dir erzählen. Sie könnten dich in große Gefahr bringen.»

«Okay.» Sie nickte kaum merklich und er küsste ihre Schläfe. «Hast du Schmerzen in den Füßen oder Händen?»

«Nein.»

Seufzend löste er sich von ihr. «Glück gehabt. Wenn die Bruchstellen in diesem Stadium der Heilung gereizt werden, könnten die Knochen schief zusammenwachsen. Das möchtest du doch nicht, oder?»

«Nein.»

«Mach nicht noch mal so was Dummes. Versprich mir das.»

«Okay. Ich versprechs.»

Er lächelte. «Ich koche uns jetzt etwas zu essen. Worauf hast du Appetit?»

Sie zuckte mit den Schultern. «Ich weiß nicht.»

«Bratkartoffeln mit Rührei?»

Sie zwang sich zu einem Lächeln. «Das hört sich gut an.»

Er nickte. «In Ordnung.»

Lea lag in die dicke stinkende Plastikplane eingewickelt auf hartem steinigen Boden und kämpfte darum, sich zu befreien. Aber das gelang nicht. Mit den Fingernägeln versuchte sie, Löcher in die Plane zu stoßen, doch die war viel zu stabil. Es war furchtbar heiß und eng und die Atemluft wurde von Sekunde zu Sekunde knapper. Gib ihr den Gnadenschuss, hörte sie jemanden sagen und plötzlich erschien Jakes Gesicht in ihrem Blickfeld. Dann ist schon wieder eine Waffe verbrannt, hörte sie ihn sagen, während er sie liebevoll anlächelte. Etwas piepte. Sie drehte den Kopf und sah das Display des Tablets auf dem Esstisch grell rot und blau blinken, als wäre es ein

Auto der Polizei. Panisch wollte sie sich aufrappeln und schrie um Hilfe, damit ein Officer sie hören sollte und befreite.

«Lea! Wach auf! Lea! Hey!»
Sie riss die Augen auf. Über ihr schwebte Jakes Gesicht und er hielt ihre Oberarme fest. Sie schrie los und bäumte sich auf. «Nein! Nein! Hilfe! Hilfe!»
«Ruhe!», brüllte er.
Sie verstummte augenblicklich.
Er atmete stöhnend aus. «Ganz ruhig, Süße. Du hast nur geträumt. Hörst du? Niemand tut dir was. Du bist in Sicherheit.»
Keuchend starrte sie ihn an. Er löste seinen Griff um ihre Arme und legte seine Hand an ihre Wange. «Es ist alles in Ordnung. Okay?»
Sie schluckte und nickte.
Er zog seine Hand weg und stand auf. «Ich hole dir was zu trinken.»
Als sie allein war, sah sie sich um. Sie lag im Bett und es war dunkel. Nur die kleine Lampe auf dem Nachtschrank an Jakes Bettseite war angeschaltet. Ihr Traum fiel ihr ein. Hatte die Stimme eines der Typen wirklich wie Jake geklungen? Wollte ihr Unterbewusstsein sie warnen? War er einer der beiden gewesen, die sie in der Wildnis zurückgelassen hatten?
Jake kehrte zurück und setzte sich auf den Rand der Matratze. Er trug nur seine Boxershorts und ihr Blick fiel auf seinen beeindruckend trainierten Körper. *ALARM* schrie ihre innere Stimme mal wieder und ihr Muskeln zuckten in Fluchtbereitschaft. Ohne ihre Abwehrmechanismen zu beachten, hob er ihren Nacken etwas an und hielt ihr ein Glas Wasser an die Lippen. Sie schluckte mehrmals. Dann ließ er sie los und stellte das Glas ab. Er drückte ihren Unterarm. «Wovon hast du geträumt? Von den Typen, die dir die Knochen gebrochen haben?»
«Nein.» Sie runzelte die Stirn. «Ich lag in die dicke Plastikplane

eingewickelt auf dem Boden und einer der beiden Typen, die mich gefahren haben, sagte zu dem anderen, er solle mir den Gnadenschuss geben, doch der wollte nicht, damit seine Waffe nicht verbrennt.»

Während sie redete, fixierte sie Jakes Gesicht, doch er blieb völlig gelassen. «Eine Waffe, mit der jemand ermordet wurde, muss entsorgt werden, weil man anhand der Patrone die Pistole erkennen kann. Das meinte der Typ damit.»

«Ich weiß», flüsterte sie.

«Gehts dir jetzt besser? Kannst du wieder einschlafen?»

Sie nickte.

«Okay.» Seufzend erhob er sich, ging um das Bett herum, legte sich auf seine Seite und deckte sich zu. Er schaltete das Licht aus, und rollte sich auf den Rücken. Seine Hand umfasste ohne Druck ihren Arm. «Du bist sicher bei mir, Lea. Du musst vor nichts Angst haben.»

Bald hörte sie ihn regelmäßig atmen, während sie hellwach gegen die dunkle Holzdecke starrte. Seine Hand lag immer noch auf ihrem Arm und plötzlich war es ihr angenehm, ihn zu spüren. Sie schloss die Augen.

8

Lea schlug die Augen auf. Ihr Kopf dröhnte.
Jake war bereits aufgestanden und die Sonne schien durch das Fenster ins Schlafzimmer. War sie jetzt eine Woche in dieser Hütte? Zehn Tage? Sie hatte keine Ahnung und war auch zu träge, um sich genügend zu konzentrieren, um zu rechnen. Jake kümmerte sich um sie, sie brauchte nichts selber tun, nichts entscheiden und sich zu nichts aufraffen.
Ob Sam die Polizei benachrichtigt hatte? Ob er nach ihr suchte? Ob es einen offiziellen Fahndungsaufruf gab? Suchten tatsächlich Lorenzos Männer nach ihr? War sie draußen in Gefahr?
Vielleicht fiel es ihrer Nachbarin, der alten Mrs. Martin, auf, dass sie nie zuhause war. Aber die würde sich nichts dabei denken. Sie kannten sich nicht gut genug, um sich Reisepläne zu erzählen.
Vielleicht vermisste sie eine der Redaktionen, mit denen sie zusammenarbeitete. Aber im Moment erwartete niemand etwas von ihr. Sie hatte keine Aufträge angenommen, um sich ganz auf Lorenzo zu konzentrieren.
Die Tür ging auf und Jake erschien. «Hey, Schlafmütze. Das Frühstück ist fertig.»
«Guten Morgen.»
Er schob ihre Decke zur Seite, hob sie hoch, brachte sie ins Bad und als sie dort fertig war, zum Esstisch.
«Wie lange bin ich jetzt hier?», fragte sie.
«Neun Tage, Sweetheart.»
«Wann stehe ich morgens auf?»
«Du bist eine Langschläferin. Es ist gleich zwölf.»
«Oh.»
Sie hatten bereits eine Routine. Nach dem Frühstück würde er sie duschen und danach setzte er sie auf die Couch und schaltete den Fernseher an.

«Ich muss heute in den Ort fahren und ein Ersatzteil für meine Solaranlage abholen, das ich bestellt habe. Ich kann auch in den Supermarkt gehen. Hast du besondere Wünsche?», fragte er, während er sie am Tisch fütterte.

Lea schüttelte den Kopf.

Jake zwinkerte. «Du bist eine Frau! Frauen haben immer Wünsche. Keine Lieblingsschokolade? Kein Lieblingsgetränk?», fragte er.

«Vielleicht könntest du für mich jemanden anrufen?»

Er runzelte die Stirn. «Das halte ich für keine gute Idee. Wir haben doch darüber geredet, dass es zu gefährlich ist, dich in deinem Bekanntenkreis zu melden. Lorenzo ist mächtig und hat jede Menge Helfer. Ich bin sicher, der Typ, der im Dorf Fragen gestellt hat, gehört zu ihm. Garantiert lässt er überall herumspionieren, ob du bereits, bevor er dich erwischt hat, Informationen über ihn weitergegeben hast.» Er seufzte. «Du würdest auch mich in Gefahr bringen.»

Lea nickte. «Du hast Recht. Es tut mir leid.»

«Schon gut. Ich verstehe dich ja. Hab noch etwas Geduld, Lea. Bald kann ich Dir dünnere Schienen und Verbände basteln, dann bist du nicht mehr ganz so hilflos. Und je länger Lorenzo erfolglos nach dir sucht, desto besser. Er wird aufgeben und dann musst du dir auch keine Sorgen mehr um deine Freunde machen.»

Sie lächelte. «Das klingt gut.»

Eine Stunde später saß sie auf der Couch und sah zu, wie er sich die Jacke anzog und nach den Autoschlüsseln griff.

*

Das Handy klingelte und Sam erkannte die Nummer des Ranchers. «Da muss ich rangehen», sagte er und verließ die Redaktionskonferenz, ohne eine Antwort abzuwarten.

Im Flur nahm er das Gespräch an. «Ja?»

«William Brooks hier.»
«Hi, Mr. Brooks. Gibt es endlich Ergebnisse?»
Er räusperte sich. «Ja. Die Proben stimmen überein.»
In Sams Ohren rauschte es und seine Knie wurden weich. Er stützte sich gegen die Wand. «Was?»
«Die Spuren aus der Plane passen zur DNA Ihrer Kollegin. Schleifspuren und die Fundorte der Schuhe weisen darauf hin, dass die Leiche von Bären verschleppt wurde. Man geht davon aus, dass sie tot ist. Das wurde auch dem NYPD mitgeteilt.»
Sam zwang sich, zu atmen. Vor seinen Augen blitzen Sterne auf, als ob er ohnmächtig werden würde.
«Hallo? Sind Sie noch dran?»
Er räusperte sich. «Ja. Danke, dass Sie mir Bescheid gegeben haben.»
«Ist doch selbstverständlich. Tut mir leid, Mann, dass ich keine bessere Nachricht für sie habe. Melden Sie sich, wenn sie noch Fragen haben.»
«Das mache ich. Danke Mr. Brooks.»
Sam rutschte an der Wand entlang nach unten, bis er auf dem Boden saß. Er starrte das Telefon an. Tot? Lea sollte tot sein? Nie wieder würde er sie lachen sehen? Nie wieder würden sie über irgendwelchen politischen Scheiß diskutieren? Nie wieder würde sie ihn mit seinen Frauengeschichten aufziehen? Sein Brustkorb fühlte sich an, als hätte jemand ein Messer hineingestoßen und würde es genüsslich in der Wunde drehen.
«Hey, was ist los?» Sophia hockte sich vor ihn und er sah auf. Die Redaktionskonferenz war beendet, alle verließen den Raum und sahen irritiert zu ihm hinab.
Sam schluckte. «Lea Johnson wird für tot erklärt.»
Sophia stieß ein leises Wimmern aus. «O Nein!»

*

«Lea! Wach auf!»

Sie riss die Augen auf. Sie glaubte, noch den Gestank der Plane in der Nase zu haben, aber mittlerweile hatte der Traum sie so oft gequält, dass sie sofort in die Realität zurückfand.

Jake lehnte halb über ihr. Sie stöhnte. «Fuck!»

«Wieder dieser Traum?»

«Ja.» Sie fuhr sich mit der einbandagierten Hand über die Stirn und stach sich dabei fast ins Auge. «Und diese scheiß Dinger will ich endlich loswerden!»

«Scht ... Beruhige dich. Morgen nehmen wir sie ab und tauschen sie gegen dünnere Schienen aus.»

«Wirklich?»

«Versprochen.» Er rollte neben sie. «Kennst du eigentlich die Löffelchenstellung?»

«Nein.»

«Die ist gut zum Einschlafen.»

«Was?»

«Auf der Couch, beim Film gucken, kannst du dich inzwischen entspannen und schläfst in meinen Armen ein. Also bleib jetzt auch ganz locker.»

Ehe sie kapierte, wovon er sprach, spürte sie seine Arme um sich herum. Er lag auf der Seite und zog sie rückwärts an seinen Körper heran. «Wir probieren das aus. Entspann dich, mach die Augen zu und schlaf.»

Lea lag steif wie ein Brett in seinen Armen, doch das ignorierte er, wie er ihre Abwehrreaktionen vom ersten Tag an immer ignoriert hatte.

Sein Atemgeräusch wurde gleichmäßig, seine Atemzüge länger, er schlief ein. Ihr Körper begann zögernd, sich zu entspannen, und plötzlich fühlte sie sich auf seltsame Art wohl, nicht mehr bedroht, sondern beschützt. Sie schloss die Augen und spürte in sich hinein.

Jakes Arme waren schwer. Sie war gefangen, aber da war keine Panik, im Gegenteil, sein Körper umschloss ihren und ein neues, angenehmes Gefühl breitete sich in ihr aus. Geborgenheit?

Sie schlief den Rest der Nacht durch, ohne noch einmal von ihrem Alptraum geweckt zu werden. Erst als die Vögel in der Morgendämmerung zwitscherten, klappten ihre Lider auf. Sie lag immer noch rückwärts in Jakes Umarmung. Er bewegte sich nicht. Er schlief.

Plötzlich kapierte sie, was sie geweckt hatte. Seine Hand war unter das T-Shirt gerutscht und seine Fingerspitzen malten Kreise auf ihrer Haut. Es waren regelmäßige, langsame Bewegungen. Er schlief noch, er tat das unbewusst. Ihr Herz klopfte heftig, doch sie rührte sich nicht. Sein zartes Streicheln fühlte sich gut an. Jedes Mal, wenn er die halbrunde Linie nach oben zog, fuhren seine Fingerkuppen an den Ansätzen ihrer Brüste entlang und verursachten ein seltsames Ziehen tief in ihrem Körper. Es fühlte sich gut an, aber irgendwie zu wenig. So als würde sie eine Tafel Schokolade vor sich sehen, würde Appetit bekommen und dürfte dann nur mal kurz lecken, anstatt ein ordentliches Stück abzubeißen.

Je länger Jake sie so streichelte, desto stärker wurde das Ziehen und plötzlich wollte sie seine Hände unbedingt auf ihren Brüsten spüren. Sie schob sich sachte ein Stück tiefer und als seine Finger ihre Nippel streiften, verhärteten sie sich und Lea seufzte unwillkürlich auf.

Jake stöhnte, er bewegte sich hinter ihr und Lea versteifte vor Schreck.

Er drehte sich auf den Rücken, seine Hand verschwand von ihrem Körper. Er gähnte herzhaft. «Guten Morgen, Lea.»

«Guten Morgen», krächzte sie und wagte nicht, den Kopf zu drehen, um ihn anzusehen.

Am Nachmittag war Jake eine Weile draußen. Als er wieder

hereinkam, brachte er einen Stapel von kurzen Holzstäben mit, die er mit dickem Klebeband so verbunden hatte, sodass sie wie kleine Matten wirkten. Er setzte sich neben sie auf die Couch. Neugierig sah sie auf seine Hände. «Was ist das?»

«Damit schienen wir ab heute deine Brüche. Ich habe zwei für die Finger und zwei für die Füße gemacht.» Er hielt eins der kleinen Dinger hoch. Es erinnerte Lea an ein Floß, allerdings so winzig, dass es zu den Bewohnern einer Puppenstube gepasst hätte. Er verbog es etwas. «Wenn ich das um deine kaputten Finger wickele, müsste es genug Halt geben und wir können die gesunden Finger aus der Bandagierung aussparen. Was meinst du?»

«Das hört sich toll an. Aber für die Füße geht das wohl nicht?»

«Dafür sind die.» Er hob zwei größere Matten hoch, die entfernt an Schuhsohlen erinnerten. «Vielleicht kannst du sogar stehen und auf dem ebenen Boden hier in der Hütte gehen, wenn wir die mit Bandagen fest unter deinen Füßen befestigen.»

Leas Herz schlug schneller. Endlich wieder gehen können? Endlich nicht mehr diese Hilflosigkeit? Sie strahlte. «Das wäre toll!»

Er lächelte. «Okay, dann probieren wir es aus.»

Angespannt wartete sie, während Jake die alten Verbände um ihre Hände und Füße löste. Als er fertig war, atmete sie erleichtert aus. Ihre Hände sahen normal aus. Keine verkrümmten Finger, nur leichte Schwellungen.

Jake betastete sorgfältig die Bruchstellen. «Tut das weh?»

«Nein.»

«Gut.»

Er wickelte die steifen Matten um die Finger und bandagierte sie ein. Es funktionierte tatsächlich. Ab jetzt war Leas Daumen befreit, das bedeutete, sie konnte etwas greifen. Vorsichtig nahm sie den Kaffeebecher und trank daraus. Seufzend stellte sie ihn wieder ab. «Gott, ist das gut.»

Jake hob den Zeigefinger. «Nur leichte Sachen heben! Nicht

übermütig werden!»

«Ja, Papa.»

«Frechdachs.» Er schüttelte den Kopf und machte sich daran, auch ihre Füße zu befreien und mit den dicken Matten neu zu bandagieren. Lea stellte die Füße vorsichtig auf den Boden. Jake stützte sie und sie stand auf. Auch das ging. «Noch nicht bewegen. Setz dich wieder. Das üben wir in den nächsten Tagen», murmelte er.

Sie gehorchte. Jake hatte Recht, wenn sie jetzt übermütig werden würde, konnte das nur schaden.

Er stand auf und räumte die alten aufgeschnittenen Verbände zusammen. Lea legte ihre fast freie Hand auf seinen Arm. «Danke», flüsterte sie. Er beugte sich vor und küsste sie auf die Stirn. «Bitte.»

Er ging in die Küchenecke und sie dachte darüber nach, dass sie ihn freiwillig berührt hatte und das es ein gutes Gefühl gewesen war. Nachdenklich beobachtete sie ihn, während er begann, die Abendmahlzeit zuzubereiten. Dadurch, dass sie so hilflos gewesen war und die Nähe zu ihm ertragen musste, war das Verhältnis zwischen ihnen intimer, als sie es je mit einem anderen Mann erlebt hatte. Selbst Sam wusste, dass sie nicht angefasst werden wollte. Sie waren die allerbesten Freunde, aber Körperkontakt vermieden sie.

Bei Jake konnte sie es sogar in einer festen Umarmung aushalten. Nein, nicht nur aushalten, sondern sich auch gut dabei fühlen. Niemals hätte sie geglaubt, dass das einmal möglich sein könnte.

Ach Sam ... wenn er doch nur wüsste, dass es ihr gut ging.

«Jake?»

«Ja?»

«Nur ...»

«Was?»

«Ich würde so gern mit Sam telefonieren.»

Es klirrte und Lea zuckte zusammen. Jake hatte mit Schwung als notwendig, ein Messer auf die Spüle fallen lassen. Sie starrte ihn an und er seufzte. «Sorry. Aber wir haben doch darüber gesprochen. Es bringt ihn und uns in Gefahr.»

«Aber vielleicht ... wenn du ein Prepaidhandy besorgen könntest ... davon kennt doch niemand die Nummer ... es ist ja nur ... ich weiß einfach, dass er sich furchtbare Sorgen macht. Ich würde ihn so gern beruhigen.»

Jakes Wangenmuskeln zuckten. Lea verkrampfte. Sie schluckte und schüttelte den Kopf. «Schon gut.»

Er atmete geräuschvoll aus. «Entschuldige. Es tut mir leid. Ich habe einfach in meinem Job zu viel erlebt. Ich sehe überall Gefahren.» Er kam zu ihr und legte seine Hand auf ihre Schulter. «Wenn ich das nächste Mal auf den Hügel fahre, rufe ich ihn an und sage ihm, dass du bei mir bist und er sich keinen Sorgen machen muss.» Lea runzelte die Stirn, doch bevor sie etwas sagen konnte, fuhr er bereits fort. «Wenn etwas mehr Zeit vergangen ist und Lorenzos Leute nicht mehr ganz so intensiv nach dir suchen, kannst du selber mit ihm reden. Einverstanden?»

Sie senkte den Kopf. «Mhm. Okay.»

Er lächelte. «Wir müssen vernünftig sein. Mit diesen Leuten ist nicht zu spaßen, das weißt du am allerbesten.»

Lea nickte. «Ja. Du hast Recht.»

Er drückte noch einmal ihre Schulter und ging wieder zurück an die Spüle.

*

Das Klingeln hörte nicht auf. Verdammt, die sollten ihn in Ruhe lassen. Jetzt polterte auch noch jemand an die Tür. Fluchend sprang Sam aus dem Bett, marschierte zur Tür und riss sie auf.

Sophia stand vor ihm.

«Was willst du?»

«Mich anschreien lassen, anschließend Kaffee kochen und mit dir frühstücken.»

«Bist du bescheuert?»

«Vermutlich. Du warst seit achtundvierzig Stunden nicht in der Redaktion und bist per Handy nicht zu erreichen.»

«Ich habe mich krank gemeldet.»

Sie legte die Hände auf seinen Brustkorb und schob ihn rüde zurück. «Geh duschen. Du stinkst.»

Sam schloss die Wohnungstür und sah ihr nach, wie sie in seiner versauten Küche verschwand. Was bildete die Ziege sich eigentlich ein? Er marschierte ihr hinterher. «Wir sind kein Paar. Wir haben nur unverbindlichen Sex. Ich bin dir keine Rechenschaft schuldig. Verschwinde!»

Sie seufzte und warf einen genervten Blick Richtung Zimmerdecke. «Reg dich ab, Varantes. Du brauchst einen Tritt in den Arsch, damit du deine beste Freundin nicht aufgibst, und ich bin gekommen, um dir den zu verpassen. Also, sieh zu, dass du unter die Dusche kommst.» Sie schob die Reste einer Pizza zur Seite und machte sich daran, die Kaffeemaschine zu bedienen.

«Lea ist tot.»

Sophia erstarrte. «Was?»

Er ließ sich auf einen Küchenstuhl fallen, und sie setzte sich neben ihn. «Woher weißt du das?»

«Ich weiß es. Sie ist in eine Falle getappt und die ist zugeschnappt.» Er seufzte. «Ich habe sie so oft gewarnt, aber sie war so verbissen, so hart. Irgendwann musste es ja mal schief gehen.»

Sophia runzelte die Stirn. «Wie meinst du das?»

Sam lehnte sich zurück. Leas letzter großer Erfolg fiel ihm ein, und er sah sie vor seinem inneren Auge zufrieden lächelnd die Stufen vom Gerichtsgebäude herab laufen, während Agent Arschloch Miller sich daneben von den Presseleuten fotografieren und befragen ließ. Über ein Jahr war das her.

Wie immer, war Lea im Hintergrund geblieben und hatte der Polizei den Ruhm überlassen. Es war der Fall Thompsen gewesen.

Der Typ hatte seine labile Freundin hörig gemacht, sie vergewaltigt und verprügelt. Ein echter Widerling. Nur weil Lea sich so engagiert um die arme Frau gekümmert hatte, hatte sie den Mut gefunden, gegen ihren Peiniger auszusagen. Leider war es Thompsen auf dem Transport ins Gefängnis gelungen, zu fliehen. Er war seitdem verschwunden, vermutlich lag das Arschloch in der Karibik am Strand und genoss sein Leben.

«Wenn es um Fälle ging, die mit Vergewaltigung, Psychoterror gegen Frauen oder Kinderprostitution zusammenhingen, vergass sie jede Vorsicht. Sie hat einige wirklich widerliche Typen in den Knast gebracht.»

«Warum bist du plötzlich sicher, dass sie tot ist.»

«Die Laborergebnisse ....»

Sie schüttelte unwillig den Kopf, sprang auf und baute sich mit in die Taille gestützten Fäusten vor ihm auf. «... sagen gar nichts aus.»

«Fuck, Sophia.»

«Wenn du von ihrem Tod so überzeugt bist, warum hast du dann ihr Auto abgeholt und vor ihre Haustür gestellt? Und warum hast du die fällige Miete für ihre Wohnung bezahlt?»

Sam stöhnte. «Aus Sentimentalität. Oder Trauer. Verflucht, ich weiß es nicht.»

Sophia hob den Zeigefinger und beugte sich vor. «Das Einzige, was sie wissen, ist, dass Lea in diese Plane eingewickelt war, gepinkelt hat und ihr die Schuhe abhandengekommen sind. Sonst nichts. Es gibt keine Beweise für ihren Tod.»

Sam schluckte und starrte sie still an.

Sophia hatte Recht. Während er seine Trauer und seinen Frust in Whisky gebadet hatte, lebte Lea vielleicht tatsächlich noch und wartete irgendwo da draußen auf Hilfe.

Er sprang auf, umgriff Sophias Wangen und presste seine Lippen auf ihre. «Danke.»

Sie drehte den Kopf weg. «Pah! Du stinkst nach Fusel!»

*

Das selbstständige Essen war das Beste. Jake schnitt das Fleisch in mundgerechte Happen, die Lea selber, wie die Bratkartoffeln, die es dazu gab, mit einer Gabel in ihren Mund befördern konnte. Was für ein Genuss!

Jake öffnete zur Feier des Tages eine Flasche Wein und sie prosteten sich zu. Es wurde ein netter Abend. Sie lachten viel und später redeten sie über persönliche Themen. Jake erzählte vom FBI und seiner gescheiterten Ehe und Lea von ihrer Arbeit.

Spät in der Nacht half er ihr ins Bett und legte sich auf seine Seite. Nachdem er das Licht ausgemacht hatte, zog er sie in die Löffelchenstellung, schob seine Hand unter ihr T-Shirt und legte sie auf ihren Bauch. Sie erstarrte.

Er strich federleicht mit den Lippen über ihre Haare. «Lass locker, Lea, heute Morgen hat es dir auch gefallen, von mir angefasst zu werden.»

Sie schluckte. «Du warst wach?»

«Ja.»

«Warum hast du ...»

«Ich wollte dich nicht erschrecken.»

«Wie meinst du das?»

«Du konntest es nur genießen, weil du dachtest, dass ich schlafe.»

«Das stimmt.»

Er küsste ihren Hinterkopf. «Was ist dir passiert? Wovor hast du so große Angst?»

«Ich ... ich ... ich ...»

«Bist du vergewaltigt worden?»

«Mhm.»

«Einmal?»

«Nein.»
«Oft?»
«Mhm.»
«Wie alt warst du?»
Stille. Lea schluckte. «Beim ersten Mal acht.»
Sie hörte Jake zischend einatmen. Aber er sagte nichts. Sie seufzte. «Meine Mutter war Hausangestellte bei Matteo Lorenzo. Wir haben in einer Einliegerwohnung seiner Villa gelebt. Er ist in mein Kinderzimmer gekommen. Er wollte fangen spielen. Und wenn er mich dann packte ...»

«Wie lange ging das so?»

«Als ich dreizehn war, bekam ich meine Regel und mir wuchsen Brüste. Da hat er meiner Mom gekündigt, und wir sind dort ausgezogen.»

«Wer weiß davon.»

«Du.»

«Sonst niemand?»

«Nein.»

«Warum hast du nicht ...»

«Weil meine Mutter mir immer wieder sagte, dass der Job und das kostenlose Wohnen in der Villa unsere Rettung vor dem Verhungern und der Obdachlosigkeit war. Ich müsste unbedingt sehr, sehr nett und höflich zu Lorenzo sein, er wäre so ein guter Mann, weil er uns rettete. Sie hatte Schulden abzuzahlen. Mein Dad war früh gestorben, wir hatten nur uns, keine weiteren Verwandten. Außerdem habe ich mich geschämt, und es hätte mir sowieso niemand geglaubt. Es war schließlich nicht irgendein Typ, es war Mr. Lorenzo. Der saß damals schon im Stadtrat.»

Stille.

«Du hattest noch nie guten Sex, oder?»

Lea lachte trocken auf. «Sowas gibt es für mich nicht.»

«Oh doch.»

«Nein. Ich kann das nicht genießen. Ich fühle gar nichts. Ich bin frigide.»

«Du hast es heute Morgen sehr genossen, von mir gestreichelt zu werden.»

«Das ... das war eine Ausnahme. Es war ja nur ein Zufall, du wolltest nicht mehr.»

«Ich möchte dich jetzt so streicheln, wie heute Morgen. Nur streicheln. Nicht mehr. Genieß es. Entspann dich, es wird nichts anderes passieren.»

«Warum willst du das tun? Was hast du davon?»

«Es fühlt sich herrlich an, dich zu berühren.»

«Und wenn es dich erregt?»

«Dann geh ich ins Bad und mach es mir selbst. Entspann dich, ein erregter Mann wird nicht zu einem Ungeheuer. Selbst wenn ich steinhart bin, kann ich weiterhin wie ein zivilisierter Mensch denken und mich auch so benehmen.»

Er sagte das im Tonfall eines Jungen, der vor seiner Mutter stand und beteuerte, nicht mit dem Fußball gegen die Fensterscheibe gezielt zu haben. Lea gluckste.

Wieder spürte sie seine Lippen in ihren Haaren. «Mach die Augen zu und genieß es, gestreichelt zu werden. Wie heute Morgen.» Sie antwortete nicht und er schien das als Zustimmung zu werten und begann wieder, Kreise auf ihrem Bauch zu malen, geduldig und langsam, bis ihr Körper weich wurde. Dann spielten seine Finger mit ihren Brüsten und tatsächlich stellten sich erneut das sehnsüchtige Ziehen in ihrem Bauch ein. Lea seufzte und drehte sich etwas mehr auf den Rücken. Jake streichelte weiter und zupfte an ihren Nippeln. Nach einer Weile wanderten seine Finger tiefer, seine Hand legte sich flach auf ihren Unterleib und mit einer Fingerspitze tastete er zwischen ihre Schamlippen. Er begann, in klitzekleinen Bewegungen über ihre Klitoris zu rubbeln und durch Leas Nervenbahnen zuckten Reize, die ihr fremd waren. Fasziniert vergaß sie, zu denken, konzentrierte sich nur auf das, was er zwischen ihren Beinen anstellte. Seltsame Schwingungen bauten sich in ihr auf, wurden stärker, als würde ein Magnet sie anziehen und plötzlich sausten kräftige Energiewellen durch ihren Körper und ließen sie keuchen und zucken. Jake streichelte weiter, bis das Gefühl abebbte und sie entspannte.

«Du hattest gerade einen Orgasmus, Lea. Du bist eine normale, gesunde, junge Frau.» Sie biss sich auf die Unterlippe und konnte doch ein breites Grinsen nicht unterdrücken. «Das war heiß.»

Er lachte dunkel. «Stimmt, und falls es dich interessiert, ich bin steinhart.»

«Gehst du jetzt ins Bad?»

«Nein, dich im Arm zu halten ist besser.»

«Aber ... ist das nicht unangenehm?»

«Mein Freund da unten beruhigt sich schon wieder. Und jetzt schlaf.»

«Danke, Jake.»

«Gern geschehen, Lea.»

9

Sam schaltete den Computer aus. Es war neun Uhr. Um sieben war er in die Redaktion gekommen, um die wichtigsten Emails zu beantworten und einen Artikel zu schreiben, der fertig werden musste. Nun konnte er sich wieder auf die Suche nach Lea konzentrieren. Er stand auf, hob die Kameratasche auf den Schreibtisch und überprüfte ihren Inhalt.

«Du siehst aus wie eine Leiche. Wann hast du das letzte Mal richtig geschlafen?»

Er sah auf. Steven lehnte im Türrahmen.

«Ich muss sie suchen. Ich brauche Gewissheit. Ich kann nicht einfach zur Tagesordnung übergehen, nur weil alle sie für tot halten.»

«Das verstehe ich, aber du nützt ihr nichts, wenn du dabei draufgehst. Seit mindestens vier Wochen geht das jetzt so. Das hält kein Körper auf die Dauer aus. Außerdem ist es Sophia gegenüber nicht fair, was du machst.»

«Wie bitte?» Sam schnaubte. «Das ist privat, das geht dich einen Scheiß an.»

«Da hat er Recht.» Sophia schob sich an Steven vorbei und sah zu ihm auf. «Es ist okay. Sam nutzt mich nicht aus. Ich unterstütze ihn mit ganzem Herzen.»

Steven schüttelte den Kopf. «Ihr spinnt doch.»

Er verließ das Büro. Sophia schlenderte zum Schreibtisch. Sie verschränkte die Arme vor der Brust und sah auf die Fototasche. «Du willst wieder rausfahren?»

Sam nickte.

«Kommst du heute Abend zu mir?»

«Es wird sicher spät. Du weißt doch, wie lange die Fahrt jedes Mal dauert.»

«Das ist egal.»

Er sah auf. «Willst du es wirklich? Fühlst du dich wirklich nicht ausgenutzt?»

Sie gluckste. «Wir leben im einundzwanzigsten Jahrhundert und ich bin eine emanzipierte Frau. Wir sind Freunde, und wir haben verdammt guten Sex miteinander. Das ist okay, sonst würde ich es nicht tun.» Seufzend legte sie eine Hand auf seine. «Aber Steven hat Recht, allmählich bekomme ich ein schlechtes Gewissen, weil ich dir in den Hintern getreten habe, damit du nicht aufgibst. Du musst mal ausruhen. Die Ränder unter deinen Augen wirken allmählich wie eintätowiert.»

«Mir läuft die Zeit davon. Wir haben Ende November, wenn der Winter kommt und es in den Bergen schneit, erreicht man viele der Jagdhütten nicht mehr.»

«Dann übernachte in Stony Folk. Du musst Pausen machen!»

Sam drehte sich zu ihr um. Er umfasste ihre Oberarme und legte seufzend seine Stirn an ihre. «Sobald ich die Augen schließe, sehe ich diese Plane im Gebüsch liegen, höre Lea um Hilfe schreien und schrecke wieder hoch. Nur wenn wir Sex hatten, bin ich so ausgepowert, dass ich mal zwei Stunden schlafen kann.»

Sie hob den Kopf, legte die Hände um sein Gesicht und drückte einen Kuss auf seinen Mund. «Dann komm heute Abend. Und wenn ich sonst etwas tun kann ...»

«Dann melde ich mich. Danke Sophia.»

Zehn Minuten später saß er im Auto und fuhr auf den Highway.

Seit Sophia ihn aufgerüttelt hatte, verbrachte er jeden Tag, den er sich freischaufeln konnte, im Naturschutzgebiet. Ein echtes Adressenverzeichnis hatte er nirgends gefunden. Stattdessen suchte er systematisch die einsamen Blockhäuser auf, die er auf Satellitenbildern identifiziert hatte. Bei manchen stellte er fest, dass sie verfallen und unbewohnt waren, bei anderen redete mit den Bewohnern und fotografierte sie heimlich, um sie in der Redaktion zu überprüfen. Er war wie besessen. Die Polizei suchte nicht mehr. Man ging davon aus, dass Lea tot war, was sollten sie auch nach den

Laborergebnissen sonst tun?

Er kam immer noch nicht mit der Realität klar. Es war tatsächlich Lea gewesen, die in eine Plane gewickelt im Naturschutzgebiet abgelegt worden war. Man ging davon aus, dass Schwarzbären ihren Körper verschleppt hatten und suchte nicht mehr nach ihr. Doch Sam wollte es nicht wahrhaben. Sophia hatte Recht. Es gab immer noch die klitzekleine Chance, dass Lea sich befreien konnte und irgendwo versteckte. Gedächtnisverlust nach einem traumatischen Erlebnis war durchaus möglich. Das hatte ihm auch ein Psychologe bestätigt, mit dem er vor zwei Wochen über den Fall gesprochen hatte.

Er konnte nicht aufhören, nach Lea zu suchen. Es käme ihm wie ein Verrat vor. Er bezahlte die Miete ihrer Wohnung, damit der Vermieter sie nicht räumen ließ, und schwor sich, die Suche erst aufzugeben, wenn bewiesen war, dass sie nicht mehr lebte.

Sophia war die Einzige, die zu ihm hielt. Sie half ihm bei der Recherche über die Fotos der Hüttenbesitzer, setzte ihm abends in ihrer Wohnung etwas zu essen vor und der gemeinsame Sex half ihm, wenigstens stundenweise abzuschalten.

Wenn Steven und er sich nicht so viele, viele Jahre kennen würden, hätte Sam schon längst seinen Job verloren, denn er arbeitete nur stundenweise in der Reaktion. Doch lange konnte Steven ihn nicht mehr decken. Das war klar.

Acht eingezeichnete Gebiete mit Hütten hatte Sam noch auf seinem Plan, die er durchwandern wollte. Drei Jagdhütten lagen ziemlich dicht beieinander, er hoffe, die an diesem Tag zu schaffen. Er orientierte sich über GPS, und natürlich hatte er sich vernünftige Wanderschuhe zugelegt, sodass er auch in Gegenden, die sich mit dem Auto nicht befahren ließen, zu Fuß gut zurechtkam.

Die erste Blockhütte war unbewohnt. Sie hatte nicht mal eine Tür oder Fenster und es gab keine Spuren, dass in der letzten Zeit ein Mensch da gewesen war. Die zweite erreichte er nur über einen Fußmarsch, der fast eine Stunde dauerte. Er traf einen alten Indianer dort an. Der war zwar freundlich und gesprächig, doch als Sam ihm erzählte, dass er seine vermutlich verletzte Kollegin suchte, schüttelte er nur den Kopf. Er hatte nichts gesehen oder gehört. Leider war mehr Zeit vergangen, als Sam geplant hatte. Auf dem Rückweg zu seinem Auto beobachtete er den Himmel. Er war bedeckt, Wind kam auf und vermutlich würde es Regen geben. Außerdem hatte der Rancher ihm dringend davon abgeraten, bei Dunkelheit durch das Naturschutzgebiet zu wandern, weil eine nächtliche Begegnung mit einem Schwarzbären nicht wirklich angenehm verlaufen könnte. Er beschloss, sich auf den Rückweg zu machen. Die dritte Hütte musste er für seinen nächsten Suchgang aufsparen. Das war zwar frustrierend, aber von einem Bären verletzt im Krankenhaus zu liegen, würde Lea auch nicht helfen. Er seufzte. «Fuck, Lea! Wo bist du bloß? hat das, was ich hier mache, überhaupt einen Sinn?» Der Wald gab ihm keine Antwort.

Bevor Sam Richtung Highway nach New York fuhr, durchquerte er Stony Folk und beschloss, am Supermarkt anzuhalten, um sich etwas zu essen und einen Kaffee für die Rückfahrt zu kaufen.

Als er auf den Parkplatz abbog und das Auto vor dem Geschäft parkte, fiel ihm ein Mann auf. Er trug Boots, Jeans, ein Flanellhemd und eine gefütterte Jeansjacke. Seine Gesichtszüge waren kaum zu erkennen, da er einen Vollbart trug, und lange Haare in sein Gesicht hingehen. Er lief mit einem gut gefüllten Einkaufswagen zwischen den parkenden Autos hindurch zu einem großen Pick-up und begann, seine Einkäufe zu verstauen.

Irgendwo hatte Sam den Kerl schon mal gesehen. Ja, natürlich! Er hatte kurz mit ihm gesprochen, als er das erste Mal in die Gegend gekommen war, um nach Lea zu suchen. An dem Tag hatte er eine Sonnenbrille getragen. Doch da war noch etwas anderes. Während er den Typen jetzt aus der Ferne beobachtete, kramte er in seinem Gedächtnis. Kannte er ihn aus New York? Oder hatte er nur Ähnlichkeit mit irgendjemandem dort? Sam konnte es nicht definieren, es war nur ein diffuses, unangenehmes Gefühl. Vielleicht erinnerte ihn die Art, wie der Typ sich bewegte, an einen anderen Mann. Vielleicht war es, weil er ab und zu nach rechts und links sah, als wollte er seine Umgebung checken.

Je länger er ihn beobachtete, desto sicherer wurde er. Diesem Mann war er schon mal viel früher und ganz woanders begegnet, als in diesem Dorf.

Während er zusah, wie der Typ seine Einkäufe auf der Ladefläche und auf der Rückbank des Pick-ups verstaute, merkte er sich das Kennzeichen des Autos und machte mehrere Fotos mit seinem Handy.

Vermutlich war der Mann harmlos und Sam sah inzwischen Gespenster, aber er griff nach jedem Strohhalm, der ihn auf seiner Suche nach Lea weiterbringen konnte.

Als der Fremde in seinem Pick-up vom Parkplatz fuhr, begegneten sich für den Bruchteil einer Sekunde ihre Blicke. Sam glaubte zu erkennen, dass der Kopf des Kerls in seine Richtung zuckte und er ihn länger ansah, als es bei einem normalen beiläufigen Blickkontakt der Fall gewesen wäre. Ob er ihn auch erkannt hatte?

Als der Wagen verschwunden war, betrachtete Sam die Bilder. Kurzentschlossen rief er William Brooks an. «Hi, Mr. Brooks», begrüßte er ihn, als der Rancher sich meldete.

«Mr. Varantes, was kann ich für sie tun.»

«Ich habe da eben ein paar Fotos von einem Mann gemacht, die würde ich Ihnen gerne aufs Handy schicken und Sie fragen, ob sie den Typen kennen.»

«Suchen Sie immer noch nach ihrer Kollegin?»

«Ja. Ich höre erst auf, wenn ich sie oder einen echten Beweis für ihren Tod finde.»

Der Rancher seufzte. «Zeigen Sie mir die Fotos.»

Sam sendete die Bilder an Brooks Handy und wartete.

«Das ist Jake West. Warum glauben Sie, dass der was mit dem

Verschwinden ihrer Kollegin zutun hat?»

«Ich weiß es nicht. Es ist nur so ein Gefühl. Er kommt mir bekannt vor, aber ich kann sein Gesicht nirgends einordnen. Was wissen Sie über den Mann?»

«Jake ist in Ordnung. Ein ruhiger Typ, hat mit den Leuten in den Orten der Gegend nicht viel zu tun. Er hat sich letztes oder vorletztes Jahr eine der Jagdhütten im Naturschutzgebiet gekauft und kommt nur in die Stadt, um seine Einkäufe zu erledigen.»

«Hat er Familie?»

«Nein, er lebt allein und sehr abgeschieden. Ein Einzelgänger. Er soll früher beim FBI gearbeitet haben. Seine Frau und seine Kinder sind bei einem Flugzeugabsturz ums Leben gekommen. Das ist aber alles nur County-Gerede. Ich weiß nicht, ob irgendwas davon stimmt.»

«Danke, Mr. Brooks. Haben Sie die Adresse von seinem Haus?»

Der Rancher lachte. «Nicht direkt. Sie wissen doch durch ihre Suche schon, dass die Wege zu den Jagdhäusern keine Straßennamen haben. Die Bewohner, die fest im Naturschutzgebiet wohnen, haben Postfächer, das sind ihre Adressen. Jake West hat seins in Stony Folk. Wenn Sie ihn sprechen wollen, hinterlassen Sie dort eine Nachricht mit ihrer Handynummer.»

Sam nickte versonnen. «Danke, Mr. Brooks.»

«Gerne. Melden Sie sich ruhig wieder, wenn ich helfen kann.»

*

«Ich gehe draußen noch eine Stunde Holz hacken, bevor es ganz dunkel ist», sagte Jake, nachdem er Lea zur Toilette und zurück geholfen hatte. Er küsste sie auf die Stirn. «Inzwischen wird es nachts schon verdammt kalt und wir wollen ja nicht frieren.»

Er zog sich die Jacke an und steckte das Handy in die Brusttasche. «Trink deinen Tee, solange er heiß ist, der hilft bestimmt bei deinen Unterleibskrämpfen.»

Sie nickte und kuschelte sich tief in die Wolldecke.

Er verließ die Hütte und zog die Tür hinter sich zu.

Dann war es still im Haus und Lea schloss für einen Moment die Augen. Sie hatte ihre Menstruation bekommen und Bauchschmerzen. Außerdem sorgte das damit verbundene Hormonchaos für ein Seelentief. Sie kannte das, genauso wie viele andere Frauen auch. Sie war dann dünnhäutig, übersensibel, trauerte um ihre beschissene Jugend und verweilte im Selbstmitleid.

Mit den neuen minimalistischen Schienen an ihren Gliedmaßen ging es ihr viel besser, doch heute nahm sie das nicht wahr, sondern war genervt davon, immer noch nicht wieder ganz gesund zu sein.

Jake war, wie jeden Tag, unendlich geduldig. Er verwirrte sie.

Einerseits war er bei allem, was er tat, entschlossen und dominant, andererseits ging er mit ihr so sanft und liebevoll um, wie sie es nie vorher von einem Mann erlebt hatte.

Wenn er wütend wurde, hatte sie Angst vor ihm. Auch wenn der Ärger nichts mit ihr zutun hatte.

Er bedrohte sie nie. Ihre Angst gründete ausschließlich auf die schlimmen Erfahrungen ihrer Kindheit. Sie hatte keinen Grund, sich vor ihm zu fürchten, im Gegenteil. Er brachte ihr nach so vielen Jahren bei, dass sie wie eine normale Frau fühlen konnte. Er streichelte sie jede Nacht, führte sie nur mit seinen Fingern in Höhen der Lust und zu erfüllenden Orgasmen. Doch nie forderte er etwas von ihr. Er war so uneigennützig. Und das förderte ihr Misstrauen, für das sie sich gleichzeitig innerlich schämte.

Warum tat er das alles für sie? Und warum wehrte er sich so vehement dagegen, sie einmal im Auto mitzunehmen, damit sie mit Sam telefonieren konnte. Es gab ja nicht nur innerhalb der Stadt Handyempfang, sondern auch auf der Anhöhe nicht weit von der Hütte entfernt. Immerhin hatte er ihn wenigstens einmal angerufen. Sam wusste also, dass sie lebte und er hatte ihr Grüße ausrichten lassen. Mehr nicht. Lea war sicher, dass Sam Nachforschungen anstellte, warum hatte er Jake davon nichts erzählt? Nur Grüße? Als wäre sie ganz normal im Urlaub? Das war seltsam. Manchmal fragte sie sich, ob Jake tatsächlich Kontakt zu Sam aufgenommen hatte, oder ob er sie anlog. Und dann schämte sie sich wegen des Verdachtes. Schließlich hatte er ihr das Leben gerettet und pflegte sie gesund.

War sie zu misstrauisch? Oder zu vertrauensselig?

Wäre es wirklich so gefährlich, in die Stadt zurückzukehren? Sicher, Lorenzo hatte überall seine Spitzel sitzen. Doch er war nicht allmächtig. Jake sagte immer, es wäre nur zu ihrem Besten, trotzdem fühlte sie sich in seinem Haus eingesperrt. Allerdings hatte er auch gesagt, dass sie ihn in Gefahr bringen würde, wenn Lorenzo erführe, dass er ihr half.

Versteckte Jake sich eventuell aus ganz anderen Gründen? War er vielleicht ein gesuchter Verbrecher?

Immer noch träumte sie regelmäßig nachts diesen fiesen Alptraum, in dem sie in der Plane gefangen war und Jakes Stimme diesen Satz von der Waffe, die verbrennen würde, sagte. Wollte ihr Unterbewusstsein ihr etwas mitteilen?

Einerseits vertraute sie Jake, sie mochte ihn ... nein, es war inzwischen viel mehr. Seitdem sie sich im Bett so nah gekommen waren, wurden ihre Gefühle für ihn immer intensiver, sie war verliebt. Wenn er aus seinen dunklen Augen auf sie herabsah, lächelte und sie *Süße* nannte, summte es in ihrem Bauch und immer öfter fragte sie sich, wie es wohl wäre, echten Sex mit ihm zu haben? Ob er dann so sanft bleiben würde? Oder ob er dabei zu einem wilden, unberechenbaren Tier mutieren würde, wie sie es von jedem Mann erwartete?

Der verdammte Traum. Die Stimme im Traum. Durfte sie den Traum missachten? Die Gefühle für ihn verunsicherten sie. Was, wenn sie nicht mehr rational beurteilte und Gefahren übersah?

Sie seufzte. Das Misstrauen steckte tief in ihr und kam immer dann zum Vorschein, wenn sie allein war. Sie hatte ein schlechtes Gewissen deswegen. Es war unfair, denn Jake hatte in all den Wochen nicht einmal irgendetwas getan, was nicht zu ihrem Besten gewesen wäre. Trotzdem waren ihre Gefühle so zwiegespalten.

Vielleicht brauchte sie einfach mal frische Luft, um wieder klar im Kopf zu werden. Ja. Mit den flachen Schienen unter ihren Füßen konnte sie auf geradem Boden stehen und sich in Minischritten fortbewegen, solange sie etwas hatte, um sich abzustützen. Sie würde jetzt aufstehen und sich an den Möbeln und der Wand entlang zur Haustür bewegen, diese aufmachen und draußen den Himmel betrachten. Nur eine Weile auf der Veranda stehen, die Welt ansehen und frische Luft einatmen. Dann würde es ihr ganz bestimmt besser gehen.

Entschlossen schob sie die Decke zur Seite und setzte die Füße auf den Boden auf. Sie stand vorsichtig auf und tastete sich entlang der Möbel durch den Raum zur Tür und zog sie auf. Frische, kalte Luft empfing sie und sie atmete tief durch. Das Haus hatte eine kleine Veranda. Das wusste sie bereits, sie hatte es gesehen, wenn Jake die Tür öffnete, um hinein oder hinaus zu gehen. Jetzt entdeckte sie eine Bank an der Wand. Sie bewegte sich darauf zu und setzte sich. Zum ersten Mal hatte sie die Gelegenheit, die Umgebung der Hütte zu sehen. Rechts stand Jakes großer Pick Up. Dahinter führte ein schmaler Weg zwischen den Bäumen hindurch, gerade breit genug für das Auto. Überall um sie herum war dichter Wald. Lea hatte keine Ahnung, in welche Richtung sie gehen müsste, um in ein Dorf oder in eine Stadt zu gelangen. Sie sah nach links und entdeckte Jake. Er stand rund zwanzig Meter weit weg neben einem kleinen schiefen Schuppen und einem Haufen Holz. Ein Beil lehnte an der Schuppenwand und er hatte sein Smartphone in der Hand und schien darauf zu lesen.

Plötzlich wurde Leas Brustkorb eng. Wenn er sein Smartphone benutzte, bedeutete das, dass es Handyempfang gab und das wiederum bedeutete, dass er sie anlog. Ihre Finger krallten sich um den Rand der Holzbank, auf der sie saß. Fassungslos starrte sie ihn an und ihr Herz klopfte so hart, dass sie es bis in den Hals spürte.

Er hob den Kopf, steckte das Handy in die Brusttasche seiner Jeansjacke und drehte sich um. In diesem Moment entdeckte er sie. Lea konnte es daran erkennen, dass seine Bewegungen ruckartig einfroren. Eine Sekunde später marschierte er in riesen Schritten auf sie zu. Sein Gesicht war zu einer eiskalten Maske mutiert und Lea verkrampfte innerlich.

Auf der Veranda zerrte er sie hoch und schob sie zurück ins Haus. Die Tür knallte hinter ihnen zu, als er sie auf die Couch drückte. «Spinnst du!», fuhr er sie an. «Wenn dich jemand sieht!»

«Aber ...»

«Was aber?», brüllte er. «Meinst du, ich habe Lust, von Lorenzos Männern erwischt zu werden? Die haben dich nicht weit von hier abgelegt! Was, wenn sie dich suchen!»

Lea schluckte. Sie presste sich mit dem Rücken gegen das Polster der Couch, als ob sie dadurch zurückweichen könnte. Wieso war er so sauer? Sie war doch nirgendwo hingegangen! Sie hatte doch bloß vor der Tür gesessen!

Er hatte sein Handy benutzt. Ihre Kehle wurde so trocken wie eine Wüste, doch sie zwang sich, ihm in die Augen zu sehen. «Du lügst mich an.»

«Was?»

«Du lügst. Du hast hier Handyempfang. Ich habe gesehen, wie du eben das Handy in der Hand hattest!»

Seine Augen wurden schmal. «Du traust mir immer noch nicht? Ich habe dir das Leben gerettet, ich pflege dich gesund, wir schlafen seit Wochen in einem Bett und du traust mir immer noch nicht?»

«Warum lügst du?»

«Ich lüge nicht! Ich habe eine Mail geschrieben, die ich absende, sobald ich wieder Empfang habe. Das ist alles!»

«Du bist zum Holzhacken rausgegangen!»

«Und dabei ist mir eingefallen, dass ich diese Mail schreiben muss. Fuck, Lea!» Er fuhr sich mit gespreizten Fingern durch die Haare. «Was ist mit dir los? Was muss ich tun, damit du mir endlich vertraust? Merkst du denn nicht, dass ich Gefühle für dich habe?»

Lea schluckte. Ihr Herz raste. Gefühle? Gefühle für sie? Sie starrte ihn an, als hätte er sie hypnotisiert. In seiner Mimik stand Enttäuschung, schwere Enttäuschung, und sie fühlte sich von Sekunde zu Sekunde mieser. Er hatte Gefühle für sie und sie verdächtigte ihn, sie anzulügen.

«Es tut mir leid», flüsterte sie und ihre Augen wurden feucht.

«Shit.» Jake stöhnte gequält, setzte sich zu ihr und zog sie in eine Umarmung. «Schon gut.» Er atmete geräuschvoll aus. «Mir tut es leid, dass ich laut geworden bin.»

«Und mir tut es leid, dass ich so misstrauisch bin.»

Sie fühlte seine Lippen an ihren Haaren. «Nach dem, was du mitgemacht hast, ist es normal, dass du misstrauisch bist. Ich wünsche mir nur so sehr, dass du mir endlich vertraust.»

Sie drückte ihr Gesicht an seine Schulter. «Ich habe auch Gefühle für dich», wisperte sie.

«Ich weiß», murmelte er. «Und du brauchst Zeit. Bitte glaube mir, dass ich dich beschützen will. Nur deshalb bitte ich dich, im Haus zu bleiben. Okay?»

«Ich weiß. Bitte entschuldige.»

Er schob sie ein Stück zurück und küsste sie auf die Stirn. «Versprich mir, in Zukunft nicht mehr unvorsichtig zu sein. Ich würde es nicht aushalten, wenn dir etwas passiert, weil ich dich nicht gut genug beschützt habe.» Seine Stimme wurde rau und seine Augen um eine Nuance dunkler. «Ich liebe dich, Lea. Bis ich dich traf, habe ich nicht geglaubt, dass ich noch einmal Gefühle für eine Frau entwickeln könnte, aber das zwischen uns, das ist anders, das ist besonders. Du bist mir wichtig. Bitte gehorche mir, damit ich dich beschützen kann.

Bitte!»

In Leas Bauch flatterten tausend Schmetterlinge los.

«Ich versprechs.»

«Danke.»

Er lächelte, küsste sie hauchzart auf die Lippen und stand auf. «Und jetzt mache ich dir einen frischen Tee.»

«Meinem Bauch geht es schon viel besser.»

«Das freut mich.»

*

Stöhnend wälzte Sam sich im Bett hin und her. Es hatte keinen Sinn, er konnte nicht mehr schlafen. Es war noch dunkel, aber sein Kopf hellwach. Er sah auf das Display seines Smartphones. Fünf Uhr dreißig. Fuck!

Sophia lag neben ihm. Sie hatte ihm den Rücken zugekehrt und atmete tief und regelmäßig.

Seufzend knipste er die kleine Lampe auf dem Nachtschrank an, kletterte aus dem Bett, tapste in die Küche und setzte Kaffee auf. Er lehnte an der Spüle und rieb sich die Augen. Lange würde er dieses Leben nicht mehr durchhalten. Musste er sich damit abfinden, dass das Verschwinden von Lea niemals aufgeklärt würde?

Er war von der Sorge und wochenlangen Schlafmangel erschöpft, doch alles in ihm wehrte sich dagegen, die Suche aufzugeben. Er konnte, ihren Tod nicht akzeptieren. Nein, er wollte es nicht.

Der Kaffee war fertig, er schenkte sich einen Becher ein, holte seinen Laptop aus dem Wohnzimmer und schlüpfte wieder ins Bett unter die Decke. Sophia brummte und machte fahrige Bewegungen, wachte aber nicht auf.

Sam lehnte sich mit dem Rücken gegen die Wand, stellte den Computer auf seinem Schoß ab und klappte ihn auf. Während er wartete, dass das Betriebssystem hochfuhr, nippte er am Kaffeebecher.

Jake West, der Typ am Supermarkt ging ihm nicht aus dem Kopf. Obwohl der Rancher ihn für harmlos hielt, ließ Sams Journalisteninstinkt ihm keine Ruhe. Er griff zum Handy, klickte auf das Fotoverzeichnis und schickte die Bilder von dem Kerl via Wlan auf den Laptop. Als der Vorgang beendet war, öffnete er die Fotos und betrachtete sie. Er vergrößerte das Gesicht des Typen und speicherte es extra. Akribisch studierte er die Bilder, ohne zu wissen, wonach er suchte.

Sophia seufzte und drehte sich auf den Rücken. «Ich rieche Kaffee», nuschelte sie. Sie rieb sich die Augen, öffnete sie und hatte ganz offensichtlich Orientierungsschwierigkeiten, denn ihr Blick glitt an die Zimmerdecke gerichtet, hin und her. Dann drehte sie sich auf die Seite und sah Sam neben sich sitzen. «Hey.»

«Hey. Guten Morgen.»

«Wie spät ist es?»

«Gleich sechs.»

«Du hast schon Kaffee gekocht?»

«Mmh.»

Sie setzte sich auf, griff nach Sams Tasse, die er ihr hinhielt und nahm einen Schluck. Sie warf einen Blick auf den Bildschirm des Laptops. «Wer ist das?»

«Sein Name ist Jake West.»

«Hat der was mit dem Verschwinden von Lea zu tun?»

«Das weiß ich nicht. Ich habe ihn zweimal in diesem kleinen Dorf am Naturschutzgebiet getroffen. Obwohl es kaum möglich ist, hatte ich den Eindruck, dem Knaben früher schon mal begegnet zu sein.»

Sophia zog die Decke höher über ihren nackten Körper, runzelte die Stirn und betrachtete das Bild, das Sam sich gerade groß anzeigen ließ. «Was weißt du über ihn?»

«Laut Rancher Brooks hat der Typ früher mal beim FBI gearbeitet. Seine Familie soll bei einem Flugzeugabsturz ums Leben gekommen sein und seitdem lebt er als Einsiedler in einer der Jagdhütten da oben.»

Sophia schüttelte den Kopf. «Ich glaube nicht, dass er allein lebt.»

«Wieso? Kennst du ihn?»

«Nein, aber er kauft Damenbinden.» Sie tippte auf den Einkaufswagen, der auf dem Foto zu sehen war. «Ich glaube nicht, dass er die für sich selbst braucht.»

Sam vergrößerte das Bild und schob den Einkaufswagen in die Mitte des Bildschirms. Tatsächlich. Damenbinden.

«Vielleicht benutzt er die für was anderes?»

Sophia gluckste. «Für was denn?»

«Keine Ahnung. Aber eine Frau wie Lea würde doch ganz sicher Tampons nehmen, oder nicht?»

«Bestimmt.»

«Außer sie ist verletzt und kann keinen Tampon einführen», murmelte Sam. «Dann ist sowas einfacher zu handhaben.»

«Das ist wahr.»

Sam setzte sich aufrechter hin. Endlich eine Spur! Er reichte Sophia den Kaffeebecher, öffnete das Emailprogramm und tippte los.

«Was machst du?», fragte sie, trank einen Schluck und verzog das Gesicht. «Wenn du schon Zucker rein tust, solltest du wenigstens umrühren, damit sich nicht alles unten sammelt.»

«Sorry, ich hole Dir gleich einen frischen Kaffee ohne Zucker. Lass mich nur schnell an Steven schreiben. Der hat einen Freund beim FBI. Bestimmt kann der ihm Informationen über seinen ehemaligen Kollegen geben. Und nachher muss ich in Leas Wohnung und noch mal in ihrem Archiv alles durchsuchen, was mit Lorenzo zutun hat. Und dann fahre ich wieder raus und rede mit den Leuten in Stony Folk. Endlich ein Hinweis!»

«Und ich werde in der Redaktion nach den Flugzeugabstürzen der letzten Jahre suchen und sehen, ob ich den Namen West unter den

Opfern finde.»

Sam beugte sich vor und küsste sie auf die Stirn. «Du bist ein Schatz, Sophia.»

«Ich will Journalistin werden. Da ist so eine Recherche doch eine gute Übung.»

10

«Hihi ... das kitzelt.»

Glucksend wand Lea sich in Jakes Armen, doch er ließ sie nicht los. Er hatte sie unter der Bettdecke wieder in die Löffelchenstellung gezogen, fuhr mit den Fingerspitzen über ihren Bauch und kniff sie spielerisch in die Taille. «Jake!»

Er lachte dunkel. «Sorry, aber du fühlst dich einfach viel zu gut an.»

Er zog sie fester an sich und sein erigierter, harter Schwanz drückte gegen ihren Po. Die ersten Male, als das passiert war, hatte es sie panisch gemacht, ihn so zu spüren. Doch inzwischen verstand sie, dass Jake auch in erregtem Zustand ein Mensch blieb, anstatt zu einem instinktgesteuerten, brutalen Tier zu mutieren, wie sie es vor ihm von jedem Mann erwartet hatte.

Übermütig drehte sie sich in seinen Armen und wagte es, mit den Händen auf Forschungsreise zu gehen. Sie strich mit dem Daumen über die Erhebung unter dem Stoff seines Slips, und er stöhnte.

«Gefällt dir das?»

«Na, was glaubst du denn?»

Ihr Herz schlug schneller. «Und was gefällt dir noch?», flüsterte sie. Er schob einen Finger unter ihr Kinn und zwang sie sanft, den Kopf zu heben und ihm in die Augen zu sehen. «Keine Angst mehr?»

«Nein.»

Er küsste sie, schob die Decke weg und drehte sich auf den Rücken. Dann zog er sich den Slip aus. «Sieh hin.»
Seine Stimme war rau. Fasziniert starrte sie auf seinen großen, dicken Schwanz. Er legte seine Hände darum und begann, auf und ab zu streichen. Er schloss die Augen. «Jetzt stelle ich mir vor, wie du dich über mich kniest, dich aufsetzt und langsam meinen Schwanz in deiner Muschi aufnimmst. Du bist warm, eng und weich», raunte er. «Du stöhnst, weil es dir so gut geht. Ich hebe die Hände und beginne,

deine Brüste zu streicheln und leicht zu kneten. Du passt dich meinen Bewegungen an.»

Seine Handbewegungen wurden gröber und schneller, während er weiter mit geschlossenen Augen erzählte, was er sich vorstellte. Fasziniert hörte Lea zu. Inn ihrem Bauch begann dieses erregende Kribbeln, während sie gebannt beobachtete, wie er sich allmählich in seinem Rhythmus steigerte und schließlich mit einem rauen, tiefen Stöhnen seinen Höhepunkt erreichte und sein Ejakulat auf seinen Bauch spritzte.

Seufzende öffnete er die Augen, drehte ihr das Gesicht zu und grinste. «Hat dich das angemacht?»

Leas Wangen wurden heiß. «Mmh.»

«Das reicht noch nicht.» Er richtete sich auf, griff nach dem Slip und wischt damit seinen Bauch ab.

Lea runzelte die Stirn. «Was meinst du?»

Er setzt sich auf und stellte die Füße auf den Boden, bevor er ganz aufstand. «Ich schlafe erst mir dir, wenn du mich darum bittest.»

«Oh.»

Lachend verließ er, mit dem versauten Slip in der Hand, das Schlafzimmer.

Eine Stunde später saßen sie am Frühstückstisch. Jake schmierte Lea eine Scheibe Brot und schnitt sie in mundgerechte Happen, die sie nur noch mit der Gabel aufspießen und in den Mund stecken brauchte. Während sie zulangte, nahm er einen Schluck aus seiner Kaffeetasse. «Ich fahre heute einkaufen. Wünsche?»

Lea legte den Kopf schräg und fühlte in sich hinein. «Eis wäre toll. Erdbeereis und Schokoladeneis. Oder Zitrone, Vanilleeis mit Zitronenaroma, das mag ich auch sehr gerne. Und deine Zahnpasta schmeckt eklig. Könnest du vielleicht eine andere Sorte mitbringen?»

Jake nickte. «Zu Befehl, Madam, Zahnpasta mit Erbeereisgeschmack.»

«Perfekt.» Sie gluckste.

Er stand auf und begann, den Tisch abzuräumen. Lea gähnte. «Frühstücken macht müde. Ich war noch nie Vormittags so schläfrig wie hier bei dir.»

«Du bist ja auch noch nicht wieder gesund.» Er trat vor sie. «Komm, ich helfe dir auf die Couch. Ruh dich aus, während ich weg bin.»

Sie legte sich hin und er deckte sie zu.

Als er die Jacke anzog, fielen ihr bereits die Augen zu.

Lea lag in die dicke stinkende Plastikplane eingewickelt auf dem harten Boden und kämpfte mal wieder darum, sich zu befreien. Aber wie jedes Mal versagte sie auch jetzt. Die Hitze und Enge nahm ihr die Atemluft, sie drohte zu ersticken. «Gib ihr den Gnadenschuss», hörte sie ihn sagen und Jakes Gesicht schien in ihrem Blickfeld. «Ich schlafe erst mit dir, wenn du mich darum bittest.» Er lachte laut.

Sie schreckte hoch, saß senkrecht auf der Couch und sah sich um. Sie war allein. Es war still. Sonnenstrahlen schienen durch die Fenster und der Schatten der Gitter wurden auf den Boden geworfen.

Seufzend ließ sie sich wieder auf den Rücken fallen.

Warum verfolgte sie dieser Traum immer noch. Warum gab ihr Unterbewusstsein keine Ruhe? Wenn Jake ihr Feind wäre, hätte er sie doch längst vernichten können? Stattdessen brachte er sie dazu, sich Sex mit ihm zu wünschen. Nie hatte sie es für möglich gehalten, dass sie sich jemals Sex wünschen könnte!

Ihr Mund war trocken und sie rappelte sich auf und schlurfte zur Küchenzeile. Sie öffnete mühsam mit dem Daumen und den verbundenen Fingern eine Schranktür, um ein Glas herauszunehmen. Da fiel ihr Blick auf eine Tablettenschachtel. Den Namen der Medizin kannte sie nicht, aber der Begriff Depressionen bohrte sich in ihren Verstand. Schluckte Jake Psychopharmaka? Litt er unter Verfolgungswahn und war deswegen so sehr darauf bedacht, sie von der Außenwelt abzuschotten? Unwillkürlich schüttelte sie den Kopf. Sie wollte nicht schon wieder so misstrauisch werden. Schuld war sowieso nur dieser dämliche Traum mit der Plane und diesem furchtbaren Gefühl der Enge, und Jakes Stimme, die ihr Unterbewusstsein immer dazudichtete.

Es gab keinen Grund, ihm zu misstrauen. Als sie ihm das erste Mal von dem Traum erzählt hatte, hatte sie seine Reaktion beobachtet und es war ihr nichts aufgefallen, kein nervöses Augenzucken, keine Anspannung, keine besondere Aufmerksamkeit oder Nachfrage.

Keine Nachfrage. Sie runzelte die Stirn. Warum hatte er nicht wegen der Plane gefragt?

Leas Herz schlug schneller. Sie konzentrierte sich, um sich ganz genau zu erinnern. Jake hatte sie gefunden, nachdem sie sich aus der Plane befreit hatte und ein Stück weit gekrabbelt war. Sie hatte ihm nicht gesagt, dass sie in eine dicke Plastikfolie eingewickelt gewesen war. Doch als sie von ihrem Traum erzählt hatte, hat er sich nicht über die Plane gewundert. War das seltsam oder sah sie Gespenster? Lullte er sie mit seiner Sanftheit ein? Sollte sie doch viel misstrauischer sein?

Das Hin und her ihrer Gefühle machte sie wahnsinnig. Sie kam sich vor wie auf einem morschen Dampfer, bei dem man nie wissen konnte, wann er auf hoher See auseinanderbrechen würde.

Sie brauchte frische Lust. Jake würde sich wieder aufregen, wenn er sie dabei erwischte, aber das war ihr egal. Sie stand auf und schlurfte zur Tür. Als sie die Klinke herunter drückte, ging die Tür nicht auf. Sie war abgeschlossen.

Er hatte sie eingeschlossen? Ungläubig rüttelte sie an der Klinke, aber das half natürlich nicht.

Jake hatte abgeschlossen und Lea keinen Schlüssel gegeben. Nie vorher war sie auf die Idee gekommen, zur Tür zu gehen, wenn er nicht da war. Jetzt verschaffte ihr die Erkenntnis, eingesperrt zu sein, einen dicken Felsbrocken im Magen.

Die Schatten der Fenstergitter, die die Sonne auf den Boden der Hütte warfen, schienen sie plötzlich zu bedrohen und zu verhöhnen. Sie war eingesperrt!

Wenn man so einsam wohnt, muss man sich vor Einbrechern schützen, hatte Jake gesagt, als sie ihn, kurz nachdem er sie gefunden hatte, auf die vergitterten Fenster seiner Jagdhütte angesprochen hatte.

Was, wenn er mit seinem Auto einen Unfall hätte? Niemand wusste, wo sie war. Alle hielten sie für tot. Nur Sam wusste, dass sie lebte, aber der würde auch nicht nach ihr suchen, der dachte ja, sie wäre bei Jake in guten Händen.

Lea schlurfte zurück zur Couch und setzte sich. Ihr Herz raste. Platzangst. Die Zimmerdecke schien viel niedriger als sonst. Sie atmete tief durch. Sie durfte nicht ausflippen, sondern musste sich beruhigen und ihren klaren Verstand behalten.

«Denken, Lea!», befahl sie sich selbst. Sie musste die Situation objektiv analysieren. Sam sagte immer, sie wäre die beste Analytikerin, die er kannte. Also: Was sprach dafür, dass Jake ihr Feind war, was, dass er ihr Freund war? Er pflegte sie liebevoll. Das sprach für ihn. Sie war schon einige Wochen lang bei ihm und er hatte ihr nie etwas getan. Aber er sperrte sie ein. Er erlaubte ihr nicht, zu telefonieren. Er wurde böse, wenn sie ihn darum bat, selbst mit Sam sprechen zu dürfen, um zu hören, ob man noch nach ihr suchte. Als sie es gewagt hatte, nur vor die Tür zu gehen, war er so sauer geworden, dass sie Angst vor ihm gehabt hatte. Und in seinem Schrank lagen Tabletten gegen Depressionen.

Tabletten?

Was, wenn er sie nicht selber schluckte, sondern ihr heimlich in das Essen mischte?

Diese ständige Trägheit! Warum war sie immer nach dem Frühstück so müde? Nein, nicht immer, sondern nur, wenn er wegfuhr. War das so? Oder bildete sie sich das ein? Er goss ihr nie Kaffee am Tisch in den Becher, sondern nahm den Becher und lief damit zur

Kaffeemaschine, um ihn dort zu füllen. Vielleicht mixte er ihr Drogen in die Getränke, wenn er sie allein ließ.

War ihr Traum echt? Hatte Jake mit Lorenzo zutun? Tat er nur so, als ob er sie zufällig gefunden hatte? Aber warum? Was für einen Sinn sollte das haben?

Er schien keine Kontakte zur Außenwelt zu haben. Jeder Mensch hatte doch Verwandte oder Freunde, er anscheinend nicht. Vielleicht hielt er sich in den Wäldern versteckt. War er wirklich beim FBI gewesen? Er könnte krank und aus einem Irrenhaus geflüchtet sein!

Je länger Lea darüber nachdachte, desto sicherer wurde sie. Jake war ein Psychopath, der es genoss, sie in seiner Gewalt zu haben. Sie musste sich wehren, sie musste sich befreien.

An seine Jagdgewehre kam sie nicht ran. Der Schrank war abgeschlossen, und wenn er wegfuhr, nahm er immer eins mit.

Welche Möglichkeiten hatte sie, sich zu befreien?

Sie konnte mit den Verbänden langsam laufen. Sie konnte auch einen Autoschlüssel halten und in das Zündschloss stecken. Sie konnte Autofahren. Doch sie war ihm körperlich unterlegen. Sie musste ihn bei einem Überraschungsangriff k.o. schlagen, dann hatte sie eine Chance, in seinem Auto zu flüchten.

*

Sam schloss die Wohnungstür auf und ging hinein. Inzwischen merkte man, dass Leas Appartement nicht bewohnt wurde. Es war kalt und roch unangenehm nach Feuchtigkeit. Sam drehte die Heizungen an, bevor er sich die Jacke auszog. Verflucht! Lohnte es überhaupt noch, die Miete zu bezahlen? Wahrscheinlich kam Lea nie wieder. Er sollte die Wohnung kündigen und ihre Sachen irgendwo einlagern.

Nein, noch nicht. Noch gab er die Hoffnung nicht auf. Er schlenderte in ihr Wohnzimmer und öffnete den Schrank, indem sie ihr Archiv untergebracht hatte.

Sein Blick fiel auf den Ordner Thompsen. Leas letzter großer Fall. Er schlug ihn auf und sah hinein. Ein Foto von Judy Garner, dem Opfer, fiel ihm in die Hände. Der Typ hatte die Frau so perfekt dressiert gehabt, dass sie alles mit sich machen ließ. Doch Lea hatte es geschafft, sie aufzurütteln. Sie trennte sich von ihm, versteckte sich wochenlang in einem kleinen Appartement, das Lea ihr gemietet hatte und sagte schließlich vor Gericht aus. Nachdem Thompsen geflohen war, hatte Judy sich aus Angst vor seiner Rache umgebracht. Das war für Lea ein harter Schlag gewesen. Sie hatte sich schuldig gefühlt.

Seufzend schlug er den Ordner zu, legte ihn beiseite und holte alles heraus, was es über Lorenzo gab.

Vielleicht war ihm beim ersten Durchsehen irgendetwas Wichtiges entgangen. Manchmal waren es Kleinigkeiten, winzige Details, die als letzte Puzzleteile fehlten, um das Gesamtbild vor sich zu sehen.

Er setzte sich an ihren Schreibtisch und las handschriftliche Notizen, betrachtete Bilder und Kopien von Dokumenten, die sie zusammengetragen hatte. Sogar über seine Familiengeschichte hatte Lea recherchiert.

Lorenzos Urgroßvater war aus Italien eingewandert und hatte eine Indianerin geheiratet. Das war ungewöhnlich. Es gab sogar ein uraltes, vergilbtes Foto von dem Paar vor einer Blockhütte in einem Wald. Wo Lea das wohl gefunden hatte?

Blockhütte? Indianerin? Sam lehnte sich zurück. Irgendwas war wichtig. Verdammt, Blockhütte ... Indianer ... Blockhütte ... Indianer ... «Fuck, wo ist der Zusammenhang?» Plötzlich fiel es ihm ein. Er hörte im Geiste die Stimme des Ranchers. *Die Jagdhütten im Naturschutzgebiet werden seit Generationen innerhalb der Familien vererbt*, hatte er gesagt, als Sam sich darüber gewundert hatte, dass man dort überhaupt bauen durfte.

Gehörte Lorenzo eine Jagdhütte in diesem Naturschutzgebiet? Wurde Lea dort gefangen gehalten? Konnte das möglich sein? War dieser Jake West einer von Lorenzos Männern, der dort mit ihr ausharrte, um sie zu bewachen und zu versorgen?

Aber warum sollten sie Lea am Leben lassen? Es war doch viel einfacher, sie zu töten. Vielleicht taten sie das nicht, weil sie irgendetwas von ihr wollten, Informationen vielleicht?

Sam sprang auf und lief hin und her. Sein Verstand arbeitete auf Hochtouren. Die Gleichung enthielt noch sehr viele unbekannte Elemente, aber sein Instinkt schrie ihm zu, dass er auf der richtigen Spur war.

Er fotografierte Leas Material zu Lorenzos Vorfahren. Dann verließ er die Wohnung.

Als er ins Auto stieg, klingelte sein Handy. Steven war dran.

«Hi, hat dein Freund etwas rausgefunden?»

«Es gab beim FBI nie einen Jake West, doch es könnte sein, dass ein Undercover Agent diesen Namen als Decknamen benutzt hat.»

Sam schnaubte. «Oder seine Vergangenheit ist ganz simpel eine Lüge.»

«Du hörst dich sehr überzeugt an. Hast du inzwischen weitere Hinweise und eine plausible Erklärung?»

«Noch nicht, aber eine Theorie. Ich glaube, Lorenzo hat eine Jagdhütte im Naturschutzgebiet, in der Lea gefangen gehalten wird, und dieser Typ ist als ihr Wächter engagiert.»

*

Als Lea das Brummen des sich nähernden Autos hörte, war sie bereit. Sie hatte eine Flasche mit Wasser gefüllt, damit sie schwer genug war. Anschließend hatte sie einen Stuhl neben die Tür gerückt und sich darauf gesetzt, um zu warten. Die Minuten waren ihr wie Stunden vorgekommen. Ihre innere Unruhe brodelte wie Lava in einem Vulkan. Endlich hörte sie weit weg und leise den Motor des Pick-ups. Er wurde lauter. Sie kletterte auf den Stuhl und stellte sich auf die Sitzfläche, damit sie von oben auf Jakes Kopf zielen konnte. Der Wagen erreichte das Haus. Die Bremsen quietschten, das Motorengeräusch starb. Stille. Lea hörte ihre eigenen hektischen Atemzüge. Sie hob mit beiden Händen die Flasche über ihren Kopf. Ihre Knie zitterten, sie schwankte, die Füße mit den verdammten Schienen waren so instabil.

Die Autotür wurde zugeschlagen. Sie hörte Jakes schwere Schritte auf den Treppenstufen zur Veranda. Das Klirren von Schlüsseln, einer wurde ins Schloss gesteckt. Jetzt!

Die Tür ging auf und Lea schlug mit voller Kraft zu. Sie verlor das Gleichgewicht, traf ihn nur halb an der Schulter, statt wie geplant am Kopf und stürzte.

«Fuck!», hörte sie ihn fluchen, während der Stuhl scheppernd umkippte und sich Lebensmittel aus der Einkaufstasche, die er fallengelassen hatte, über den Boden verteilten.

Die Flasche rollte wie zum Hohn für ihr Versagen vor seine Füße. Sie war nicht mal kaputtgegangen.

Ein stechender Schmerz an ihrer Hüfte ließ Lea aufjaulen.

«Verdammt!», brüllte Jake und etwas Metallenes klickte. Lea Kopf ruckte herum und sie starrte in den Lauf seines Jagdgewehrs. Das wars. Er würde sie töten.

Eine endlose Sekunde lang war es so still, als würden alle Lebewesen des Waldes den Atem anhalten.

«Du?» Jake starrte sie an. «Bist du wahnsinnig?»

Wie zu einem Eisblock gefroren, lag Lea da. Sie konnte weder reden, noch sich bewegen, noch denken. Sie sah nur das schwarze Loch des Gewehrs vor ihren Augen.

Es verschwand aus ihrem Sichtfeld.

«Was sollte das?», brüllte er.

«Ich ... ich ...»

«WAS?» Er lehnte das Gewehr mit einem lauten Scheppern außerhalb ihrer Reichweite an die Wand und stemmte die Fäuste in die

Taille. «Du wolltest mir den Schädel einschlagen!»

«Nein!»

«Was denn sonst?»

Panisch vor Angst versuchte sie, von ihm wegzurobben, doch Jake erwischte ihren Fuß und zog sie zurück. Er griff in ihren Nacken und drückte zu. «Antworte!»

Sie wimmerte. Das Gefühl seiner Hand an ihrem Hals katapultierte sie in ihre Kindheit zurück. Lorenzos Faust, die ihre Haare packte, die andere an ihrer Kehle, das Gefühl, nicht genug Luft zu bekommen. Sie schrie auf und strampelte. «NEIN! NEIN! NEIN!»

Jake ließ los, stattdessen drehte er sie rüde um und packte sie an den Oberarmen, zog sie hoch und schüttelte sie. «Hör auf, zu schreien!»

«Bitte lass mich los! Bitte lass ...»

«Ich habe dir das Leben gerettet», schrie er. Sein Atem traf ihr Gesicht und sie glaubte, daran zu ersticken. Er brüllte weiter. «Ich pflege dich gesund! Wir schlafen in einem Bett! Und jetzt sowas? Ist das deine Art, dankbar zu sein?»

Rüde schob er sie zum Sessel und schubste hart gegen ihre Schultern. Sie fiel rücklings auf das Polster, schrie auf und hob die Hände vor ihr Gesicht, um sich zu schützen.

Er ragte vor ihr auf und sie erwartete, dass er zuschlug. «Bitte nicht, bitte nicht, bitte nicht», wimmerte sie ohne Unterbrechung. Er schnaufte, seine Hände ballten sich zu Fäusten, aber er trat einen halben Schritt zurück.

«Warum? Erklär mir das!»

«Ich wollte mich nur befreien!»

«Wovon, verdammt?»

«Du sperrst mich ein.»

«Ich schließe ab, damit niemand rein kann!»

«Du sperrst mich ein. Ich darf nie raus. Ich darf nicht telefonieren! Du hältst mich hier gefangen! Ich halte das nicht mehr aus!»

Er kam wieder näher, umklammerte ihre Handgelenke und zog sie weg von ihrem Gesicht. «Seit so vielen Wochen bist du jetzt bei mir. Ich könnte dich töten, aber ich tue es nicht. Du hast einen sexy Körper, der mich erregt, aber ich vergewaltige dich nicht. Ich könnte dich schlagen und quälen, aber ich tu es nicht. Du hast keine Chance gegen mich und trotzdem passiert dir bei mir nichts. Ich beschütze dich vor den Verbrechern, die dich töten wollten! Ist das immer noch nicht genug, um dein Vertrauen zu verdienen?»

Ruckartig ließ er sie los, drehte sich um und entfernte sich. Leas Herzschlag donnerte bis in ihren Hals hinein.

Jake schlug die Tür zu, nahm das Gewehr und öffnete den Schrank. Er stutzte, drehte sich um und lehnte es neben ihrem Bein an den Sessel, anstatt es wegzuschließen. «Hier. Damit du dich gegen mich wehren kannst. Ich hoffe, du kannst mit Waffen umgehen, oder muss ich es dir noch erklären?»

Seine Stimme bebte vor Sarkasmus, doch sie hörte vor allem immensen seelischen Schmerz und Verbitterung heraus.

«Nein», flüsterte Lea. Sie kam sich so mies vor, wie nie vorher in ihrem Leben.

Er räumte schweigend die auf dem Boden verstreuten Lebensmittel zusammen und warf eine Tube auf den Tisch vor dem Sessel. «Hier ist deine Zahnpasta.»

Er drehte sich wieder weg, griff sich an die Schulter und massierte die Stelle, die Lea mit der Flasche getroffen hatte.

«Es tut mir leid», wisperte sie, doch er würdigte sie keines Blickes, während er die Lebensmittel in die Schränke verstaute. Schließlich öffnete er die Haustür und ging noch einmal zum Auto, um die restlichen Einkäufe hereinzuholen. Die Tür blieb sperrangelweit offen, doch Lea war die Lust am Rausgehen vergangen. Je länger sie Jake beim Aufräumen zusah, desto quälender wurde ihr schlechtes Gewissen. Er sah sie nicht mehr an, und er redete nicht mehr mit ihr. Gott, war sie gemein. Natürlich war er keine Gefahr für sie. Wie hatte sie sich nur so dermaßen in ihre wirren Gedanken hineinsteigern können!

Als er fertig war, bückte er sich vor den Kamin, schob die Glut zusammen und legte neue Holzscheite dazu. Seufzend erhob er sich, trat ans Fenster und sah hinaus. Er senkte den Kopf und sie sah, wie er die Hände hob und sich über das Gesicht rieb.
«Es tut mir leid», flüsterte sie in die Stille hinein.

Das Feuer knisterte.

Er drehte sich um und sah sie an und sie wich seinem Blick nicht aus. Plötzlich gab er sich einen Ruck, als hätte er eine Entscheidung getroffen. Er trat vor sie und hockte sich hin. Sein Gesicht war immer noch düster und verschlossen. «Wir machen jetzt die Verbände ab.»

Sie runzelte die Stirn. «Was?»

«Ich müsste nach deinem Sturz von dem verdammten Stuhl sowieso prüfen, ob die Schienen noch richtig sitzen. Wir machen sie ab. Normalerweise sollten sie bis Ende des Monats dran bleiben, aber bevor du mit deiner Angst irgendwann dich oder mich ernsthaft verletzt, muss es eben früher ohne die Schienen gehen. Du kannst gehen, wohin du willst. Ich halte dich nicht auf.»

Sie hielt still, während er ihr die Bandagen und Schienen abnahm. Die aggressive Wut, die ihr Angst gemacht hatte, war verschwunden, doch seine Miene blieb verschlossen.

Sie hatte ihn verletzt. Sie war undankbar. Sie war egoistisch. Er schickte sie weg.

Dabei hatte sie doch Gefühle für ihn! Sie wollte ihn nicht verlieren. «Es tut mir leid», wisperte sie, «Jake, hörst du? Es tut mir wirklich, wirklich leid.»

Er antwortete nicht.

«Bitte, Jake. Ich weiß nicht, was in mich gefahren ist. Plötzlich wirkte alles so bedrohlich, meine Gedanken spielten verrückt, ich wurde immer panischer, weil ich allein eingesperrt war, ich ...»

«Schon gut», brummte er, und ihr wurde fast übel vor lauter schlechtem Gewissen. Sie hatte alles kaputt gemacht.

Er hatte genug von ihr, deshalb nahm er die Verbände ab. Er wollte sie loswerden. Ein fieser Kloß bildete sich in ihrer Kehle und ihre Augen wurden feucht. Der erste Mann in ihrem Leben, für den sie Gefühle entwickelte, ließ sie fallen, weil sie ihm nicht vertrauen konnte.

Die Bandagen ihrer Hände waren ab. Jake sah auf, ihre Blicke begegneten sich und kamen nicht mehr voneinander los. Nur das Knistern der Flammen im Kamin unterbrach die Stille. Plötzlich seufzte er und nahm sanft ihr Gesicht in seine Hände. Seine Daumen strichen über ihre Wangen. «Ich bin in dich verliebt Lea. Ich möchte dich nicht verlieren, aber ich würde dich niemals zwingen, bei mir zu bleiben.»

In ihren Augen schwammen Tränen. «Ich bin auch verliebt in dich, Jake.»

Er beugte sich vor, seinen Lippen berührten ihre und seine Zunge drängte in ihren Mund. Nein, sie drängte nicht, sie stupste vorsichtig und bat um Einlass, den Lea ihr gewährte. Sie spürte seine Zunge an ihrer und die Empfindungen animierten sie, sich näher an ihn zu drängen.

Er beendete den Kuss und ließ sie los. «Beweg mal deine Hände. Wie fühlt es sich an?»

Sie gehorchte. Es funktionierte. Ihre Finger wirkten dünn und erinnerten an Spinnenbeine, aber sie konnte alle Gelenke bewegen, ohne dass es Schmerzen verursachte. Das Gefühl trieb ihr neue Tränen in die Augen. «Danke.»

«Nicht mehr weinen, Sweetheart. Ist ja gut.»

Sie schniefte. «Ich bin ja bloß so froh.»

Er wuschelte ihr durch die Haare. «Gib mir deine Füße.»

Er löste auch dort die Bandagen und Lea stand vorsichtig auf. Jake stützte sie in der Taille und sie zuckte zusammen. «Was ist?»

«Der Sturz, ich bin auf den Hüftknochen gefallen.»

Er hob kurz ihr T-Shirt und stieß einen leisen Pfiff aus. «Prellung. Davon wirst du länger was haben.»

«Geschieht mir recht. Warum bin ich so blöd.»

Er stützte sie an den Oberarmen, doch das war gar nicht nötig. Es fühlte sich zwar seltsam an, aber sie konnte einen Fuß vor den anderen setzen, ohne dass es weh tat.

«Ich bin wieder gesund», flüsterte sie und sah zu Jake auf. «Danke. Du hast mich gerettet. Das werde ich dir nie vergessen.» Sie schüttelte den Kopf und versteckte das Gesicht in den Handflächen. «Ohne dich wäre ich längst tot und ich bin so blöd, dich anzugreifen. Es tut mir so leid!»

Er zog sie in seine Arme und ihre Wange landete an seiner Brust. «Ich will nicht, dass dir was passiert, Lea.»

«Ich weiß.» Die Plane fiel ihr ein. Sie musste eine Antwort haben, um ganz sicher zu sein, ihm vertrauen zu können. «Darf ich dich etwas fragen?»

«Natürlich.»

«Woher wusstest du von der Plane?»

«Was meinst du?»

«Du wusstest, dass die Verbrecher mich in eine Plane eingewickelt hatten, aber als du mich gefunden hast, hatte ich mich doch schon selbst daraus befreit.»

«Du hast es erzählt.»

«Nein.»

«Doch, Sweetheart. In der ersten Nacht, im Fieberwahn, du hast immer wieder davon geredet.» Er seufzte. «Vielleicht bist du so misstrauisch, weil du spürst, dass ich dir etwas verschweige.»

«Tust du das?»

Er strich ihre Oberarme entlang und küsste sie auf die Stirn. «Es gibt einen zweiten Grund dafür, dass ich dich abschirme.»

Sie runzelte die Stirn. «Was meinst du?»

«Ich verstecke mich hier in der Einsamkeit vor einigen einflussreichen Leuten, die ich als FBI Agent vor Gericht gebracht habe. Ich bin übervorsichtig und das vermittelte dir das Gefühl, eingesperrt zu sein. Das tut mir leid. Ich hätte eher mit dir darüber reden müssen.»

Lea schluckte. «Ich werde niemandem sagen, wo ich die ganze Zeit war. Darauf kannst du dich verlassen.»

Er seufzte und nahm ihre Hände in seine. «Ich weiß. Ich bin trotzdem dabei, einige falsche Spuren zu legen, falls sie durch dich auf mich kommen. Ich bin bloß noch nicht fertig damit.»

«Wie meinst du das?»

«Freunde von mir legen falsche Fährten für uns.» Er runzelte die Stirn. «Könntest du ... meinst du, es wäre möglich ...»

«Was?»

Er atmete deutlich hörbar tief aus. «Bitte bleib noch zwei Wochen bei mir. Danach kann ich dir Belege dafür geben, dass wir beide die Zeit in einem kleinen Hotel in Kanada verbracht haben und ich anschließend von Toronto aus nach Thailand geflogen bin, um mir dort eine neue Existenz aufzubauen. So würde niemand von diesem Haus erfahren und es könnte mein sicheres Versteck bleiben. Würdest du das für mich tun?»

Sie sah zu ihm auf und schluckte. «Okay. Natürlich.»

«Bist du sicher?»

«Ja.»

«Danke.»

«Ich ... ich möchte so gerne Sam anrufen.»

Augenblicklich veränderte sich Jakes Miene, die Härte kehrte in seinen Blick zurück, er runzelte die Stirn und seine Wange zuckte, sodass Lea es sofort bereute, ihren Wunsch geäußert zu haben. «Ist schon gut ... tut mir leid.»

Er seufzte. «Bitte versteh das. Ich kenne den Typen nicht. Wenn er sich in seiner Redaktion verquatscht ... das wäre .... dann wäre alles umsonst, was meine Freunde jetzt für uns tun.»

Plötzlich fühlte sich Lea schrecklich erschöpft. Sie war so mies, egoistisch und rücksichtslos. Wie konnte sie nur! «Du hast mich gerettet und anstatt dankbar zu sein, habe ich keine Geduld.» Sie schüttelte den Kopf und drückte die Schultern zurück. «Ich will dich auf keinen Fall in Gefahr bringen. Ich bleibe, solange es notwendig ist. Und ich muss nicht telefonieren. Sam weiß ja, dass es mir gut geht.»

«Wirklich?»

«Natürlich. Auf zwei Wochen mehr oder weniger kommt es jetzt nicht mehr an.» Sie zog die Nase kraus. «Und ich verspreche, nie wieder mit einer Flasche auf deinen Kopf zu zielen.»

Er lächelte. «Das erleichtert mich sehr.»

Seine Lippen legten sich erneut auf ihre. «Danke», wisperte er an ihrem Hals, bevor er sich von ihr löste.

11

Minutenlang hielt Sam das Gesicht in den heißen Wasserstrahl der Dusche, bevor er sich abseifte, abspülte und abtrocknete. Zur Abwechslung hatte er mal wieder eine Nacht in seinem Appartement verbracht. Er musste dringend Wäsche waschen, seine Post durchgehen und eine Rasur war auch fällig gewesen. Sophia stand zwar auf kratzigen Dreitagebart beim Sex, aber er mochte sich lieber glatt rasiert.

Nachdem er sich angezogen hatte und die Waschmaschine vollgestopft ihre Arbeit begann, setzte er sich für einen Kaffee in die Küche. Der Einsiedler fiel ihm ein, Jake west oder wie immer er auch in Wahrheit heißen sollte. Zu gerne würde er dem Knaben den Vollbart abrasieren. Er wurde das Gefühl nicht los, den Mann zu kennen und wenn er sein Gesicht sehen könnte, wüsste er auch, woher.

Sophia war am Abend zu einem Charityempfang ins Hilton gegangen. Steven hatte sie hingeschickt. Sie sollte zum ersten Mal vollkommen selbstständig einen Artikel schreiben. *Ein Text von mir in der Times! Stell dir das vor*, hatte sie am Handy ganz aufgeregt erzählt und Sam damit zum Lächeln gebracht. Sophia erinnerte ihn an Lea, wenn sie voller Begeisterung von ihrer Arbeit geredet hatte. Äußerlich waren sich die beiden Frauen nicht ähnlich, wohl aber in ihren Persönlichkeiten. Der Altersunterschied von rund zehn Jahren war natürlich spürbar ... nein, es war nicht der Altersunterschied, sondern die jeweilige Vorgeschichte. Lea war ernster und misstrauischer, als Sophia, weil sie von ihrer unglücklichen Kindheit geprägt war.

Hätten die beiden Frauen sich kennengelernt, hätten sie Freundinnen werden können.

Hätten?

Jetzt hatte er zum ersten Mal an Lea in der Vergangenheitsform gedacht. Fuck! Nein, so weit war es noch nicht.

Er überdachte seine Recherchen. Keine der Jagdhütten im

Naturschutzgebiet war auf den Namen Lorenzo registriert. Das wusste er inzwischen, aber es hatte nichts zu bedeuten. Für einen mächtigen Mann wie ihn war es ganz sicher kein Problem, einen falschen Namen in das Einwohnerverzeichnis zu schummeln.

Das Telefon klingelte und Sophias Gesicht strahlte ihn vom Display an. Lächelnd nahm er das Gespräch an. «Na, Profireporter, ist gestern Abend alles klar gegangen?»

«Yeah, natürlich! Aber deswegen rufe ich nicht an.»

«Weswegen denn?»

«Ich habe auf dem Empfang Matteo Lorenzo kennengelernt. Er hat mich angesprochen.»

«Was wollte er?»

Sophia machte ein Geräusch, als ob sie in eine saure Zitrone gebissen hätte und sich nun schüttelte. «Aalglatt der Typ. Ein hässlicher, alter Mann, aber er findet sich unwiderstehlich.»

«Das sehen sicher eine Menge Frauen anders. Reichtum und Macht machen alte Männer attraktiv.»

Sophia schnaubte. «Ich habe vor Ekel eine Gänsehaut bekommen. Aber du wirst nicht erraten, was er von mir wollte.»

Sam richtete den Oberkörper auf und stützte die Ellenbogen auf den Tisch. «Erzähl schon, machs nicht so spannend.»

«Er hat mich nach Lea Johnson gefragt.»

Sam verschlug es im wahrsten Sinne des Wortes die Sprache. Er brauchte einen Moment, um sich zu sammeln. «Wieso dich? Zwischen dir und Lea gibt es doch gar keine Verbindung.»

«Das habe ich mich auch gefragt, doch dann habe ich auf dem Rückweg darüber nachgedacht. Ich glaube, es war Zufall. Er hat natürlich gesehen, dass ich nicht privat da war, sondern zu einer Zeitung gehöre. Er sprach mich an, nachdem der offizielle Teil erledigt war und alle von den Tischen aufstanden. Er ging zufällig in meine Richtung und wir warteten nebeneinander darauf, dass der Durchgang in den anderen Raum frei wurde, in dem sich die Leute etwas stauten. Er sah den Notizblock in meiner Hand und fragte, für welche Zeitung ich arbeite. Er machte ein bisschen Smalltalk, und irgendwann fragte er dann, ob ich zufällig eine Kollegin namens Lea Johnson kennen würde.»

«Was hast du geantwortet?»

«Ich fragte ihn, warum er das wissen wollte. Er zuckte mit den Schultern und meinte nur, sie wäre so eine sympathische junge Frau, und ihm wäre aufgefallen, dass er sie in der letzten Zeit auf keinem Pressetermin mehr gesehen hätte.»

Sam schnaubte. «So ein Arschloch!»

«Wenn er sie umbringen lassen hätte, würde er doch nicht nach ihr fragen, oder?»

«Das hat nichts zu sagen. Vielleicht wollte er auch einfach nur wissen, ob man nach ihr sucht. Was hast du geantwortet?»

«Ich habe mich dumm gestellt. Ich habe geantwortet, dass ich sie nur vom Sehen kenne und sie auch schon seit einer Weile nirgends mehr getroffen habe.»

«Gut gemacht.»

«Mit den Flugzeugabstürzen hatte ich bisher auch kein Glück, heute suche ich nochmal. Vielleicht habe ich was übersehen.»

«Das kannst du dir sparen. Ich bin inzwischen sicher, es gibt keine Familie West. Der Name ist ein Fake.»

Sophia seufzte. «Ich glaube auch nicht daran, dass diese Recherche dich weiterbringt, aber irgendwas muss man doch tun.»

«Das Einzige, was mich weiterbringt, ist dieser Einsiedler. Sag Steven Bescheid, dass ich nach Sony Folk fahre und dort so lange übernachte, bis mir der Typ wieder über den Weg läuft und ich ihm zu seiner Hütte folgen kann.»

*

Leise vor sich hinsummend wischte Lea den Tisch ab. Sie hatten gemeinsam gekocht und zu Abend gegessen und gleich würden sie Arm in Arm auf der Couch kuscheln und einen Krimi im Fernsehen gucken.

Draußen war es längst dunkel und ein Herbststurm fegte um das Blockhaus herum, was die Atmosphäre drinnen noch gemütlicher machte. Bald würde es schneien und in ein paar Wochen war schon Weihnachten.

Seit sechs Tagen war sie nun wieder ganz gesund. Was für ein herrliches Gefühl.

Ihr altes Leben schien weit weg zu sein. Sie vermisste es nicht, denn Jake schenkte ihr jeden Tag etwas, was sie vorher nie erlebt hatte. Liebe, Geborgenheit, Schutz und Fürsorge. Es störte sie nicht einmal mehr, dass er so dominant war.

Ihr altes *Ich* hatte dominante Männer gehasst. Selbstbestimmung und Emanzipation waren Begriffe, die ihr Leben bestimmten, seit sie dem Teufel Matteo Lorenzo entkommen war. Doch bei Jake war sie eine andere Frau. Es gefiel ihr, sich anzulehnen, sich zu erlauben, schwach zu sein, ja, selbst ihm zu gehorchen, denn alles, was er verlangte, diente nur ihrem Schutz und ihrer Gesundheit. Einmal war er stinksauer gewesen, weil er sie beim Fensterputzen erwischt hatte. Hinterher musste sie stundenlang auf der Couch ausruhen, weil er der Meinung war, sie hätte ihre Finger überlastet.

Wenn er sauer war, war er verdammt einschüchternd. Manchmal packte er sie unsanft und schüttelte sie, doch hinterher hatte er immer ein schlechtes Gewissen und entschuldigte sich. Inzwischen verstand sie, dass es ihm nur um ihr Wohl ging, und sie stellte sich auf ihn ein, benahm sich so, wie er es erwartete, und genoss es, dafür geliebt zu werden.

Wenn sie darüber nachdachte, schüttelte sie über sich selbst den Kopf. Die Lea aus New York würde verächtlich auf Jakes Lea hinabsehen. Vielleicht hatte sie vielen Frauen, denen sie im Laufe der Jahre begegnet war, Unrecht getan. Emanzipation und Freiheit war nicht alles. Einem starken und fürsorglichen Mann zu gehorchen und sich dabei geborgen zu fühlen, tat unglaublich gut.

Er war immer aufmerksam und um ihr Wohlergehen besorgt. Sobald sie mal in Gedanken versunken aus dem Fenster sah, nahm er sie in den Arm, hielt sie fest und fragte, ob alles in Ordnung sei. Dann konnte sie nur lächeln und ihn beruhigen.

In einer Woche sollte sie in die Zivilisation zurückkehren. Seitdem sie sich nicht mehr eingesperrt fühlte, war ihr die Freiheit auch nicht mehr wichtig. Sie redeten nie über ihre Abreise und Lea weigerte sich, nur einen Gedanken an den Tag des Abschieds zu verschwenden. Hier im Wald in der einsamen Jagdhütte war alles so einfach. Das wollte sie bis zur letzten Minute genießen.

Die Tür klappte auf und Jake kam mit einem Arm voller dicker Holzscheite für den Kamin herein. Bei seinem Anblick zog eine Welle des Glücks durch ihre Blutbahnen. Er war ein kräftiger, wilder Kerl, der er sich, ohne mit der Wimper zu zucken, unbewaffnet einem Bären gegenüber stellen würde, nur um seine Frau zu beschützen. Wie vor hundert Jahren. Oder zweihundert. Die schwache Frau gehorcht dem starken Mann, der sie beschützt und liebt. Ganz tief hinten in ihrem Verstand flüsterte eine Stimme, dass es nicht richtig war, doch Lea hatte keine Lust, auf sie zu hören. In New York würde sie wieder die taffe, selbstbewusste und starke Frau sein, hier in der Wildnis erlaubte sie sich, sich Jake unterzuordnen und seine Fürsorge zu genießen.

Mit ihm erlebte sie die Freuden der Sexualität. Nie hätte sie geglaubt, dass es für sie möglich wäre, Spaß im Bett haben. Immer noch sorgte Jake für ihre Befriedigung, als wenn es nichts Wichtigeres für ihn geben würde, als sie glücklich zu machen. Nie deutete irgendetwas darauf hin, dass er mehr wollte, als sie zu verwöhnen, und das förderte ihre Lust und ihren Mut. Plötzlich war der Wunsch da, auch den letzten Schritt der Vereinigung zwischen Mann und Frau mit ihm zu wagen. Bei dem Gedanken begann es augenblicklich in ihrem Bauch zu vibrieren.

Erregung gepaart mit Aufregung. Was für eine Mischung!

Jake lächelte. «Einen Penny für deine Gedanken.»

Lea gluckste. «Warum glaubst du, dass die Investition lohnt?»

Er begann, die Holzscheite ordentlich neben dem Kamin aufzustapeln, und warf den letzten direkt in die Flamme. Dann drehte er sich zu ihr um. «Weil in deinem hübschen Köpfchen gerade etwas herumschwirrt, was nichts Alltägliches ist.»

«Sieht man mir das an?»

«Deine Wangen glühen und deine Augen funkeln.» Er zog sich die Jacke aus, warf sie achtlos über eine Sessellehne und schlenderte auf sie zu. «Ich wette, du denkst an Sex.»

Sie kam ihm entgegen und drückte sich an seine Brust, während er die Arme um ihren Körper schloss und seine Lippen ihre Haare berührten.

«Das stimmt», flüsterte sie, hob den Kopf und sah zu ihm auf. «Ich möchte mit dir schlafen.»

Sein Blick ruhte auf ihrem Gesicht. Eine Ewigkeit lang war es still. Er schob sie ein Stück von sich weg und seine Finger strichen über ihre Wange. «Keine Angst mehr?»

«Nein. Vor dir habe ich keine Angst mehr.»

Stöhnend zog er sie wieder an sich. «Gott sei Dank.»

Sie gluckste. «Wie meinst du das?»

«Ich kann seit Wochen an nichts anderes mehr denken, als mich zu fragen, wie es sich anfühlt, in dir zu kommen.»

«Oh.» Ein aufregendes Schaudern lief über ihren Rücken.

Jake lachte. «Das gefällt dir. Ich spüre es an deiner Reaktion.» Er begann, sie rückwärts zu schieben. Seine dunklen Augen ließen ihre nicht los.

«Wo willst du hin?»

«Ins Schlafzimmer.»

«Jetzt sofort?»

«Natürlich. Du glaubst doch nicht, dass ich nach der Ansage

einen Krimi gucken kann.»

Kichernd schüttelte sie den Kopf. «Ich auch nicht.»

Er grinste. «Na also.»

Im Schlafzimmer half er ihr aus den Klamotten, schob sie auf die Matratze und deckte sie zu. Dann wendete er sich zur Tür.

«Wohin gehst du?»

«Ich sorge für die richtige Atmosphäre an einem so besonderen Abend.»

Fasziniert beobachtete sie, wie er zwei kleine Laternen holte, Kerzen hineinstellte und neben dem Bett platzierte. Im Wohnraum schaltete er leise, sentimentale Musik ein und ließ die Tür zum Schlafzimmer weit offen stehen, sodass das Knistern des Kaminfeuers sich mit den Songs verband und bis ins Bett zu hören war. Dann knipste er alle elektrischen Lampen aus und kehrte im heimeligen Schein der Kerzen und des Feuers zu ihr zurück.

Er warf ein Kondompäckchen auf den Nachtschrank, zog sich aus und sie sah zu. Seine Augen glitzerten schwarz im dämmrigen Licht. Sein Blick ruhte konstant auf ihr und das Kribbeln in ihrem Bauch wurde immer stärker. Längst war sie feucht zwischen den Beinen.

Als er zu ihr unter die Decke kroch, begrüßten sie sich mit einem langen, zärtlichen Kuss.

Jake rollte sich über sie und sein harter Schwanz drückte auf ihren Bauch. Er stützte sich mit dem Ellenbogen auf und nahm ihr Gesicht in seine Hände. «Du kannst jederzeit Stopp sagen, wenn es dir doch zu viel wird, okay?»

«Okay», wisperte sie und legte die Hände auf seinen Rücken.

Er begann, sie zu küssen und zu streicheln, arbeitete sich an ihrem Körper entlang, als wollte er jeden Zentimeter Haut mit Zärtlichkeiten bedecken. Als er schließlich in sie eindrang, war sie so erregt, dass in ihren Gedanken für Unruhe und Anspannung kein Platz mehr war. Ihre körperliche Vereinigung tat nicht weh, löste weder schlimme Erinnerungen aus, noch fühlte sie sich ekelerregend an, sondern war ein wunderbares Gefühl, dass sie uneingeschränkt genießen konnte.

Als sie sich später in seine Arme kuschelte, malten seine Finger Kreise auf ihrem Rücken. «Ich möchte dich nicht gehen lassen, Lea», murmelte er mit den Lippen an ihrer Stirn.

«Ich möchte dich auch nicht verlassen.» Sie seufzte. «Wir müssen einen Weg finden, wie wir unsere Leben verknüpfen können.»

Er drehte den Kopf und sah sie an. Still. Nachdenklich. Sie zog die Augenbrauen hoch. «Sag was, Jake.»

«Es wird alles gut.»

*

Genervt betrat Sam den Diner. Wieder hatte er einen Tag lang erfolglos vor dem Supermarkt herumgegangen, aber der mysteriöse Einsiedler war nicht gekommen. Verfluchter Mist, irgendwann mussten seine Vorräte doch mal wieder zur Neige gehen.

«Hi, Sam!»

Er hob den Kopf. Laura lächelte ihm entgegen, während sie einen Tisch abwischte.

«Hi.» Er hob die Hand, nickte ihr zu und ließ sich auf die Eckbank am Tresen fallen, die inzwischen zu seinem Stammplatz geworden war.

Im Diner war nicht viel los. Es war zwar Freitag Abend, doch es hatte den ganzen Tag gestürmt und allmählich roch die Luft nach Winter. Da kamen keine Tagestouristen und auch die Einheimischen machten es sich lieber vor dem Fernseher gemütlich, als essen zu gehen.

Das Wochenende würde er noch in der kleinen Pension bleiben, in der er ein Zimmer gemietet hatte und darauf warten, Jake West zu sehen, danach musste er zurück nach New York, sonst verlor er seinen

Job. Das hatte Steven am Telefon gesagt, als sie am Vortag miteinander gesprochen hatten. Der Verlagsleitung fiel allmählich auf, dass Sam nichts mehr zu den Inhalten der Tagesausgaben beitrug.

«Cola, wie immer?», fragte Laura, als sie hinter den Tresen trat, und er nickte. «Burger und Pommes bitte.»

«Kommt sofort.»

Sam holte sein Handy heraus und checkte seine Mails. Es war nichts besonderes dabei, die meisten löschte er sofort. Es piepte und eine Textnachricht von Sophia ploppte auf.

«Wo bist du?»

Er tippte los: *Immer noch in der Wildnis, das weißt du doch.*

Die Pünktchen erschienen, die ihm mitteilten, dass sie eine neue Message tippte und er wartete.

Ich stehe neben deinem Auto. Wo finde ich dich?

Sam stutzte. Sophia war in der Kleinstadt?

Auf der anderen Straßenseite im Diner.

Er schickte die Nachricht ab und erhob sich, um aus dem Fenster zu sehen. Tatsächlich, Sophia stand gegenüber am Straßenrand, sah nach links und rechts, und lief los. Sie überquerte, dick eingemummelt in ihre pinke Steppjacke, die Fahrbahn und steuerte den Eingang des Diners an.

Kopfschüttelnd blieb er stehen und wartete, bis sie eingetreten war und ihn entdeckte.

«Hi!» Strahlend kam sie näher.

«Hi.» Er schloss sie in seine Arme und sie küssten sich. Er schob sie ein Stück zurück, hielt sie an den Oberarmen und schüttelte den Kopf. «Was machst du hier, du verrücktes Huhn?»

Sie zuckte mit den Schultern. «Es ist Wochenende und ich habe frei, da dachte ich, ich unterstütze dich. Wenn ich den Supermarkt beobachte und auf den Typen warte, kannst du noch mal in den umliegenden Orten die Hotels abklappern.»

Sie setzten sich gegenüber und Sam seufzte. «Du hast

mitbekommen, dass sie mir kündigen werden.»

Sophia nickte. «Ich habe für nächste Woche ein paar Tage Urlaub genommen und werde hier Wache halten, dann kannst du nach New York fahren und deinen Job retten.»

«Und was willst du tun, wenn er kommt?»

«Ihm folgen und mir den Weg merken. Dann weißt du, wo du ihn findest, wenn du zurückkehrst.»

Laura stützte sich mit den Ellenbogen auf den Tresen. «Guten Abend.»

Sam deutete auf Sophia. «Laura, das ist Sophia, eine Kollegin von mir, Sophia, das ist Laura, die mich hier seit einer Woche am Leben hält.»

Beide Frauen glucksten. Laura nickte Sophia zu. «Willst du auch einen unserer legendären, exklusiven Superburger und Cola?»

«Natürlich, da kann man ja gar nicht nein sagen.»

Laura servierte die Getränke. «Wollt ihr jetzt zu zweit nach Jake Ausschau halten?»

Sophia drehte ihr das Gesicht zu. «Kennst du den Typen gut?»

«Den kennt niemand gut. Er kommt ja nur zum Einkaufen in die Stadt. Aber dann ist er freundlich und tut keiner Fliege was zuleide. Ich kann mir nicht vorstellen, dass er was mit dem Verschwinden eurer Kollegin zutun hat.»

«Wie oft siehst du ihn?»

«Früher kam er zweimal die Woche, das weiß ich, weil er dann auch immer zum Essen hier war, aber in letzter Zeit sehe ich ihn nur noch sehr selten.»

Sophia seufzte. «Schade. Wohnt er schon lange hier?»

«Noch nicht so lange, vielleicht eineinhalb Jahre. Als ich ihn das erste Mal sah, hatte er noch ganz kurze Haare und war glatt rasiert. Er wirkte wie ein Manager in New York, der am Wochenende mal eine Jeans und ein Flanellhemd anzieht.»

Sam runzelte die Stirn. «Könntest du sein Gesicht beschreiben?»

Laura zuckte mit den Schultern. «Puh. Das ist schwierig. Da war nichts auffälliges, er war ein attraktiver Typ und hatte immer so ein spezielles Lächeln im Gesicht, das Frauen weiche Knie macht.» Sie hielt inne und ihre Augenbrauen zuckten hoch. «Warte mal ...» Sie holte ihr Smartphone aus der Gesäßtasche und fuhr mit dem Daumen über das Display. «Es könnte sein, dass ich ein Foto von ihm habe.» Sie suchte und Sam und Sophia beobachteten sie gespannt.

«Da!» Laura drehte das Handy um und hielt es Sam vor die Nase. «Der Typ hinten am Tisch. Das ist Jake.»

Sam griff nach dem Smartphone und sah genau hin. Das Bild zeigte eine Gruppe von jungen Leuten, die am Tresen des Diners saßen und in die Linse lachten. Im Hintergrund aß ein Mann allein an einem Tisch und drehte den Kopf just in dem Moment in die Kamera, als geknipst wurde.

Sam schob das Bild mit Daumen und Zeigefinger größer. Das Gesicht wurde unscharf, trotzdem war er plötzlich sicher, es schon mal gesehen zu haben. «Den kenne ich ... verdammt ... ich weiß es genau ...»,murmelte er, ohne den Blick vom Display zu lösen.

«Zeig mal.» Sophia zog an seinem Arm und er drehte ihr das Smartphone zu. Sie schüttelte den Kopf. «Ich kenne ihn nicht.»

Sam sah zu Laura auf. «Kannst du mir das Bild auf mein Handy schicken?»

«Na klar. Gib her.»

Er gab ihr das Telefon zurück und kurz danach piepte sein eigenes, als die Nachricht mit dem Foto ankam. «Danke.»

Er nahm sein Smartphone und tippte los. «Ich frage Steven, der hat in der Redaktion das beste Gedächtnis für Gesichter.»

Als er fertig war, legte er das Handy beiseite und Laura servierte das Essen. «Guten Appetit, ihr zwei.»

«Danke.»

Sie aßen und als sie gerade fertig waren, vibrierte das Smartphone und Stevens Name blinkte auf. Das ging ja schnell.

Gespannt nahm Sam den Anruf an. «Hi, Boss. Hast du den Typen erkannt?»

«Das Gesicht ist ziemlich unscharf, deswegen bin ich nicht sicher, aber es könnte Jake Thompsen sein.»

«Jake Thompsen?»

«Ja, erinnerst du dich nicht? Der Vergewaltiger, den Lea vor Gericht gebracht hat, und der nach dem Prozess auf dem Weg in den Knast geflohen ist.»

In Sams Gehirn purzelten die Erinnerungen wie Puzzleteile herab. Der Gerichtssaal, die Zeugenaussagen, der aalglatte Typ, der alles abstritt. Natürlich! Jake Thompsen! «Verflucht. Du hast recht, der Typ könnte tatsächlich dieser Scheißkerl sein.» Er stöhnte. «Aber der hatte doch nichts mit Matteo Lorenzo zutun, oder?»

«Nein. Der war nur ein Psychopath, der seine Freundin ausgenommen und misshandelt hat.»

«Stimmt. Was ist aus der geworden? Wie hieß sie noch?»

«Judy Garner. Sie hat sich das Leben genommen, als sie erfuhr, das er geflüchtet ist. Laut dem Polizeibericht damals war die Angst vor seiner Rache so schlimm, dass sie sich mit einer Überdosis Tabletten von dieser Welt verabschiedet hat.»

«Puh.»

Steven stöhnte. «Verflucht, Sam, wenn dieser Typ tatsächlich Thompsen ist und der Lea, die ihn vor Gericht zerfleischt hat, in die Finger bekommen hat ... ich darf gar nicht weiter denken. Sollten wir die Cobs alarmieren?»

«Aufgrund eines unscharfen Bildes? Das können wir uns sparen. Die lachen uns bloß aus. Ich bleibe hier, bis es mir gelungen ist, den Typen unter die Lupe zu nehmen, scheiß egal, wenn es mich den Job kostet.»

«Ich halte unsere Herausgeber hin. Wenn ich ihnen sage, dass du Thompsen auf der Spur bist, werden sie noch eine Weile stillhalten. Die Story ist es ihnen garantiert wert. Melde dich, wenn ich helfen kann.»

«Okay, ich danke dir. Du bist ein wahrer Freund.»

Sam legte das Handy zur Seite und schob den Teller von sich. Ihm war der Appetit vergangen.

Laura sah zu ihnen hinüber. «Was ist los?»

«Der Typ ist wahrscheinlich ein Psychopath, der vor über einem Jahr die Flucht aus Polizeigewahrsam gelungen ist.»

«Oh.»

«Lea hat ihn damals überführt. Er hat seine Freundin erst um ihre Ersparnisse gebracht und sie später über Monate zur Prostitution gezwungen und regelmäßig vergewaltigt. Ein Sadist übelster Sorte. Er muss Lea hassen. Wenn sie bei ihm ist ... Verdammt! Dann kommt es auf jede Minute an. Ich muss wissen, wo der Knabe seine Blockhütte hat. Unbedingt!»

Sophia ließ ihr Besteck fallen. Sie schluckte. «Das hört sich nicht gut an.»

Plötzlich runzelte Laura die Stirn. «Ich habe da eine Idee.» Sie lief zu dem altmodischen Wandtelefon des Diners, nahm den Hörer ab und wählte.

«Hast du ihr alles erzählt?», fragte Sophia und Sam nickte. «Ja, sie ist in Ordnung.»

Kurze Zeit später kehrte Laura zurück. «Ich habe eine Freundin angerufen, die bei der Post arbeitet. Sie sagt, Jake leert jede Woche einmal sein Postfach, aber diese Woche war er noch nicht da. Er kommt also ganz bestimmt morgen.»

Sam seufzte. «Bete, dass es stimmt.»

12

Jake zog seine Jacke an. Lea saß am Tisch und sah ihm zu. Er hatte wirklich einen beeindruckenden Körper. Manchmal fragte sie sich, wie er wohl ohne den Vollbart und die langen Haare aussehen würde. Sie trank einen Schluck aus ihrem Kaffeebecher und rieb sich über die Stirn. Immer noch war sie so oft müde. Ihre fehlte Tageslicht und frische Luft. «Bleibst du lange weg?»

«Ich fahre nur einkaufen. Wie immer. In zwei Stunden bin ich zurück.»

«Lässt du mir heute den Schlüssel da?»

«Ich habe dir doch erklärt ....» Er seufzte und trat näher an den Tisch heran. «Hast du denn nicht zugehört?»

Er sah mit gerunzelter Stirn auf sie hinab, sodass sie sich sofort mies fühlte. «Schon gut», murmelte sie. «Entschuldige.»

«Du redest von Liebe, aber du traust mir immer noch nicht.» Seine Stimme bekam diese bittere Note, die dafür sorgte, dass ihr Magen zusammenschrumpfte.

«Das ist es nicht, ich traue dir, natürlich traue ich dir.»

«Warum willst du dann unbedingt den Schlüssel? Warum kannst du die zwei Stunden nicht einfach hier sein, ein Buch lesen und es dir gemütlich machen? Das ist doch nicht zuviel verlangt.»

«Ich bin bloß nicht gern eingesperrt.»

«Und ich habe Angst, dass du auf dumme Ideen kommst.»
«Aber was denn für dumme Ideen?»

«Was würdest du tun, wenn eine Frau humpelnd und blutend an die Tür kommt und um Hilfe bittet?»
«Natürlich helfen.»

«Und wenn sich ihr Freund hinter dem Schuppen versteckt hat und hereinstürmt, um dich zu überfallen, sobald du die Tür geöffnet hast? Wenn ihr Humpeln nur ein Trick war, um dich dazu zu bringen, aufzuschließen?»

Sie schluckte. «Dann verspreche ich eben, niemandem aufzumachen.»

«Ich möchte dir beibringen, wie man mit einem Gewehr umgeht, bevor ich dir einen Schlüssel gebe, doch dafür sind deine Finger noch nicht kräftig genug.»

Er trat dicht vor sie, nahm ihr den Kaffeebecher aus der Hand und stellte ihn zur Seite. Dann beugte er sich herab, umfasste ihre Wangen und küsste sie auf den Mund. «Bitte Lea. Du hast ja Recht, ich bin übervorsichtig. Ich habe beim FBI einfach zu viel erlebt und ich weiß, dass es Leute gibt, die nur darauf warten, mich zu fassen zu kriegen. Die hätten auch keine Hemmungen, dich als Geisel zu nehmen.»

«Okay», wisperte sie und senkte den Kopf. «Schon gut.»

Er küsste sie auf die Stirn, verließ die Hütte und sie hörte, wie der Schlüssel im Schloss herumgedreht wurde.

Stille breitete sich aus. Auf dem kleinen Tisch an der Couch standen noch ihre Gläser vom Vorabend. Sie hatten Wein getrunken. Die Tür zum Schlafzimmer war auf und sie sah einen Zipfel der Bettdecke auf den Boden hängen. Sie betrachtete die Holzwände. Wenn man genau hinsah, erkannte man in den Maserungen Bilder, Gesichter, Tiere, Wolken. Sie hatte in den letzten Wochen oft Zeit damit verbracht, die Maserungen im Holz zu betrachten.

Was passierte mit ihr? Jahrelang hatte sie einen meterdicken Schutzwall um ihr Herz aufgebaut, ließ keine Gefühle an sich heran, dachte nicht mal an Liebe oder Sex. Sie war immer aktiv gewesen, jeden Tag in der Stadt unterwegs und auch nächtliche Recherchetouren hatten ihr machten ihr nie Angst gemacht. Sie war immer stark und mutig. Es war ihr gut gegangen. Nein, sie hatte nur geglaubt, dass es ihr gut ginge. Jake hatte diese Mauer um ihr Herz eingerissen, plötzlich fühlte sie so viel. Das machte sie übersensibel. Sie war fast froh, so abgeschottet von den Menschen in diesem warmen Nest zu leben. Und gleichzeitig machten ihr die Gefühle

Angst. Was, wenn sie ihre Selbstsicherheit in der Stadt nicht wiederfinden würde? Jake war ihr Halt, ihre verlässliche Stütze und wenn er sie allein ließ, kam sie sich vor wie bei Sturm auf einem Schiff mit nassen, rutschigen Planken und ohne Reling, um sich daran festzuhalten. Sie musste das irgendwie in den Griff bekommen, doch je länger sie bei Jake in der Jagdhütte lebte, desto mehr Angst bekam sie davor, in ihr altes Leben in New York zurückzukehren, denn der Schutzwall, den sie dort dringend brauchte, war nicht mehr da. Sie war viel zu gefühlvoll, viel zu sentimental, viel zu verletzlich geworden, um einfach da weiterzumachen, wo sie aus ihrem Leben gerissen worden war. Jake hatte sie aus ihrer eisernen Rüstung befreit, sich damit aber selbst unersetzlich gemacht. Sie brauchte ihn. Sie musste ihn irgendwie dazu bringen, den Kampf gegen seine Geister aufzunehmen, seine Isolation aufzugeben und mit ihr nach New York zu gehen. Gemeinsam würden sie es schaffen, glücklich zu werden.

*

«Das ist er.»

Mit einer ruckartigen Bewegung beugte Sam sich vor, um über das Lenkrad einen besseren Blick auf den Parkplatz vor dem Postoffice zu erhaschen.

«Der Typ mit der gefütterten Jeansjacke, der gerade aus dem schwarzen Pick Up gestiegen ist?», fragte Sophia.

«Genau der. Endlich!» Plötzlich war die Trägheit des Wartens verschwunden. Er war hellwach und rutschte im Sitz höher, um aufrecht zu sitzen.

Es nieselte und war kalt. Es waren nicht viele Leute unterwegs, sodass sie keine Angst haben brauchten, zu verpassen, wenn er das Office verließ. Trotzdem starrte Sam hochkonzentriert auf die Tür.

Es dauerte nicht lange, dann kehrte Jake West, vermutlich alias Thompsen, zurück. Während er zu seinem Truck ging, sah er oberflächlich den Stapel Briefe durch, den er aus der Poststelle mitgebracht hatte. Als er die Fahrertür öffnete, um wieder einzusteigen, sah er sich nach rechts und links um, doch Sam hatte an der Hauptstraße weit genug entfernt geparkt, um von ihm entdeckt zu werden.

«Jetzt wird er einkaufen fahren», murmelte er und ließ den Motor an.

Der schwarze Pick-up setzte aus der Parklücke zurück, wendete, blinkte und bog auf die Straße ab. Sam folgte ihm in großem Abstand.

Richtig vermutet. Der Typ bog zum Supermarkt ab. Wieder parkte Sam an der Straße, um bloß nicht aufzufallen.

Sie beobachteten, wie West ausstieg und im Laufschritt drinnen verschwand.

«Ihm wird dein Auto auffallen, wenn wir ihm in die Wildnis folgen», murmelte Sophia und runzelte die Stirn, «bei dem Wetter sind keine Touristen unterwegs, er wird uns viel zu schnell entdecken.»

Sam trommelte mit den Fingern immer wieder auf das Lenkrad. «Ich fürchte, du hast Recht, aber wir müssen es trotzdem versuchen. Was sollen wir sonst tun?»

Sophia kaute auf ihrer Unterlippe herum und runzelte die Stirn. Plötzlich zog sie ihr Smartphone raus. «Es gibt doch diese App, mit der man sein Handy wiederfinden kann, wenn man es verloren hat.»

«Handyortung. Klar. Habe ich auch.»

«Perfekt. Dann könnte ich doch mein Telefon auf seiner Ladefläche verstecken, und wir lassen dein Handy meins suchen. So können wir ihm im großen Abstand folgen.»

«Du bist genial, Sophia. Das wird funktionieren!»

Sie schalteten die Suchfunktion auf Sams Handy ein und tippten ihre Nummer ein, gespannt starrten sie aufs Display. Und wirklich, seine App zeigte mit einem roten Punkt die Position von ihrem an.

«Ich verstecke es jetzt. Wir haben bestimmt nicht mehr viel Zeit, bis er wiederkommt.» Sophia sprang aus dem Auto, schlenderte über den Parkplatz und an dem schwarzen Pick-up entlang. Neben der Ladefläche blieb sie stehen, stützte sich mit einer Hand am Auto ab, zog mit der anderen einen Stiefel aus und tat so, als müsste sie ein Steinchen daraus entfernen. Sam schmunzelte. Die Frau war wirklich cool. Er sah genau den kurzen Moment, als sie das Handy in einer Ecke der Ladefläche verstaute.

Als sie zurückkehrte und sich wieder auf den Beifahrersitz setzte, stieß er sie mit dem Ellenbogen an. «Das war perfekt, aber hoffentlich fliegt das Telefon nicht in der ersten Kurve raus.»

Sie schüttelte den Kopf. «Er hat eine Werkzeugkiste auf der Ladefläche. Ich konnte das Handy in den Schlitz zwischen Kiste und der Wand schieben.»

«Da ist er.» Sam umkrallte das Lenkrad mit den Fingern. Ihre Zielperson verließ den Supermarkt. Sie beobachteten, wie der Kerl seine Einkäufe verstaute. «Fuck, hoffentlich ruft dich jetzt niemand an», murmelte Sam.

«Denkst du, ich bin blöd? Es ist natürlich auf lautlos gestellt.» Sam stöhnte. «Zum Glück hast du dran gedacht.»

West, alias wahrscheinlich Thompsen, war fast fertig damit, sein Auto zu beladen. Ab und zu sah er sich nach rechts und links um. Ein Typ ging vorbei, sie grüßten sich per Handschlag und schienen einen kurzen Smalltalk zu halten, dann schlenderte der andere weiter, West stieg in sein Auto und rangierte rückwärts aus der Parklücke hinaus.

«Los geht's», murmelte Sam und ließ den Motor seines Wagens an.

Sophia hielt Sams Handy vor sich und starte auf das Display. «Ich hab das Signal, es bewegt sich bereits. Lass ihm ruhig viel Vorsprung, damit wir nicht auffallen.»

*

Als Lea das Motorengeräusch hörte, atmete sie auf. Allein

eingeschlossen in der Hütte zu warten, war unheimlich. Jedes Mal wartete sie, angespannt die Minuten zählend, auf Jakes Rückkehr.

Sie sah sich um. Alles war aufgeräumt und sauber. Jake mochte es ordentlich. Er machte ihr zwar keine Vorwürfe, wenn sie Sachen herumliegen ließ, oder die Brotkrümel nach den Mahlzeiten nicht vom Tisch gewischt wurden, aber sein Blick und sein Stirnrunzeln benötigten keine zusätzlichen Worte.

Es war seltsam. Jake wirkte oft so einschüchternd auf sie und genau das animiere sie, sich auf ihn zu verlassen, denn er war so viel stärker als sie. Vor Jake hatte sie Angst in Gegenwart von dominanten Typen gehabt. Niemals hätte sie einen Mann an sich herangelassen, dem sie mental nicht gewachsen war. Bei ihm war es anders. Als sie hilflos und verletzt gewesen war, hatte er ihr bewiesen, dass sie sich auf ihn verlassen konnte, dass es gut war, ihm zu gehorchen, dass seine Anweisungen ihrem Wohlbefinden dienten, und das war ein verdammt gutes Gefühl. Sie liebte ihn dafür, dass er es ihr schenkte.

Das einzige, was sich ändern musste, war sein übergroßes Bedürfnis, sie abzuschirmen. Wie sollte es sonst mit ihrer Beziehung weitergehen, wenn sie nach New York zurückkehrte? Sie brauchte ihn, alles in ihr weigerte sich, sich ein Leben ohne Jake vorzustellen.

Schnell schob sie die Frage mit einem innerlichen Ruck beiseite. Irgendwie würde sie es schon schaffen, ihn nach und nach von seiner Paranoia zu befreien.

Das Motorengeräusch wurde lauter, dann das Bremsgeräusch der Reifen auf dem mit kleinen Steinen bedeckten Boden vor dem Haus, er parkte neben der Hütte. Die Autotür schlug zu. Seine Schritte auf der Treppe, die zur Veranda hinaufführte, der Schlüssel im Schloss, die Holztür wurde geöffnet. Sie stand auf und ging ihm entgegen.

«Hi.»

«Hey Süße. Alles klar?»

«Natürlich.»

Er ging an ihr vorbei und stellte eine Einkaufstüte auf den

Küchenschrank, wendete sich ihr zu und küsste sie. «Ich hole die restlichen Sachen rein, fang schon an, auszupacken.»

«Okay.» Er fasste sie an den Oberarmen, beugte sich vor und biss zart in ihr Ohrläppchen. «In der Tüte ist eine Überraschung für dich», raunte er, zwinkerte und ließ sie los.

«Wow. Jetzt bin ich aber gespannt.»

Eilig und aufgeregt wie ein Kind machte Lea sich daran, auszupacken und verharrte, als sie ein kleines, weißes Papiertütchen in der Hand hielt. Das musste die Überraschung sein. Sie sah hinein und holte einen silbern glänzenden Ring mit einem winzigen, runden schwarzen Stein, heraus.

Ein Ring?

Ihr Herz polterte los, während sie das schlichte Schmuckstück anstarrte.

Jake kam mit den letzten beiden Einkaufstaschen herein. «Hey, du hast ihn gefunden.»

Sie sah zu ihm auf und er lächelte. «Du musst nicht so schockiert gucken, Sweetheart. Es ist nur Modeschmuck, nichts besonderes. Ich dachte mir, er passt zu dir.»

Sie zog die Nase kraus. «Ich habe noch nie Schmuck getragen.»

«Dann wird es Zeit, dass du damit anfängst.»

Sie streifte den Ring über ihren Ringfinger und er passte, als wäre er für sie angefertigt worden. Jake nickte ihr lächelnd zu und Lea betrachtete ihre Hand mit dem glitzernden Schmuckstück. Ein Mann schenkte ihr Schmuck. Lorenzo hatte ihr immer ein paar Dollar zugesteckt, wenn er sie nach dem *Fangen-Spiel* verlassen hatte. Und nun brachte Jake ihr einen Ring mit.

Sie fühlte misstrauisch in sich hinein. Aber da war nichts Negatives zu spüren, nur Wärme und Dankbarkeit. Lächelnd bewegte sie ihre Hand hin und her, die mit dem glitzernden Stein ganz anders aussah und sich anders anfühlte.

Jake trat vor und zog sie in eine feste Umarmung. «Lea Johnson, ich liebe dich, ich brauche dich, ich will nie mehr ohne dich sein.»

«Ich weiß, Jake. Ich fühle genauso», wisperte sie und hob den Kopf. «Ich habe noch nie für jemanden so empfunden, wie für dich.» Er sah ihr tief in die Augen, dann trafen sich ihre Lippen für einen sanften Kuss.

*

«Da ist das Haus», murmelte Sam und zeigte durch das winterlich nackte Astwerk nach links.

Sophia trat neben ihn. Als sie gemerkt hatten, dass sich das Handysignal nicht mehr bewegte, hatten sie ihr Auto an einer Weggabelung stehengelassen und sich zu Fuß weiter vorgetastet.

Der Nieselregen nervte. Ärgerlich wischte Sam sich über das Gesicht. «Wir müssen näher ran.» Er schob Sophia zur Seite. «Bleib hinter mir, deine pinke Jacke ist viel zu auffällig.»

«Okay.»

Sie schlichen näher. Der schwarze Pick-up stand neben der Hütte. Dieses Blockhaus war größer als die meisten anderen, die Sam in den letzten Wochen aufgesucht hatte. Viele Jagdhütten im Naturschutzgebiet wirkten so primitiv wie vor hundert Jahren. Diese hier schien zu einem modernen, soliden Wohnhaus ausgebaut worden zu sein.

Auf dem Dach waren die Panels einer Solaranlage installiert und aus einem Schornstein zog Rauch nach oben. Vorne gab es eine Veranda und die Fenster waren mit stabilen Eisenstäben vergittert, die sicher dem Schutz vor Einbrechern dienen sollten ... oder montiert worden waren, um jemanden einzusperren. Sams Brustkorb wurde eng. Wurde Lea in diesem Haus gefangen gehalten?

Auf der anderen Seite der kleinen Lichtung stand ein Schuppen. Davor lag ein Stapel mit dicken rohen Holzstücken. Eine Axt klemmte in einem Baumstumpf. An der Schuppenwand stapelten sich die bereits zu handlichen Scheiten für einen Kamin verarbeiteten Stücke.

Wieder zuckte sein Blick auf die massiven schwarzen Eisengitter vor den Fenstern. Sam schluckte ein mulmiges Gefühl hinunter. Es hatte nichts zu bedeuten. Während seiner Suche in den vergangenen Wochen hatte Sam mehrere Hütten gesehen, die auf diese Art vor Einbrechern geschützt wurden. Doch wenn Lea hier eingesperrt war, wie sollten sie sie befreien?

Es war still. Nur Wind rauschte durch die Bäume.

«Was machen wir jetzt?», fragte Sophia.

«Keine Ahnung.»

«Mich hat er noch nie gesehen. Ich könnte hingehen, an die Tür klopfen und um Hilfe bitten, weil ich eine Autopanne habe.»

«Und dann?»

«Wenn er mich reinlässt, sehe ich, ob er allein ist.»

«Wenn er Lea gefangen hält, wird er sie vor dir verstecken oder du sitzt mit ihr in der Falle.»

«Dann rufst du die Polizei und wir werden beide befreit.»

Sam schnaubte. «Oder ihr seid beide tot, bis die Cops hier sind.» Er strich sich über das Kinn. «Ich habe eine bessere Idee. Du könntest ihn rauslocken und ich verpasse ihm von hinten einen Hieb an die richtige Stelle, sodass er eine Weile ausgeknockt ist. Wir sehen uns in der Hütte um und wenn wir nichts finden, verschwinden wir, bevor er wieder aufwacht.»

Sophia hob die Augenbrauen. «Du weißt, wie man jemanden ausknockt?»

Sam grinste. «Ich war mal Dritter in einer Karatemeisterschaft unserer Highschool, Schätzchen.»

«Wow.»

*

Lea stellte zwei Teller auf den Tisch. Jake hatte frischen Kuchen aus der Stadt mitgebracht und der Kaffee war fertig.

«Hallo! ... Hallo! Ist da jemand?»

Leas Blick zuckte hoch. «Hast du das gehört?»

Jake antwortete nicht. Er durchquerte eilig den Raum, öffnete den Waffenschrank und holte eins der Jagdgewehre heraus.

Augenblicklich raste Leas Herzschlag. Sie klammerte sich an die Tischkante.

«Hallo!» Wieder die Stimme.

«Das ist eine Frau!» Lea wollte zum Fenster und hinausschauen.

«Halt! Du bleibst hier.» Jakes Stimme ähnelte dem Fauchen einer Wildkatze. Lea zuckte zusammen und stoppte abrupt. So hatte er sie noch nie angeschnauzt. Fassungslos starrte sie ihn an. Er schüttelte den Kopf und hob eine Hand, wie um sie abzuwehren. «Entschuldige. Bitte tu mir nur den Gefallen und bleib vom Fenster weg.»

Sie nickte und ihre Finger zerknüllten unwillkürlich eine Serviette, die auf dem Tisch gelegen hatte. Ihr Herz begann, zu rasen. «Okay.»

Jake warf einen kurzen Blick aus einem der Fenster an der Vorderseite des Raumes, entsicherte die Waffe und trat an die Haustür. Er öffnete sie, ging hinaus und schloss sie hinter sich wieder.

«Oh, da ist ja doch jemand. Was für ein Glück!», hörte Lea die helle Frauenstimme rufen. «Hi. Ich bin vorne am Hauptweg mit meinem Auto liegengeblieben und mein Telefon-Akku ist leer. Könnte ich wohl ihr Handy für einen kurzen Anruf benutzen?»

«Hier gibts keinen Empfang», brummte Jake. «Was ist denn mit Ihrem Auto?»

«Ich fürchte, der Tank ist leer. Ich wollte auf der Hauptstraße nach Westfield, bin falsch abgebogen und habe mich hier in der Wildnis verfahren. Plötzlich ging der Motor aus und sprang nicht wieder an.»

Lea hielt die Spannung nicht mehr aus. Sie schlich ans andere Fenster und lugte hinaus. Die Frau war schlank und wirkte sehr jung.

Ihre blonden Haare waren zu einem hohen Pferdeschwanz zusammengebunden. Sie trug Jeans, eine wattierte, pinke Jacke und dicke Boots mit einem Kunstfellrand in der gleichen Farbe. Sie lächelte und entspannte sich. Diese Frau war ganz sicher nicht gefährlich.

«Können Sie keine Straßenschilder lesen? Hierher verfährt man sich doch nicht, wenn man nach Westfield will», knurrte Jake mit ätzendem Sarkasmus in der Stimme. Himmel, musste er denn so unfreundlich sein? Er machte der armen Frau ja Angst!

Vorsichtig lugte Lea weiter aus dem Fenster. Am liebsten hätte sie es aufgerissen und den Überraschungsgast hereingebeten. Aber das traute sie sich nicht.

Die junge Frau seufzte und winkte ab. «Sie haben Recht. Mein Orientierungssinn ist eine Katastrophe. Ich fahre sonst immer mit der Navi-App meines Smartphones, aber das ist ja leer, und heutzutage ist man es einfach nicht mehr gewohnt, sich selbstständig zu orientieren. Könnten Sie mir vielleicht einen Kanister Benzin leihen? Oder verkaufen? Ich habe Geld!»

«Mmh», brummte Jake und ging zögernd die Stufen der Veranda hinunter. Immer noch richtete er den Lauf des Gewehres auf die arme Frau, die jetzt deutlich eingeschüchtert zwei Schritte rückwärts stolperte.

Das war doch nicht zu fassen! Wie konnte er so unfreundlich sein! Entschlossen lief Lea zur Tür, riss sie auf und trat hinaus. «Hi.»

Jake zuckte herum und starrte sie an. In diesem Moment löste sich ein Schatten von der Hauswand und ein Typ stürzte sich von hinten auf ihn, Jake fiel nach vorne, der Angreifer schnappte sich das Gewehr und sprang damit zur anderen Seite.

Eine Sekunde später hatte er den Lauf auf Jake gerichtet und Lea erkannte sein Gesicht. «Sam?»

*

Keuchend stand Sam da und richtete die Waffe auf Jake. Sein Herz donnerte so hart gegen den Brustkorb, dass es weh tat.

Als der Typ mit der entsicherten Waffe vor die Tür getreten war, hatte sich sein Magen zusammengezogen, weil ihm bewusst geworden war, was für ein Risiko Sophia gerade einging! Sie hatten nicht darüber nachgedacht, dass der Kerl sie mit einem Gewehr bedrohen könnte.

Mit geballten Fäusten hatte er hinter der Hauswand gelauert, während Sophia den Kerl aus dem Haus gelockt hatte.

Als er von der Veranda runter war, spannten sich Sams Muskeln bereits an, doch er traute sich nicht, loszusprinten. Er wollte West k.o. schlagen, aber der hielt das Gewehr in der Hand, hatte den Finger am Abzug und richtete den Lauf auf Sophia.

Sams Zeit in der Highschool war schon ein paar Jahre her. Wenn er den Angriff vergeigte, konnte es Sophia das Leben kosten.

Als Thompsen sich auf sie zubewegte und sie rückwärts stolperte, wurde Sam speiübel. Wie naiv und dumm waren sie gewesen, hier ohne Absicherung aufzutauchen! Was für ein Risiko!

Zum Glück lenkte Lea den Typen mit ihrem überraschenden Auftauchen ab. Diese Sekunde nutzte Sam, um ihn zu überrumpeln. Er dachte nicht nach, es war fast wie ein Reflex mit dem absoluten Fokus darauf, die Waffe in die Finger zu bekommen.

Die Erleichterung, dass der Überfall gelungen war, machte ihn kurz schwindlig. Breitbeinig stand er da und konzentrierte sich darauf, West oder Thompsen oder wie auch immer nicht aus den Augen zu lassen.

«Liegen bleiben», knurrte er. Der Typ gehorchte, aber er starrte ihn aus schmalen Augen und mit zusammengepressten Lippen an, als wartete er nur auf eine Chance, das Gewehr wieder in die Hände zu bekommen.

«Sam! Was tust du? Was soll das?»

Jetzt erst realisierte er mit dem Verstand, dass es tatsächlich Lea war, die auf der Veranda stand, und das es ihre Stimme war, die er hörte. Er drehte für einen kurzen Moment den Kopf und starrte sie an. Sie sah gesund aus, unversehrt, nur ihre Haut war blasser und ihre Haare etwas länger, als er es bei ihr kannte. «Du lebst! Gott sei Dank! Bist du in Ordnung?»

«Natürlich! Natürlich lebe ich! Was soll das?»

Sie kam auf ihn zugelaufen und eine tonnenschwere Last fiel ihm von der Seele. Sie war gesund. Es ging ihr gut. Sie war frei. Sie lebte!

Er hob abwehrend die linke Hand. «Bleib stehen, lauf mir nicht vor die Waffe.»

Lea stoppte neben ihm und stützte die Hände in die Taille. «Hör auf, ihn zu bedrohen! Er hat mich gerettet! Das weißt du doch!»

«Ich weiß gar nichts», motzte Sam und ließ Thompsen nicht aus den Augen. «Ich suche Dich seit Wochen! Die Cops halten dich für tot, und du machst hier anscheinend vergnügten Abenteuerurlaub mit Tarzan! Warum hast du dich nicht gemeldet?»

Lea zuckte zurück, und ihre Arme sackten herab. «Was? Aber Jake hat dich doch angerufen!» Sie warf einen irritierten Blick auf den Mann am Boden. «Jake? Sag was!»

Er machte Anstalten, sich aufzurappeln.

«Liegen bleiben», donnerte Sam. «Keine falsche Bewegung, Mann. Lea, dieser Typ ist Jake Thompsen. Erinnerst du dich? Judy Garner? Die Verhandlung vor anderthalb Jahren?»

Leas Augenbrauen schossen hoch. «Wie bitte? Spinnst du? Wie kommst du denn auf diesen Bullshit?»

Sophia trat näher. «Glaub ihm, es stimmt.»

Lea drehte den Kopf. «Wer bist du?»

«Ich heiße Sophia. Ich bin Praktikantin in der Times und habe Sam bei der Suche nach dir geholfen. Es gibt ein Bild von ihm ohne Bart. Sam hat es auf dem Handy.»

Lea schüttelte den Kopf. «Das muss eine Verwechslung sein.»

«Er hat dir nichts getan? Er hält dich nicht gefangen?», fragte Sam.

«Nein!» Lea runzelte die Stirn. «Lorenzo hatte mich erwischt, Jake hat mir das Leben gerettet!»

«Und warum versteckst du dich seit Wochen hier bei ihm?»

«Das ist, weil ...» Lea fasste sich an die Stirn und schüttelte den Kopf. Sie stöhnte. «Hör zu, es ist eine lange Geschichte. Ich dachte, ihr hätte telefoniert und du wüsstest Bescheid. Es muss ein Missverständnis sein. Lass ihn aufstehen.»

Thompsen wollte sich aufraffen, doch Sam hielt gar nichts davon. Er war verwirrt. «Bleib sitzen, Mann. Ich warne dich.» Jake hob demonstrativ die Hände. «Schon gut. Keine Panik.»

Sophia drehte sich Lea zu. «Du bist sicher, dass er nicht gefährlich ist?»

«Ja! Natürlich!»

«Nein!», fauchte Sam. «Es ist Jake Thompsen! Der ist gefährlicher als eine Giftschlange! Weißt du nicht mehr? Judy Garner! Sie hat sich umgebracht! Lea! Wo ist dein messerscharfer Verstand?»

«Okay.» Sophia hob in einer beschwichtigenden Geste die Hände. «Atmet mal alle tief durch. Warum rufen wir nicht einfach die Polizei und dann wird sich schnell alles aufklären.»

Lea schüttelte den Kopf. «Matteo Lorenzo bezahlt Spitzel bei den Cops. Wenn die erfahren, dass ich noch lebe, bringen sie mich bei nächster Gelegenheit um, und Jake war früher beim FBI und muss ebenfalls Rache aus dem organisierten Verbrechen fürchten.» Sie hob die Hände. «Sam, du bist falsch informiert. Er ist nicht Thompsen. Bitte nimm endlich die Waffe runter, du machst mich ganz nervös.»

Sam dachte gar nicht daran, auf sie zu hören. «Lea, dieser Typ ist Jake Thompsen. Das mit dem FBI ist ein Märchen. Ich weiß zwar noch nicht, was das alles hier zu bedeuten hat, aber ich bin sicher, dass es nichts Gutes ist. Ich traue ihm nicht.»

Lea schüttelte den Kopf. «So ein Quatsch. Er heißt Jake West und war Agent. Jake! Sag doch endlich was!»

«Beim FBI gab es nie einen Jake West, Lea.» Sam schnaubte, «und eine Familie West, die bei einem Flugzeugabsturz ums Leben gekommen ist, gab es auch nie, falls er dir die Story auch erzählt hat.»

Sophia zeigte auf Jake. «Er sollte sich rasieren, dann gibt es keinen Zweifel mehr, dass es der Typ von dem Foto ist.»

Jake räusperte sich. «Lea, du glaubst ihnen doch nicht! Die wollen uns nur auseinanderbringen. Vermutlich hat einer der korrupten Cobs ihnen diesen Unsinn erzählt, und sie glauben es, ohne es nachzuprüfen.»

«Schwachsinn», brummte Sam. «Aber Sophias Idee ist doch brauchbar. Er soll sich rasieren, dann erkennst du ihn selber, Lea. Los aufstehen, Mann. Schön langsam, und ich will deine Hände über deinem Kopf sehen.»

Thompsen gehorchte, rappelte sich auf und hob die Arme.

«Wir gehen rein», bestimmte Sam. «Thompsen, du gehst vorweg. Sophia, Lea, ihr bleibt hinter mir. Ich warne dich, Mann, das Gewehr ist weiterhin entsichert und ich habe keine Hemmungen, den Abzug zu betätigen, solltest du nur eine einzige falsche Bewegung wagen.»

«Ja, ja, schon gut», murmelte er und ging los.

*

Lea schüttelte den Kopf. Was für ein Chaos!

Als sie in der Hütte standen, nickte Sam ihr zu. «Hol sein Rasierzeug. Er soll es hier machen.»

Lea schnaubte. «Ihr spinnt doch. Er hat sich noch nie rasiert. Jake, besitzt du überhaupt einen Rasierapparat?»

Er starrte sie an, doch plötzlich schien ihn alle Energie zu verlassen. Er seufzte, lehnte sich mit den Händen auf die Tischplatte und senkte den Kopf. «Schon gut. Es stimmt.»

Lea erstarrte. «Was?»

Er nickte stumm.

Lea schüttelte den Kopf und trat unwillkürlich einen Schritt zurück. In ihren Ohren begann es, zu rauschen. «Verarsch mich nicht.»

Er rieb sich über das Gesicht, als wäre er zu Tode erschöpft, zog einen Stuhl vom Tisch ab und ließ sich darauf nieder. «Es tut mir leid, Lea. Es stimmt. Ich bin Jake Thompsen. Bitte hör mir zu. Ich erkläre dir alles.»

Lea schüttelte den Kopf. Plötzlich war ihr eiskalt. Sie starrte ihn an. Erinnerungen prasselten in ihren Verstand. Die ersten Tage in seinem Haus, die dubiose Ahnung, ihn zu kennen, immer das Gefühl, etwas zu übersehen. Die Träume. Seine Stimme.

Ihre Knie wurden weich und in ihrem Mund sammelte sich ein bitterer Geschmack. «Du hast mich die ganze Zeit angelogen?», flüsterte sie und klammerte sich an einer Stuhllehne fest.

«Ja.» Er seufzte und sah sie an. «Das habe ich und es tut mir leid. Lass es mich erklären. Bitte. Bitte hör mir zu, bevor du dein Urteil über mich fällst.» Er wich ihrem Blick nicht aus, er beachtete Sam mit der Waffe nicht, sondern sah nur ihr in die Augen und sein Adamsapfel hüpfte unter dem Bart. «Kannst du dich vielleicht hinsetzen? Bitte. Ich habe gerade verdammten Schiss, dich zu verlieren, und wenn du da so stehst, als ob du gleich von mir wegrennst ...»

Sam schnaubte, doch Lea schüttelte den Kopf. «Lass ihn reden.» Sie setzte sich ihm gegenüber an den Tisch und nickte ihm zu.

Sophia hockte sich auf den Rand einer Sessellehne und Sam blieb, immer noch mit dem Gewehr in der Hand, an den Küchenschrank gelehnt, stehen. «Nun bin ich aber gespannt», stellte er trocken fest.

Jake beachtete ihn immer noch nicht, sondern richtete weiterhin seinen Blick auf Lea. «Damals, nach der Verhandlung, bin ich geflüchtet.»

Lea schluckte. «Das weiß ich.»

Er nickte. «Ich verstecke mich seitdem hier im Naturschutzgebiet. Es war Zufall, dass ich dich fand. Aber als ich dich erkannte, dachte ich, es ist die Gelegenheit, dir zu beweisen, dass ich nicht so bin, wie Judy mich geschildert hat. Ich wollte, dass du mich unvoreingenommen kennenlernst und siehst, dass ich nicht der Psychopath bin, als der ich hingestellt wurde, deshalb habe ich dir den falschen Namen genannt. Du wurdest gesund und wir haben uns ineinander verliebt.» Er lächelte kaum sichtbar. «Das hatte ich natürlich nicht erwartet. Jeden verdammten Tag kämpfe ich seitdem mit mir und versuche, mich zu überwinden, dir zu sagen, wer ich bin. Doch ich war zu feige. Ich hatte schreckliche Angst, dass ich das, was zwischen uns entstanden ist, zerstöre.» Er seufzte. «Nun ist die Wahrheit rausgekommen. Ich befürchte, dass du mich jetzt hasst, aber gleichzeitig ist eine tonnenschwere Last von meinen Schultern gefallen, denn ich wusste die ganze Zeit, dass es falsch ist, weiterhin zu lügen.» Er runzelte die Stirn. «Meine einzige Hoffnung ist, dass du mich inzwischen gut genug kennst, um mir zu glauben. Ich liebe dich, Lea. Ich will dich nicht verlieren.»

Lea schüttelte den Kopf. «Das ist doch verrückt! Du hättest es mir gleich sagen müssen!»

Er nickte, faltete die Hände und betrachtete seine Finger. «Vermutlich hast du recht, Aber du hättest mir keine Chance gegeben. Du hättest dich wie beim Prozess geweigert, irgendetwas anderes zu glauben, als das, was Judy behauptet hat.» Er schüttelte den Kopf. «Du warst damals so verbissen. Dein einziges Ziel war es, mich, den Vergewaltiger, in den Knast zu bringen. Du hast Judy jedes Wort geglaubt. Du warst nicht eine Sekunde lang misstrauisch. Vermutlich hast du ihr sogar noch genau erklärt, wie sie sich vor Gericht benehmen muss, um glaubhaft zu wirken. Du bist nicht einmal auf die Idee gekommen, dass sie lügen könnte. Nicht ich bin krank, sie war es!»

Jakes Augen schimmerten verdächtig feucht. Er rieb sich mit

dem Handballen darüber.

Lea schluckte. «Aber es gab doch Beweise! Es gab psychologische Gutachten!», flüsterte sie.

Er stieß ein heiseres Lachen aus. «Der gesamte Prozess stützte sich auf Judys und deine Aussagen.»

«Und der Kellner, der beobachtet hatte, dass du sie geschlagen hast?»

Jake lachte trocken auf. «Was hatte der denn gesehen? Einen hitzigen Streit, bei dem ich sie an den Armen gepackt und kurz geschüttelt habe. Mehr nicht.»

«Aber warum sollte sie gelogen haben?»
«Sie war krank und besessen von mir.»

«Was?»

«Sie war psychisch sehr labil, bekam sich nicht in den Griff, hing wie eine Klette an mir, kontrollierte mich jede Minute des Tages. Es war nicht auszuhalten. Sie wühlte ständig meine Sachen durch, weil sie krankhaft eifersüchtig war. Sobald eine andere Frau mich nur anlächelte, machte sie mir eine Szene. Ich wollte mich von ihr trennen, und sie drohte, sich umzubringen, wenn ich sie verlasse. Ich wollte mich nicht erpressen lassen, habe einen Koffer gepackt und bin in ein Hotel gezogen. Dafür hat sie mich gehasst.» Er lehnte sich zurück. «Der ganze Prozess war eine Farce. Judy wollte sich rächen. Du warst durch Deine Presseartikel bekannt dafür, Vergewaltiger zu jagen. Sie nahm Kontakt zu dir auf, spielte dir eine perfekte Show vor und du bist darauf hereingefallen.»

Lea runzelte die Stirn. Sie erinnerte sich an den Prozess und die Zeit davor, an Judy, die so labil und ängstlich gewesen war, erinnerte sich an die Aussagen, die sie vor der Polizei gemacht hatte, an ihr Weinen, ihre zittrige Stimme. Hatte Jake recht? Lea war damals durch eine Mail von Judys Mutter auf den Fall aufmerksam geworden. War sie belogen worden?

Jake seufzte. «Nachdem ich vor dem Knast geflohen war, habe

ich darüber nachgedacht, wie ich es schaffen kann, Judy zur Vernunft zu bringen, damit sie ihre Aussagen revidiert. Doch als ich dann hörte, dass sie sich das Leben genommen hatte, war ich total entmutigt. Sie konnte nicht mehr zugeben, gelogen zu haben. Ich fand mich damit ab, dass mein Leben zerstört worden war und zog mich unter meinem neuen Namen hierher in die Wildnis zurück. Über anonyme Konten spekuliere ich mit Aktien, das sichert meinen Lebensunterhalt. Hier draußen braucht man ja nicht viel. Als ich dich fand, dachte ich, das Schicksal meint es doch gut mit mir, dass es dich zu mir führt.»

Er streckte die Hände über den Tisch und legte sie auf ihre. «Lea, sieh mich an. Ich habe dich gesund gepflegt und wir haben uns ineinander verliebt. Du kennst mich inzwischen besser, als jeder andere Mensch auf der Welt. Bin ich verrückt? Bin ich ein Psychopath? Glaubst du, dass ich eine Frau einsperren, sadistisch foltern und zur Prostitution zwingen würde?»

Sie starrte in seine Augen und konnte nicht anders, als mit dem Kopf zu schütteln. «Nein.»

«Dann hilf mir, damit das Urteil aufgehoben wird und wir gemeinsam ein normales Leben führen können, ohne uns vor der Welt verstecken zu müssen.»

*

Sam schüttelte den Kopf. Er konnte nicht glauben, was er beobachtete. Was war mit Lea geschehen? Wo war ihr Verstand? Ihr Selbstbewusstsein? Ihre unbestechliche realistische Wahrnehmung? Ihre Klugheit?

Sie hing an den Lippen dieses manipulativen Arschlochs wie ein Kind, dem man erzählt hatte, der liebe Gott säße vor ihm.

«Lea! Wach auf! Du glaubst ihm doch nicht etwa?»

Sie drehte ihm das Gesicht zu und schüttelte den Kopf. «Du kennst ihn nicht, Sam.» Sie hatte Tränen in den Augen und ihre Lippe zitterte. «Jake hat mir das Leben gerettet», stieß sie mit erstickter Stimme aus. «Lorenzos Leute hatten mich in der alten Fabrik erwischt. Sie haben mich gefoltert. Ich hatte gebrochene Finger und gebrochene Füße. Sie haben mich in eine dicke Plane eingewickelt und in der Wildnis zum Sterben abgelegt. Ich war fast tot, als Jake mich fand. Ich verdanke ihm alles und ich schäme mich, dass ich damals Judy gegenüber nicht misstrauischer war. Er hat Recht, ich wollte dieser Frau glauben, ich wollte unbedingt, dass er verurteilt wird.»

«Vielleicht war es ja gar kein Zufall, dass er dich gefunden hat, sondern perfide Strategie. Vielleicht war es sein Ziel, dich in die Finger zu bekommen, um dir diesen Mist in den Kopf zu pflanzen. Ich habe Hinweise darauf gefunden, dass Matteo Lorenzo in dieser Gegend eine Jagdhütte besitzt. Es könnte dieses Haus sein. Lea! Dieses Arschloch könnte mit Lorenzo zusammenarbeiten. Er manipuliert dich!»

«Nein.» Sie schüttelte wild den Kopf. «Sam, deine Phantasie geht mit dir durch. Glaub mir, ich hätte es gemerkt, wenn ich hier fast zwei Monate lang auf engstem Raum mit einem Psychopathen zusammengelebt hätte.»

Sam schnaubte. «Anscheinend ja nicht!»

Jake hob in einer beschwichtigenden Geste die Hände. «Es ist okay, Lea. Ich kann ihn verstehen. Er kennt mich ja nicht und er sorgt sich um dich. Lass uns zum NYPD fahren. Ich stelle mich den New Yorker Behörden. Ich werde dafür kämpfen, dass der Prozess neu aufgerollt wird. Wenn sie Judys angebliche Beweise prüfen, werden sie erkennen, dass ich unschuldig bin. Sie werden mich freisprechen und dann können wir beide gemeinsam ein neues Leben beginnen.»

Sam nickte. «Wir fahren zusammen in meinem Auto nach Stony Folk. Lea, du gehst ans Steuer. Sophia setzen wir an ihrem Auto ab, damit sie uns folgen kann. Wir beide,» er deutete auf Jake, «sitzen hinten. Ich werde dir die Hände fesseln, und ich nehme die Waffe mit.

Ich werde sie nicht eine Sekunde lang aus der Hand legen.»
 Jake nickte. «Okay. Einverstanden.»

13

«Ich verstehe das nicht! Das ist doch irre!»

Sam marschierte in Stevens Büro auf und ab und lamentierte so heftig mit den Händen, dass fast der Kaffee aus seinem Becher schwappte, den er in der Rechten hielt. «Sie benimmt sich wie ein schüchternes Kind! Du hättest sie sehen sollen! Sie himmelt ihn an! Sie betet ihn an! Sie hat mich kaum begrüßt, als wir uns vor dem Saal getroffen haben. Und wir waren mal beste Freunde! Es ist, als ob er sie einer Gehirnwäsche unterzogen hätte!»

Steven trank einen Schluck Kaffee und lehnte sich in seinem Schreibtischsessel zurück. «Sie haben ihn tatsächlich nur aufgrund ihrer Aussage laufen lassen?»

Sam nickte. «Es war eine Anhörung vor der Staatsanwaltschaft im Beisein eines Richters. Leider war die Presse nicht zugelassen. Ich wäre zu gern dabei gewesen.»

«Immerhin trägt er eine elektronische Fußfessel», warf Sophia ein, die auf einem der Besucherstühle Platz genommen hatte. «Die Pressesprecherin des Gerichts erklärte hinterher, Lea hätte ausgesagt, dass sie vom damaligen vermeintlichen Opfer beeinflusst und belogen worden sei und ihre Anschuldigungen zurücknehmen müsste. Da Judy Garner nicht mehr befragt werden kann, muss man Leas Aussage glauben. Der Revisionsprozess wurde genehmigt und er durfte mit ihr das Gerichtsgebäude verlassen. Sie bürgt für ihn und er wohnt bis zur Verhandlung bei ihr.»

Es piepte und Steven sah auf seinen Monitor. «Eine Email von der Stadtverwaltung.» Er griff nach der Mouse und klickte die Nachricht auf. «Presseerklärung des Büros des Bürgermeisters zum Fall Thompsen. Das ging ja schnell.»

Sam stockte. «Was steht drin?»

Stevens Augen huschten hin und her und Sam war drauf und dran, den Monitor zu packen und in die andere Richtung zu drehen, um selber den Text der Mail zu überfliegen. Doch dann las Steven vor: «Aufgrund der Aussage von Lea Johnson, einer der Hauptbelastungszeuginnen im Prozess gegen Jake Thompsen, hält die Staatsanwaltschaft ihn nicht mehr für schuldig. Er wurde heute unter Auflagen auf freien Fuß gesetzt, darf die Stadt jedoch nicht verlassen. Seitens des Stadtrats wird eine forcierte Aufnahme des Verfahrens gefordert, um den bis zum damaligen Prozess unbescholtenen Bürger schnell zu rehabilitieren.» Sam schnaubte. «Der Stadtrat fordert! Was geht denn die das an?»

«Sitzt nicht dieser Lorenzo im Stadtrat?», fragte Sophia.

Steven nickte. «Stimmt. Und es gab Hinweise, dass er eine Jagdhütte im Tioga State Forest besitzt. Zufall?»

Sam fuhr sich durch die Haare. «Ich weiß es nicht. Ich weiß gar nichts mehr. Ich fühle mich verarscht! Ich habe wochenlang meine Kollegin gesucht, von der ich dachte, dass sie in Lebensgefahr ist, die derweil fröhlich und unbeschwert ihre Holidays genoss. Sorry, aber ich komme mir gerade wie der letzte dämliche Clown vor.»

Steven lachte trocken. «Das glaube ich dir aufs Wort.»

*

«Das ist also dein Appartement.» Jake schlenderte ins Wohnzimmer und sah sich um. Es war seltsam, den Mann, den Lea aus der Wildnis kannte, in ihrer New Yorker Wohnung zu sehen. Lea zuckte mit den Schultern. «Ich schätze, ich werde erstmal ordentlich saubermachen müssen. Es ist alles verstaubt.»

Jake winkte ab, trat vor sie und umfasste ihre Oberarme. «Mir gefällt dein Zuhause.»

Lea lächelte und legte die Hand auf seine Brust. «Ich bin froh, dass du nur die eine Nacht im Gefängnis bleiben musstest. Wie hat dein Anwalt es bloß geschafft, so schnell den Termin für die Anhörung zu bekommen?»

Jake lächelte. «Zum einen ist er ein ziemlich guter Anwalt mit besten Connections zu den wichtigen Leuten in der Stadt, zum anderen ist es für ein Rechtssystem immer unangenehm, Fehler einzugestehen. Sowas will man schnell vom Tisch haben.»

Lea drückte sich an ihn. «Zum Glück. Ich bin sehr froh. Bald ist Weihnachten. Es wäre das schönste Geschenk, wenn dann alles vorbei wäre und wir gemeinsam mit unseren Freunden feiern könnten.»

Jake seufzte. «Dein Freund, dieser Journalist, glaubt immer noch nicht an meine Unschuld.»

«Ich weiß. Nachdem wir gestern Abend bei der Polizei getrennt wurden, hat Sam mich nach Hause gebracht. Er hat auf mich eingeredet und wollte mir nicht glauben.» Sie strich über seine Brust. «Hab ein bisschen Geduld mit Sam. Er hat sich wochenlang große Sorgen gemacht und ist natürlich jetzt stinksauer. Er wird sich schon wieder beruhigen. Wenn ihr Euch erst besser kennengelernt habt, werdet ihr euch gut verstehen. Davon bin ich felsenfest überzeugt.»

Jakes Lippen strichen über ihre Stirn. «Es tut mir leid, dass ich dich bezüglich des Anrufes bei ihm angelogen habe. Ich konnte es einfach nicht tun, ich hatte viel zu große Angst, dass er uns auseinanderbringt.»

«Ist schon gut. Ich verstehe dich. Du hast vor eineinhalb Jahren erlebt, dass dir eine Psychopathin gemeinsam mit einer verbohrten Journalistin und unserem Rechtssystem die Existenz zerstört haben. Es ist doch ganz logisch, dass du niemandem mehr traust.»

Jake schloss sie fest in seine Arme und seufzte mit dem Mund in ihren Haaren. «Gott, Lea, ich bin so froh, dass ich dich gefunden habe. Ich liebe dich mehr als mein Leben.»

Lea drückte sich ein Stück von ihm ab und sah zu seinem Gesicht auf. «Ich liebe dich auch, Jake. Du wirst sehen, es wird alles gut.»

Er runzelte die Stirn. «Dein Freund wird versuchen, uns auseinanderzubringen.»

«Das wird ihm nicht gelingen und er wird einsehen, dass sein

Misstrauen gegen dich nicht berechtigt ist.»

*

Es regnete in Strömen. Die Geschäfte hatten ihre Weihnachtsdeko rausgehängt, angesichts des Regens wirkte das so stillvoll wie Pommes und Ketchup im Fünf-Sterne Restaurant.

Sam und Sophia liefen über die Straße, um schnell ins Haus zu gelangen.

«Fuck!», fluchte Sam im Treppenhaus und wischte sich die nassen Haare zurück. «Was für ein beschissener Tag.»

«Das kannst du laut sagen», murmelte Sophia und suchte in ihrer Tasche nach dem Wohnungsschlüssel.

Nachdem sie aufschlossen und die Tür aufgestoßen hatte, hörten sie, dass im gemeinsamen WG-Wohnzimmer der Fernseher lief. Die Musik eines Werbespots war unverkennbar.

Sam trat hinter Sophia ein, entledigte sich seiner Jacke und warf sie über eine Stuhllehne. «Hi.»

Loren lag auf der Couch und löffelte träge Eis aus einem großen Becher, während sie in die Glotze schaute. «Hi. Habt ihr schon Nachrichten gehört? Dieser Typ, bei dem ihr eure Kollegin gefunden habt, ist frei!»

Sam schnaubte und ließ sich neben ihr auf einen Sessel fallen. «Wir waren im Gericht und haben uns dort die Presseerklärung angehört. Es ist nicht zu fassen! Gestern Abend hat Lea ihre Aussage gemacht und heute sitzt der Typ schon gemütlich in ihrer Wohnung. Als ob man den Fall über Nacht hätte prüfen können!»

Sophia streifte ihre Schuhe ab und zog die Jacke aus. «Thompsen hat einen der teuersten Anwälte der Stadt. Ich frage mich, wie er sich den leisten kann.» Sie deutete auf die Couch. «Mach mal etwas Platz.»

Loren zog die Füße an und Sophia ließ sich in die dadurch frei gewordene Couchecke fallen. «Danke.»

Loren wischte mit einer lässigen Bewegung ihre Dreadlocks über die Schulter zurück, bevor sie den nächsten Löffel Eis nahm. «Du siehst genervt aus, Sweetheart.»

«Das bin ich auch. Ich verstehe das alles nicht. Man könnte wirklich den Glauben in unser Rechtssystem verlieren.»

Loren gluckste. «Meine Hautfarbe ist schwarz. Ich habe noch nie an Gerechtigkeit in unserem Rechtssystem geglaubt. In allen wichtigen Ämter kleben Männer, die sich untereinander Gefallen tun und nur zu ihrem eigenen Vorteil handeln. Wir brauchen viel mehr bunte Frauen in der Politik.»

Im Fernsehen fiel der Name Thompsen. «Seid mal still.» Sam rutschte im Sessel nach vorne, griff zur Fernbedienung und stellte die Lautstärke höher.

«Mich wundert es nicht, dass damals ein Fehlurteil gesprochen wurde», hörte er eine männliche Stimme und sah genau hin. «Das ist Agent Arschloch Joseph Miller.»

Loren kicherte. «Agent Arschloch? Ich wusste nicht, dass es diesen Rang beim NYPD gibt.»

«Der Typ ist korrupt, da gehe ich jede Wette ein.»

«Sch... sei still», schimpfte Sophia und er gehorchte.

«Lea Johnson war mir damals schon nicht geheuer», redete Miller vor der Kamera weiter. «Wenn Sie mich fragen, gehört sie in psychiatrische Behandlung.»

«Worauf begründet sich ihre Meinung?», fragte die Reporterin und Miller verschränkte mit einem breiten Lächeln die Arme vor der Brust. «Diese Journalistin ist eine krankhafte Männerhasserin. Es würde mich nicht wundern, wenn jetzt auch weitere Fälle der letzten zehn Jahre, in die sie involviert war, aufgerollt werden.» Er lachte. «Sie beschuldigt ja selbst ein angesehenes Mitglied des Stadtrats seit vielen Jahren, Kinder zu missbrauchen, obwohl es nie Beweise für ihre Behauptungen gab. Die Frau spinnt! Glauben sie mir.»

«Sie sprechen von den Anschuldigungen gegen Mister Lorenzo?»

«Das ist nicht auszuhalten», fluchte Sam und drückte entschieden auf die Fernbedienung, um einen anderen Sender einzustellen.

«Hey! Das ist meine!» Loren zog die Augenbrauen hoch. Sam stöhnte und warf ihr die Fernbedienung in den Schoß. «Sorry, schalte das bloß nicht wieder ein. Von so viel Mist könnte dein Fernseher explodieren.»

Loren runzelte die Stirn. «Das hört sich wirklich alles sehr seltsam an. Ich habe mal vor ein paar Jahren ein Interview mit Lea Johnson gesehen. Da habe ich sie bewundert. Sie war taff und mutig. Ein echtes Vorbild.»

Sam nickte. «Lea war immer cool, klug und selbstbewusst, jetzt himmelt sie Thompsen wie einen Messias an, weil er ihr das Leben gerettet hat. Der Typ ist ein manipulatives Arschloch, der es irgendwie geschafft hat, ihr eine Gehirnwäsche zu verpassen.»

Sophia nickte mit gerunzelter Stirn. «Wenn ihr mich fragt, agiert der Scheißkerl nicht allein.»

Sam wendete ihr das Gesicht zu. «Wie meinst du das? Wer sollte denn mit drin stecken?»

«Ist dir noch nie aufgefallen, dass der Name Lorenzo immer wieder in diesem Zusammenhang auftaucht? Wer weiß, ob der nicht involviert ist. Vielleicht war es kein Zufall, dass Thompsen Lea gefunden hat.»

Sam nickte. «Mein Gefühl sagt mir auch, dass mehr dahinter steckt, und wenn das stimmt, dann schwebt Lea weiterhin in Gefahr. Thompsen benutzt sie, und wenn er sie nicht mehr braucht, wird er sie loswerden wollen.»

Sophia runzelte die Stirn. «O Mann.»

Sam sprang auf. «Sie ist jetzt allein mit dem Kerl. Er macht sich in ihrer Wohnung breit und niemand ist da, der sie vor ihm schützen könnte. Das gefällt mir überhaupt nicht.» Er griff nach seiner Jacke und seinem Autoschlüssel. «Was hast du vor?»

«Hinfahren und mit ihr reden.»

«Sie wird dir nicht glauben. Du hast sie doch erlebt.»

«Sie muss zur Vernunft kommen. Ich muss es noch mal versuchen. Ich würde es mir nie verzeihen, nicht alles versucht zu haben.»

*

Sophia musterte Jakes Gesicht. Seit sie aus dem Gericht gekommen waren, er saß in ihrem Appartement auf einem Sessel. Sie hatten über damals geredet. Er wirkte unsicher, so, als käme er sich in ihrer Wohnung fehl am Platze vor. Außerdem sah er so anders aus. Er hatte sich rasiert. Er sah wieder so aus, wie damals, als Judy ihn mit Leas Hilfe vor Gericht gebracht hatte. Sie lehnte sich in den Türrahmen und konnte den Blick nicht abwenden. Dieser Mann, dieses Gesicht, in ihrem Wohnzimmer ... das ergab ein seltsames Bild. Tief in ihrem Bauch fühlte es sich nicht gut an. Das alte Misstrauen schien zum Leben zu erwachen. Er lächelte. «Was ist? Du siehst mich an, als wäre ich ein Geist.»

«Ich muss mich noch daran gewöhnen, dass Du jetzt wieder wie der alte Jake aussiehst.»

Er rieb sich über die Wange. «Es ist ungewohnt, aber mein Anwalt meinte, es wäre vorteilhaft, seriös auszusehen, wenn ich vor dem Richter stehe, deswegen hatte er den Rasierapparat und den Anzug mitgebracht, damit ich mich vor der Anhörung in einen zivilisierten Zustand versetzen konnte.»

«Komm her.»

Sie gehorchte und er zog sie auf seinen Schoß. Seine Hand legte sich warm um ihre Taille, er lächelte und seine Augen schimmerten dunkel. «Wenn du möchtest, lasse ich mir den Bart wieder wachsen.»

Sie neigte schelmisch den Kopf zur Seite und strich mit den Fingerspitzen über sein glatt rasiertes Kinn. «Ich überlege es mir.»

Er lehnte den Kopf zurück und schloss die Augen.

«Geht es dir nicht gut?»

«Letzte Nacht im Knast war nicht unbedingt erholsam.»

«Das kann ich mir vorstellen.» Sie legte ihre Hand an seine Wange und strich mit den Fingerspitzen nach oben über die Schläfen. Er seufzte. «Das tut gut.» Sie wiederholte die Bewegung in einem gleichmäßigen, langsamen Rhythmus. «Ich bin froh, dass du so einen guten Anwalt hast.» Jake nickte, ohne die Augen zu öffnen. «Jim Baltimore ist ein alter Freund. Wir kennen uns seit der Schulzeit. Müsste ich ihm seinen normalen Preis bezahlen, könnte ich ihn mir nicht leisten.»

Lea drückte einen Kuss auf sein Kinn und krabbelte von seinem Schoß. «Ruh dich aus. Ich gehe schnell ein paar Kleinigkeiten einkaufen, damit ich uns heute Abend was Schönes kochen kann.»

Sie griff nach ihrer Jacke, als es an der Tür klingelte. Jake stand abrupt auf. «Erwartest du jemanden?»

«Nein.» Lea zwinkerte. «Du musst trotzdem nicht erschrecken, du bist nicht mehr auf der Flucht.»

Seufzend nickte er und ließ sich wieder auf seinen Sessel fallen. Lea lief zur Tür und öffnete. Sam stand vor ihr.

«Hey!»

«Hey.»

Sie lächelte und riss die Tür weiter auf. «Komm rein.»

Sam rührte sich nicht. «Ist er bei dir?»

«Natürlich. Auflage für Jakes Entlassung war, dass er eine Adresse in der Stadt hat, in der er sich bis zum Verfahren aufhält. Nun komm schon rein. Er beißt nicht.»

«Ich traue ihm nicht, Lea.»

Sie seufzte. «Ich weiß, das sagtest du bereits mehrfach.»

Hinter ihnen räusperte sich Jake und Lea drehte den Kopf.

Seine Augen waren schmale Schlitze und seine Wange zuckte. Untrügliche Zeichen dafür, dass er sauer war. «Was will er hier?»

Unwillkürlich schlug ihr Herz schneller und ein Kloß bildete sich in ihrer Kehle. Sie hob die Arme. «Bitte. Nicht diese Feindschaft. Ihr zwei seit die wichtigsten Menschen in meinem Leben. Ich möchte, dass ihr Euch kennenlernt, dann werdet ihr euch verstehen.»

«Niemals», knurrte Sam. «Lea, ich muss allein mit dir reden.»

Sie schüttelte entschlossen den Kopf. «Ich habe keine Geheimnisse vor Jack.»

Sam sah nur sie an. «Bitte.»

Jake trat vor, stellte sich hinter Lea und umfasste ihre Schultern. «Du hast sie doch gehört, oder? Lea ist eine erwachsene Frau, die niemandem Rechenschaft schuldig ist. Wir gehören zusammen und da du das anscheinend nicht akzeptieren willst, würde ich empfehlen, dass du dich jetzt verpisst.»

Lea runzelte die Stirn. In ihrem Bauch bildete sich ein Kloß. Sam war ihr bester Freund, doch Jake hatte Recht. Er mischte sich auf eine Weise in ihr Leben ein, die nicht in Ordnung war. «Jake hat mich gerettet und ich liebe ihn. Wir werden zusammenbleiben. Wenn du das nicht akzeptierst, können wir keine Freunde mehr sein», flüsterte sie.

Einen Moment lang war es totenstill. Sam starrte sie an, dann schüttelte er den Kopf, drehte um und lief die Treppe hinunter. In Leas Brust zog sich etwas zusammen, es schmerzte, wie bei einem großen, nicht ersetzbaren Verlust.

Jake drehte sie an den Schultern um und zog sie in seine Arme. «Es tut mir leid.»

Sie seufzte mit dem Gesicht an seiner Brust. «Du kannst doch nichts dafür.»

«Versprich mir, dass du dich von ihm fernhältst.»
Sie zuckte zurück und sah mit gerunzelter Stirn zu ihm auf. «Du glaubst doch nicht, dass Sam mir etwas tun würde?»

«Er ist eifersüchtig und aggressiv. Er will dich, Lea!»

Glucksend schüttelte sie den Kopf. «Nein. Quatsch. Niemals. Wir waren immer nur Freunde. Da war nie mehr.»

Jake lachte nicht mit. Er verzog keine Miene. «Ich bin sicher, er liebt dich seit langem und hat immer darauf gewartet, dich zu bekommen. Nun bin ich da und kriege das, nachdem er sich gesehnt hat. Er fühlt sich um seinen Lohn für jahrelange Mühen betrogen. Glaub mir.»

Jake umfasste mit beiden Händen ihr Gesicht und zwang sie, ihm in die Augen zu sehen. «Bitte Lea, versprich mir, dass du dich nicht allein mit ihm triffst. Vielleicht bin ich, durch alles, was ich erlebt habe, zu misstrauisch geworden, aber ich habe Angst um dich und wenn du es mir nicht versprichst, werde ich keine ruhige Minute haben, sobald du nur die Wohnung verlässt.»

Sein Gesicht war von Sorge gezeichnet. Tief in ihrem Bauch warnte ihr Instinkt, dass es nicht richtig war, ihm dieses Versprechen zu geben, aber sie verstand sein Misstrauen. Er musste erst wieder lernen, Menschen zu vertrauen. Sie wusste doch aus ihren eigenen Kindheitserfahrungen nur zu gut, wie schwer es war, verlorenes Grundvertrauen neu aufzubauen. Er hatte so viel Geduld aufgebracht, um ihr die Erfahrung von erfüllendem Sex zu schenken. Nun wollte sie für ihn da sein. Jake brauchte Zeit und die würde sie ihm geben. Sie zwang sich zu einem Lächeln. «Okay. Ich verspreche es. Ich werde ihn in den nächsten Wochen nicht alleine treffen, bis er sich beruhigt hat. Aber dann müsst ihr euch richtig kennenlernen und Freunde werden.»

Jake beugte sich vor und küsste ihre Stirn. «Danke.»

Sie löste sich von ihm und schlüpfte in ihre Jacke. «Jetzt gehe ich endlich einkaufen. Rühr dich nicht aus der Wohnung, sonst sperren sie dich wieder ein! Denk dran!»

Jake lehnte sich in den Türrahmen zum Wohnzimmer und verschränkte die Arme vor der Brust. «Willst du mich einschließen?»

Sie grinste. «Vertauschte Rollen, das gefällt mir.»

Er trat erneut näher, umfasste ihre Oberarme und beugte den Kopf für einen Kuss. «Ich hab es nicht besser verdient.»

Sie lächelte. «Ich schließe nicht ab.»

Er legte seine Stirn an ihre und seufzte. «Ich bin so froh, dich gefunden zu haben. Du rettest mich.»

«Und vorher hast du mich gerettet. Ohne dich wäre ich in der Wildnis an meinen Verletzungen gestorben. Vergiss das nicht.» Sie legte die Hände auf seinen kräftigen Brustkorb und spielte an einem Knopf seines Hemdes. «Mir tut es leid, dass ich mich damals von deiner Freundin dermaßen hab einwickeln lassen. Ich bin sehr froh, dass ich es jetzt wiedergutmachen kann.»

«Du kannst nichts dafür. Jeder hat Judy geglaubt, selbst ihre Eltern, und die wussten ganz bestimmt, dass ihre Tochter psychisch labil war. Ich glaube, Judy hat nicht bewusst gelogen, sondern sich in ihre Lügen so lange hineingesteigert, dass sie sie selber glaubte. Deswegen wirkte sie auch so überzeugend.»

Seufzend löste sich Sophia von ihm. «Es ist müßig, darüber nachzudenken. Sie hat sich das Leben genommen und kann keine Fragen mehr beantworten. Vielleicht hat ihr schlechtes Gewissen sie dazu getrieben.»

Jake nickte. «Es ist vorbei, lass uns nach vorne sehen.»

«Ja. Das tun wir.» Lea öffnete die Tür. «Fühl dich wie zuhause.»

«Danke. Ich schätze, eine Dusche, um den Knastgestank loszuwerden, wäre jetzt toll.»

Lea zeigte mit einer gespielt überzogenen Verbeugung in Richtung des Badezimmers. «Es gehört dir.»

Sie verließ die Wohnung und lief die Treppe hinunter und aus dem Haus heraus.

Als sie um die Häuserecke bog, packte sie jemand am Arm und sie zuckte herum.»Hey!»

Sam stand vor ihr.

«Verflucht, was soll das?», fauchte sie ihn an.

«Rede mit mir, Lea! Bitte!»

Ein Pärchen drängte an ihnen vorbei. Du Frau runzelte die Stirn. Ärgerlich schüttele Lea den Kopf. «Lass mich los.»

Er gehorchte und sie schlug den Kragen ihrer Jacke hoch, um sich vor dem kalten Wind zu schützen, der durch die Straßen New Yorks fegte. «Hast du mir etwa aufgelauert?»

«Ja, ich habe gewartet und ich hätte die ganze Nacht und den nächsten Tag hier verbracht, bis du endlich rausgekommen wärst.»

«Was soll das?» Sie schüttelte den Kopf. «Bist du neuerdings paranoid?»

«Nein. Aber du denkst nicht mehr klar. Bitte lass uns in Ruhe reden.»

Sie warf einen Blick auf die Uhr. «Jake wartet auf mich.»

Sam schnaubte. «Kontrolliert er dich? Musst du ihm Rechenschaft über deine Zeit ablegen?»

«Quatsch. Er ist nur ein gebranntes Kind. Die Frau, die er mal geliebt hat, hat sich als Psychopathin erwiesen, Richter und Staatsanwälte haben falsche Beweise geglaubt. Er braucht Zeit, um wieder jemandem vertrauen zu können.»

Sam deutete auf seinen Wagen am Straßenrand. «Lass uns wenigstens für zehn Minuten ins Auto setzen und reden. Bitte.»

Lea schluckte. Sams Wangenmuskeln sahen aus, als ob er sie krampfhaft anspannen würde, und seine Augen waren so schmal, dass sie die Iriden nicht erkennen konnte. Er hatte in der Kälte auf der Straße gelauert, obwohl er keine Ahnung hatte, wann sie ihre Wohnung verlassen würde. Das war nicht normal. Hatte Jake recht? War Sam krankhaft in sie verliebt und eifersüchtig? Würde er sie vielleicht entführen, wenn sie sich jetzt mit ihm ins Auto setzte?

Sie schüttelte den Kopf. «Ich kann nicht.»

*

Sam konnte es nicht fassen. Lea sah ihn an, als hätte sie Angst vor ihm. Verzweifelt griff er an ihre Oberarme. «Lea! Was ist los mit dir? Wir kennen uns seit so vielen Jahren und jetzt vertraust du mir nicht mehr?»

Sie riss sich los. «Fass mich nicht an.»

Er senkte die Arme und atmete tief durch. «Hast du mal darüber nachgedacht, dass es kein Zufall war?»

Sie runzelte die Stirn. «Wie bitte?»

«Dass er dich verletzt gefunden hat. Was, wenn es kein Zufall war?»

«Was sollte es denn sonst gewesen sein?»

«Ein Trick, um dich in die Finger zu bekommen.»

Sie schnaubte. «Du siehst Gespenster!»

«Woher kam die Info über die alte Fabrik?»

«Es war ein anonymer Tipp.» Sie hob die Hände. «Sam! Denk nach! Jake lebte seit seiner Flucht versteckt im Naturschutzgebiet! Was hätte er mit diesem Tipp zutun haben sollen?»

«Das weiß ich nicht. Ich sehe nur, dass du nicht mehr du selbst bist und ein Verbrecher ein freier Mann. Was macht dich so sicher, dass er wirklich unschuldig ist?»

Sie presste für einen Moment die Lippen zusammen. «Du weißt, dass ich in meiner Kindheit schlimme Erlebnisse hatte. Du weißt, dass ich nie Interesse an Sex hatte.»

«Natürlich.»

Sie lächelte. «Jake hat mir nicht nur das Leben gerettet und mich gesund gepflegt. Er hat mir auch gezeigt, dass Sex was Wunderbares ist. Er ist ein liebevoller, sensibler Mann. Ich fühle mich bei ihm geborgen. Er hat mir geholfen, die alten schlimmen Erlebnisse durch neue, gute zu ersetzen! Ich habe wochenlang in seinem Haus auf engstem Raum mit ihm zusammengelebt. Glaub mir, ich hätte gemerkt, wenn er nicht ehrlich wäre. Er ist ein guter Mensch und ich habe ihm damals Unrecht getan. Wenn er das Monster wäre, für das ich ihn aufgrund von Judy Garners Aussagen und fingierten Beweisen gehalten habe, hätte er mich nicht geheilt, sondern getötet.»

«Lea! Verdammt! Es gab Fotos von Judy, auf der ihre Verletzungen belegt waren!»

«Die Verletzungen hat sie sich selber zugefügt, um ihn beschuldigen zu können.»

«Und was ist mit dem Busfahrer, der beobachtet hat, wie er sie brutal gezwungen hat, ins Auto zu steigen.»

«Den hat sie für seine Falschaussage bezahlt.»

«Sie hatte kein Geld, er hatte die Kontrolle über ihr Konto!»

«Das war gelogen.»

«Und der Gutachter, der damals ausgesagt hatte, war auch bestochen, oder was?»

Lea seufzte. «Der ist auch nur, wie wir alle, auf Judys perfektes Theater reingefallen.»

Sam öffnete den Mund, um weitere Beweise des Prozesses anzusprechen, doch sie hob in einer abwehrenden Bewegung die Hände. «Akzeptiere es, Sam. Jake und ich haben heute lange über das Verfahren, die Zeugen und ihre Aussagen gesprochen, er hat mir plausibel erklärt, wie raffiniert Judy andere manipuliert und ihn fertig gemacht hat. Fakt ist, über Jake wurde ein Fehlurteil gefällt, was jetzt aufgehoben wird. Wir lieben uns und werden zusammenbleiben. Wenn du damit nicht leben kannst, können wir uns nicht mehr sehen.»

Sie drehte sich um und marschierte davon. Fassungslos sah Sam ihr nach. Was war mit seiner besten Freundin passiert? Wo war ihr Verstand? Ihr Stolz? Ihre Objektivität? Wie hatte dieser Arsch es geschafft, sie dermaßen zu manipulieren?

Plötzlich fühlte er sich furchtbar erschöpft. Wochenlang hatte er jede freie Sekunde damit verbracht, Lea zu suchen, hatte vor Sorge kaum geschlafen und nun das. Sie war eine andere Person geworden.

Mutlos stieg er ins Auto und startete den Motor.

12

Zwei Wochen waren vergangen und das Leben war immer noch nicht wieder normal.

Lea stand am Fenster und sah auf die Straßen hinunter. Sie hörte ein Geräusch und drehte den Kopf. Jake kam aus dem Schlafzimmer, stellte sich hinter sie und zog sie in eine Umarmung. Er küsste ihre Schulter. «Warum bist du schon auf?»

Seufzend lehnte sie sich schwer an seine Brust. «Ich konnte nicht mehr schlafen. Mir fällt die Decke auf den Kopf. Ich muss wieder arbeiten, raus gehen, Menschen sehen.»

«Das ist zu gefährlich. Wenn Lorenzos Männer dich erwischen, werden sie dieses Mal darauf achten, dass du wirklich tot bist, wenn sie gehen.»

«Ich will wenigstens wieder einkaufen gehen. Seit dem ich Sam unten getroffen habe, war ich nicht mehr draußen. Das über eine Woche her!»

«Ich bin froh, dass es Lieferdienste gibt. Und das solltest du auch sein.»

«Vielleicht sind wir übervorsichtig.»

«Willst du damit sagen, dass du mir nicht glaubst? Meinst du, ich habe mir eingebildet, dass das Haus beschattet wird?»

«Nein. Ich weiß es nicht. Natürlich glaube ich dir, doch mir ist nie was aufgefallen. Und die Polizei hat doch zugesichert, dass ...» Jake schnaubte. «Als ich angerufen habe, um zu melden, dass wir beobachtet werden, haben sie nicht gerade nervös reagiert.»
Lea runzelte die Stirn. «Sagtest du nicht, sie wollen sich darum kümmern?»

«Ja. Aber das bedeutet doch nichts.»

«Vielleicht haben sie sich gekümmert und Lorenzos Leute vertrieben. Ich habe nie unten verdächtige Menschen oder Fahrzeuge gesehen. Und ich möchte wieder arbeiten!»

Er schob sie ein Stück zurück. «Du vertraust mir nicht. Ich hätte es wissen müssen. Du redest von großer Liebe, doch wenn es darauf ankommt, sind es nur hohle Worte. Es ist dir egal, wenn ich hier in der Wohnung vor lauter Sorge an die Decke gehe.»

Seufzend drehte sie sich in seinen Armen und sah zu ihm auf. «Natürlich vertraue ich dir und es ist mir nicht egal, wie du dich fühlst. Ich liebe dich! Das ist kein hohles Gerede!»

«Dann sei bitte geduldig. Nach meinem Verfahren bin ich die blöde Fußfessel los. Dann kann ich dich beschützen und wir können gemeinsam dafür sorgen, dass Lorenzo im Knast landet.»

«Warum haben sie das Schwein nicht längst verhaftet? Ich habe doch eine detaillierte Aussage gemacht!»

«Ich weiß es nicht, Sweetheart.» Er löste sich von ihr und schlenderte Richtung Küche.

Lea drehte sich um und starrte wieder aus dem Fenster. Fast zehn Tage waren vergangen und jeden Abend sahen sie im Fernsehen die Nachrichten, doch nie kam eine Meldung, dass Matteo Lorenzo verhaftet worden wäre. Lea kam sich vor wie eingesperrt. Das war furchtbar. Entschlossen drehte sie sich um und ging ihm nach. «Ich fahre heute noch mal zur Polizei. Ich will wissen, was da los ist.»

Jakes Wangenmuskeln zuckten. Sie konnte seine Mimik und Körpersprache inzwischen sehr gut lesen. Es gefiel ihm nicht, dass sie die Wohnung verlassen wollte, sein Beschützerinstinkt ging mal wieder mit ihm durch, doch sie sah ihm fest in die Augen und hob die Hand. «Versuch nicht, mich davon abzuhalten. Ich WILL zur Polizei.»

Er seufzte und seine Schulter sackten herab. «Okay, aber ruf Dir ein Taxi, damit sie dich nicht auf dem Weg erwischen können.»

«Natürlich.»

Eine Stunde später führte eine uniformierte Polizistin Lea in den Verhörraum. «Nehmen Sie Platz, Agent Miller wird gleich bei Ihnen sein.»

Sie ging und Lea sah sich um. Obwohl sie nur gekommen war, um zu hören, wie es um die Ermittlungen gegen Lorenzo stand, wirkte der kahle Raum beängstigend auf sie. Es gab kein Fenster, nur glatte Wände, einen nackten Tisch und zwei Stühle. Sie atmete tief durch, um ihre Platzangst zu verdrängen.

Zum Glück musste sie nicht lange warten, bis Agent Arschloch Miller eintrat. Wie immer erinnerte sie der Typ eher an einen Buchhalter als einen Cop. Er lächelte unverbindlich. In ihrem Magen bildete sich ein Knoten. Dieser Mann war ihr unsympathisch, seitdem sie ihn kannte, und das war lange, denn immer, wenn es um Matteo Lorenzo ging, hatte sie mit ihm zu tun. Vermutlich hatte er den Buchstaben «L» in der Adressenliste der New Yorker Verbrecher zugeteilt bekommen.

«Mrs. Johnson, wie geht es Ihnen?» Er hielt ihr die Hand hin und sie griff zu, obwohl es ihr widerstrebte, diesen aalglatten Typen auch nur für eine Sekunde zu berühren.

Er setzte sich ihr gegenüber und legte die dünne Akte, die er mitgebracht hatte, auf den Tisch. «Sie wollten mich sprechen?»

«Ich möchte wissen, warum Matteo Lorenzo noch nicht verhaftet worden ist. Ich habe Angst, nochmal in die Fänge seiner Mafia-Truppe zu geraten.»

«Sie brauchen keine Angst haben.» Er faltete die Hände und neigte leicht den Kopf zur Seite, als würde er sich innerlich auf ein ernstes Gespräch mit einem Kind vorbereiten. Was bildete der Arsch sich ein? «Ich bin die wichtigste Zeugin gegen ihn. Was ich gesehen habe, wird seine Scheinidentität zerstören. Es beunruhigt mich, dass er noch frei herumläuft, und Mr. Thompsen hat Ihnen doch mitgeteilt, dass wir beobachtet werden.»

«Wir sind in ihrer Straße vermehrt Streife gefahren. Da war nie was Auffälliges.» Miller schlug den Deckel der Akte auf und überflog die Zeilen ihrer Aussage, die sie an dem Tag gemacht hatte, als sie gemeinsam mit Jake nach New York gekommen war, um ihn zu rehabilitieren.

Dann sah er sie wieder an, stützte die Ellenbogen auf und und legte die Fingerspitzen aneinander. «Ist Ihnen eigentlich klar, wie ungeheuerlich das ist, was sie behaupten? Sie fühlen sich von einem Mitglied des Stadtrates bedroht, als wären Mafiamethoden in unserer Stadt an der Tagesordnung! Seit Jahren beschuldigen Sie Mr. Lorenzo schlimmster Verbrechen, ohne jemals stichhaltige Beweise dafür vorgelegt zu haben. Mich wundert, dass er nicht schon längst eine Verleumdungsklage gegen Sie angestrengt hat.» Seine Augen glitten abschätzend über ihren Körper. Er musterte sie wie ein interessantes Insekt, das er gleich aufspießen und unter ein Mikroskop legen würde. Sein Gesichtsausdruck verursachte ihr Übelkeit.

Sie beugte sich vor und zwang sich, ihm in die Augen zu sehen. «Nehmen Sie meine Besorgnis etwa nicht ernst, Agent? Ich bestehe darauf, dass das in dieser Akte vermerkt wird.»

Er stieß einen Seufzer aus. «Wir haben die Fabrik durchsucht, in der sie angeblich gefoltert wurden. Dort gab es keinerlei Hinweise, die ihre Aussagen belegen.»

Lea runzelte die Stirn. «Wie bitte? Brauchen Sie Röntgenbilder als Beweise, dass mir meine Finger und Füße gebrochen wurden? Kein Problem. Lassen Sie uns sofort in ein Krankenhaus fahren.»

Miller winkte ab. «Knochen kann man sich auf vielerlei Weise brechen.»

Fassungslos starrte sie ihn an. «Das ist nicht ihr Ernst? Wurde die Fabrik überhaupt durchsucht?»

«Natürlich würde sie durchsucht. Die Polizei geht jeder Aussage nach, auch wenn sie noch so unglaubwürdig ist.» Er kämmte mit den Fingern durch seine ordentlich frisierten Haare und stöhnte, als ob es ihm schwerfallen würde, weiterzureden.

«Es tut mir leid, Mrs. Johnson, die Kollegen aus Scranton haben keine Spuren, keine Hinweise, keine anderen Zeugen, nichts, was auch nur ansatzweise ihre Aussage stützen könnte.»

«Sie haben keine Filmstudios gefunden? Keine Spuren, dass Menschen gefangengehalten wurden? Wirklich nichts?»

Er nickte. «Absolut Nichts. Es gibt keinen Grund, ein Verfahren gegen Matteo Lorenzo einzuleiten.»

Lea schüttelte den Kopf. Sie konnte das nicht begreifen. «Sie glauben mir nicht! Sie denken tatsächlich, ich hätte mich selbst halbtot in die Wildnis gelegt. Warum?» Ihre Stimme wurde schrill. «Warum hätte ich das tun sollen?»

Miller lehnte sich zurück. «Ohne ihnen zu nahe treten zu wollen, Mrs. Johnson, aber haben Sie mal darüber nachgedacht, mit einem Arzt über ihre Probleme zu sprechen? Vielleicht benötigen sie eine Therapie. Verfolgungsängste und Paranoia bekommt man heutzutage in den Griff. Glauben Sie mir.»

«Sie halten mich für verrückt?»

Er lehnte sich vor und stützte die Ellenbogen auf den Tisch auf. «Versetzen Sie sich in meine Position. Beim NYPD sind Sie seit vielen Jahren als eine verbitterte junge Frau bekannt, die angesehene Männer anprangert und ihnen Sexualdelikte vorwirft. Diese verbitterte junge Frau verfolgt auch den Stadtrat Matteo Lorenzo geradezu akribisch und beschuldigt ihn regelmäßig, schlimmste Verbrechen zu begehen, ohne dass ihm jemals etwas nachgewiesen werden kann. Diese verbitterte junge Frau hat auch einen Mann namens Jake Thompsen vor Gericht gebracht und dafür gesorgt, dass er verurteilt wurde, was für mich gerade als große Blamage endet. Ich habe dieser Frau damals geglaubt! Was für ein Fehler, denn nun sitzt genau diese Frau vor mir und gesteht, die damaligen Hauptbelastungszeugin Judy Garner aufgehetzt und angestachelt zu haben, damit ihr Verlobter ins Gefängnis wandert. Wie stehe ich jetzt da? Haben Sie darüber mal nachgedacht? Denn diese Frau hat sich inzwischen selbst in den Mann verliebt und möchte mit ihm zusammenleben.» Er hob die Hand, als wollte er ihre Aufmerksamkeit steigern. «Gleichzeitig beschuldigt diese Frau ein weiteres Mal Matteo Lorenzo, ein Geschäft mit

Kinderpornografie zu betreiben, doch dort, wo sie es beobachtet haben will, finden wir nur Staub und Dreck. Sagen Sie mir, Mrs. Johnson, würden Sie dieser Frau noch glauben?»

Als Lea in ihre Wohnung zurückkehrte, saß Jake mit seinem Tablet an ihrem Schreibtisch. Er schloss das Display und stand auf, als sie hereinkam.

«Na, wie wars? Ist Lorenzo tatsächlich immer noch nicht verhaftet, oder haben sie es nur noch nicht öffentlich gemacht.»

«Der Scheißkerl ist frei und bleibt es auch.» Sie zerrte sich die Jacke vom Körper, warf sie über die Sessellehne und lehnte sich stöhnend an Jakes Brust. Er schloss seine Arme um sie und strich beruhigend über ihren Rücken. «Was ist passiert?»

«Sie glauben mir nicht.»

Er hielt in der Bewegung inne. «Was?»

«Sie haben angeblich die Fabrik durchsucht und nichts gefunden. Sie leiten kein Verfahren gegen ihn ein.»

«Das ist doch nicht zu fassen!»

«Und meine Aussage ist wertlos. Ich bin unglaubwürdig, weil ich Dich in den Knast gebracht habe und nun rehabilitiere. Agent Miller hat mir geraten, eine Therapie zu machen. Er hält mich für paranoid.»

Jake küsste ihre Haare. «Das tut mir leid, Lea.»

«Die Cobs glauben mir nicht, Sam meint, ich lasse mich von dir manipulieren. Manchmal glaube ich selber, ich bin nicht mehr ganz klar im Kopf.» Sie schniefte und eine Träne kullerte ihre Wange herab.

Er schob sie ein Stück weg, um in ihr Gesicht zu sehen. «So einen Mist will ich nicht noch mal hören! Vergiss diese Leute, Lea. Lass uns nach vorne sehen. Wir haben uns gefunden und lieben uns. Nichts anderes ist im Moment wichtig. Okay?»

Sie nickte und schloss erschöpft die Augen. «Okay.»

«Gut.» Er zog sie wieder an seine Brust und seine Lippen

strichen über ihre Haare.

14

«Hier lässt es sich im Sommer sicher aushalten», murmelte Sam, während er den Baxter Boulevard in South Portland entlang rollte. Zur Abwechslung schien mal die Sonne, aber das Meer wurde durch Wellen mit weißen Schaumkronen aufgewühlt und wirkte keineswegs gemütlich.

Auf der einen Seite meilenlang Meer und Beach, auf der anderen Seite Villen mit parkähnlichen Grundstücken. Das Wohnen hier konnten sich garantiert nur sehr wohlhabende Leute leisten.

Er bog rechts ab, als das Navi ihn dazu aufforderte und hielt vor einem schmiedeeisernen Tor, hinter dem eine Villa inmitten einer großen Rasenfläche zu sehen war, die mit Laub bedeckt war. Hier hatte wohl der Gärtner gekündigt, dachte Sam, denn es fiel auf, dass die Rasenflächen der anderen Häuser im Gegensatz zu dieser blitzeblank geputzt wirkten.

Eine breite Auffahrt zwischen alten hohen Bäumen und Sträuchern hindurch vermittelte trotzdem ein Bild, das von solidem Reichtum und Stil zeugte.

Am Pfosten des Tores gab es eine Sprechanlage. Sam ließ die Autoscheibe runter und drückte auf den Knopf.

Es knackte und rauschte kurz. «Ja?»

«Hi, hier ist Sam Varantes. Wir haben telefoniert.»

«Hallo Mr. Varantes. Bitte kommen Sie herein.»

Das Tor öffnete sich mit einem leisen Quietschen und Sam fuhr los.

Er rollte die Auffahrt entlang in einem Bogen auf die Villa zu.

Hinter einigen Büschen entdeckte er einen großen Swimmingpool, der natürlich um diese Jahreszeit nicht gefüllt war. Ein kräftiger Windstoß ließ das Laub der Bäume über die Rasenfläche fegen.

Vor dem Haupteingang parkte er das Auto und stieg aus. Er

reckte sich, um die steifen Glieder wieder in Bewegung zu bringen. Fast fünf Stunden hatte die Fahrt zur Familie von Judy Garner gedauert.

Die Haustür öffnete sich und eine schlanke Frau mit kurzen grauen Haaren erschien im Türrahmen. Sie trug flache Schuhe, eine schwarze, weite Hose und einen legeren lockeren beigen Pullover, über dessen Halsausschnitt der Kragen einer weißen Bluse geschlagen war. Sam ging auf sie zu. «Mrs. Garner?»

Sie nickte. «Die bin ich.» Sie streckte ihm eine Hand hin. «Guten Tag, Mr. Varantes.»

Sam drückte ihre Hand und sah ihr ins Gesicht. Sie war blass und ihr Gesicht faltig. Um die Augen herum hatte sie sich diskret geschminkt. «Bitte kommen Sie doch herein.» Sie öffnete die Tür weiter und deutete nach innen.

«Danke», murmelte Sam und trat ein. Mrs. Garner führte ihn in ein großes Wohnzimmer. Sam sah sich um. Das Innere des Hauses entsprach dem Eindruck von außen. Dunkle Möbel, ausgesuchte Gemälde an den Wänden und frische Blumen auf einer Kommode und dem niedrigen Wohnzimmertisch verbreiteten gediegene Eleganz. Ein Mann erhob sich von der Couch. Das musste Judys Vater sein. Er war hoch gewachsen und seine kurzen Haare schimmerten fast weiß. Sie begrüßten sich ebenfalls mit Handschlag.

Mrs. Garner lächelte ihn an und zeigte auf einen Sessel. «Bitte nehmen Sie Platz, Mr. Varantes. Darf ich Ihnen eine Tasse Kaffee anbieten?»

Sie setzten sich alle und Sam nickte. «Sehr gerne.» Auf dem Tisch stand bereits ein Tablett mit Kaffeegeschirr, einem Gebäckschälchen und silbernen Zucker-und Milch-Behältern.

Mrs. Garner schenkte ein und ihr Gatte räusperte sich. «Was führt sie hierher, Mr. Varantes? Sie sagten, es ginge um den Mann, der unsere Tochter auf dem Gewissen hat?»

Sam trank einen Schluck und setzte die Tasse ab. «Das ist

richtig.»

«Er wurde verurteilt und ist geflohen. Mehr wissen wir nicht über ihn.» Seine Stimme wurde rau. «Und wir wollen auch nichts mehr über dieses Monster wissen.»

Mrs. Garner gab Milch in ihren Kaffee und rührte um. «Seit unsere Tochter tot ist, versuchen wir, nicht mehr so viel über damals nachzudenken.»

Sam stellte seine Tasse ab und nickte. «Es war bestimmt furchtbar für sie, als von den Medien alles breit getreten wurde. Ich bin heute nicht gekommen, um über Ihre Tochter zu schreiben. Sie können ganz offen sein. Unser Gespräch ist vertraulich.»

Mr. Garner nickte. «Was wollen sie wissen?»

«War ihre Tochter psychisch labil? Ich meine, bevor sie Jake Thompsen kennengelernt hat.»

«Nein. Sie war gesund und fröhlich. Erst diese Monster hat sie krank gemacht. Sie wurde von einer Therapeutin betreut und schluckte Psychopharmaka. Als die Polizei uns mitteilte, dass Thompsen geflohen ist, bekam sie furchtbare Angst, dass er sie noch einmal in die Finger bekommen könnte. Wir fanden sie eines Morgens tot in ihrem Bett. Sie hatte eine Überdosis im Blut und die Zeitungen schrieben, sie hätte sich umgebracht.» Mrs. Garner räusperte sich. «Wir denken nicht, dass es Absicht war, sondern ein Unfall. Judy hatte jede Nacht Alpträume und schluckte deshalb zusätzlich Schlaftabletten, um wenigstens stundenweise Ruhe zu finden. Vermutlich hat sie den Überblick verloren.»

Sam nickte. «Es tut mir sehr leid.»

Mr. Garner nippte an ihrem Kaffee und setzte die Tasse wieder ab. «Warum sind sie gekommen, wenn Sie nicht in ihrer Zeitung über den Fall schreiben wollen?»

Sam zögerte. Wie viel sollte er Judys Eltern erzählen. Er entschloss sich, mit offenen Karten zu spielen. «Es geht um Jake Thompsen. Er ist wieder aufgetaucht.»

Mrs. Garners Kopf zuckte ein Stück höher. «Haben Sie ihn verhaftet? Sitzt er jetzt endlich im Gefängnis?»

«Nein.» Sam seufzte. «Leider nicht. So, wie es aussieht, wird der Fall neu aufgerollt und er freigesprochen.»

«Was? Warum denn das?» Der Kaffee aus Mr. Garners Tasse schwappte über. Er stellte die Tasse eilig ab.

«Erinnern Sie sich an Lea Johnson, die Journalistin, die Judy damals unterstützt hat?», fragte Sam.

Mrs. Garner nickte. «Ja, sicher. Was ist mit ihr?»

«Sie wurde von Verbrechern bewusstlos und schwer verletzt im Tioga State Forest abgelegt. Bevor sie starb, fand Thompsen sie, der sich seit seiner Flucht nach dem Prozess dort in einer Jagdhütte versteckt hielt. Er pflegte sie gesund und sie verliebte sich in ihn. Nun nimmt sie alle Aussagen zurück und will erreichen, dass er freigesprochen wird.»

«So ein Schwachsinn!» Mr. Garner setzte sich auf und rutschte auf der Couch ganz nach vorne. Es scheppterte, als er mit einer rüden Bewegung das Tablett mit dem Kaffeegeschirr ein Stück wegschob. «Die Aussagen meiner Tochter sind ausführlich dokumentiert. Das wird einen Freispruch verhindern.»

Sam schüttelte den Kopf. «Leider nicht. Thompsen behauptet, dass Judy ihn fertig machen wollte, weil er sie verlassen hat. Alle Anschuldigungen hätte sie erfunden und vor Gericht gelogen, um sich an ihm zu rächen.»

«Er hat sie verprügelt! Davon gibt es Fotos!», rief Mrs. Garner.

«Die Verletzungen soll sie sich selbst zugefügt haben.»

Mrs. Garner schnaubte. «Damit kommt der Typ nicht durch.»

Sam lehnte seine Unterarme auf seine Oberschenkel und beugte sich vor. «Das Problem ist Lea Johnson. Sie revidiert ihre Aussagen und untermauert die von Thompsen. Sie betet den Typen an wie einen Guru. Es ist erschreckend.» Er seufzte. «Und Judy kann nicht mehr vom Gericht befragt werden.»

Mrs. Garner nickte. «Wahrscheinlich geht es ihr, wie es damals unserer Tochter ergangen ist. Dieses Monster hat Judy manipuliert und wie eine Marionette tanzen lassen. Wir kamen nicht mehr an sie heran, sie ließ nicht mit sich reden. Sie hat ihm ihr ganzes Geld gegeben, alle Ersparnisse, Wertpapiere, alles! Als sie nichts mehr hatte und wir uns weigerten, ihr mehr zu geben, begann er, sie zu schlagen und zu quälen. Es war furchtbar!»

Sam nickte. «Ja, er scheint ein Meister der Manipulation zu sein. Lea benimmt sich, als hätte man sie einer Gehirnwäsche unterzogen.»

«Kennen Sie Mrs. Johnson näher?», fragte Mrs. Garner.

Sam lächelte traurig. «Wir waren viele Jahre lang sehr eng befreundet. Aber jetzt will sie nichts mehr mit mir zutun haben, weil ich diesem Typen nicht traue. Sie ist der festen Überzeugung, damals von Judy belogen worden zu sein, will ihn unbedingt rehabilitieren und den Rest ihres Lebens mit ihm verbringen. Sie sagt, sie liebt ihn.»

Mrs. Garner nickte. «Das kommt mir so bekannt vor. Es ist fast wie ein Dejavu. Genauso war es damals mit Judy. Sie war im wahrsten Sinne des Wortes blind vor Liebe.»

«Ja, das trifft es genau.» Sam atmete tief durch. «Ich bin gekommen, weil ich gehofft hatte, Sie können mir irgendetwas geben, was beweist, dass ihre Tochter damals im Prozess nicht gelogen hat. Vielleicht gibt es Tagebücher oder Briefe von Judy oder weitere Zeugen, die im neuen Verfahren gegen Thompsen aussagen könnten.»

Mrs. Garner sah ihren Mann an. Einen Moment war es still, als würde sie ihm mit ihrem Blick eine stumme Frage stellen. Doch er winkte nur ungeduldig ab. «Wir haben nichts mehr von dem Zeug. Für uns ist vorbei, was damals geschah.»

Mrs. Garner räusperte sich. «Wir haben ihr Zimmer nicht geräumt, doch während sie mit dem Kerl zusammen war, hat sie ja nicht hier gewohnt, sondern in New York und dort in seinem Appartement. Wir haben nie etwas von ihren Sachen bekommen. Vermutlich ist alles auf dem Müll gelandet, was Judy gehörte, als

Thompsens Wohnung nach dem Prozess geräumt wurde, weil niemand mehr die Miete bezahlte. Hier im Haus haben wir nur Erinnerungen aus ihrer Kindheit. Da werden Sie nichts finden, was mit diesem Kerl zutun hat.»

«Darf ich vielleicht trotzdem mal schauen?»

Mrs. Garner erhob sich. «Kommen Sie, ich zeige Ihnen ihr Zimmer.»

Sie führte ihn eine Treppe nach oben und in einen großen Raum, der wirkte, als würde ein sechzehnjähriges Mädchen darin wohnen. Zwei Stunden lang sahen sie gemeinsam Fotoalben an und Mrs. Garner erzählte von ihrer Tochter, aus ihrer Schulzeit, von ihrer ersten großen Liebe, der sie sitzen gelassen hatte, von ihren Berufswünschen und Träumen. Doch leider gab es tatsächlich nichts, was helfen könnte, ihre Aussagen vor Gericht gegen Jake Thompsen zu untermauern.

Seufzend stand Sam auf. «Ich muss mich auf den Rückweg machen. Danke, dass sie mir so viel von Ihrer Tochter gezeigt haben.»

«Es tut mir leid, dass wir Ihnen nichts Verwertbares gegen diesen Kerl geben konnten.»

Sam zuckte mit den Schultern. «Der Gerichtstermin ist übermorgen. Sie waren meine letzte Hoffnung, dass die Gerechtigkeit doch noch siegen könnte. Jetzt bleibt uns nur noch, auf ein Wunder zu hoffen.»

*

«Hiermit wird Mr. Jake Thompsen von allen Vorwürfen freigesprochen. Die Verhandlung ist geschlossen.» Der Hammer fiel auf den Holzblock und der Richter erhob sich, um den Saal zu verlassen. Sam und Sophia blieben sitzen und beobachteten, wie Lea und Thompsen sich umarmten.

Nicht mal eine halbe Stunde hatte die Sitzung gedauert, denn

Jakes Anwalt und der Staatsanwalt hatten sich im Vorfeld bereits geeinigt.

Die Türen des Saals wurden geöffnet und die Blitzlichter einiger Fotojournalisten flammten auf.

Jake lächelte. Er legte den Arm um Lea und beantwortete Fragen. Sam verstand nichts von dem, was gesprochen wurde, aber es interessierte ihn auch nicht. Machtlos und geschockt musste er hinnehmen, dass er seine beste langjährige Freundin an einen Mann verloren hatte, der ein Frauenschänder und Soziopath war.

Er wollte zu Lea hinlaufen, sie greifen und aus dem Gericht zerren, sie schütteln und zur Vernunft bringen, doch das war natürlich nicht möglich. Als sie den Gerichtssaal betreten und ihn auf den Zuschauerbänken gesehen hatte, hatte sie ihn nicht mal begrüßt, sondern gleich weggesehen. Sie wollte nichts hören, sie wollte Thompsen glauben. Hoffentlich würde sie das nicht eines Tages bitter bereuen.

«Komm.» Sophia stand auf und stupste gegen seinen Arm. «Es ist vorbei. Lass uns hier verschwinden.»

Sam nickte und erhob sich ebenfalls. Sie verließen das Gerichtsgebäude und beobachteten, wie Lea mit Jake von Journalisten umringt wurde.

«Was planen sie für ihre Zukunft, Mr. Thompsen», fragte einer.

«Als Erstes überrasche ich meine Retterin.» Er zog Lea mit einem breiten Grinsen dicht an sich heran und küsste ihre Stirn, «Wir machen eine Weltreise. Tickets und Hotels sind gebucht. Morgen gehts ab nach Europa!»

«Wann genau fliegen Sie?», fragte einer und Thompsen lachte. «Wir fliegen nicht, wir segeln auf einer Privatjacht. Der Rest ist geheim.» Lea riss die Augenbrauen hoch. Anscheinend hatte sie tatsächlich keine Ahnung von Jakes Plänen.

Er beantwortete weitere Fragen, dann stiegen sie beide mit seinem Anwalt in ein Taxi. Als die Autotüren zuschlugen, hatte Sam das Gefühl, seine einst beste Freundin für immer verloren zu haben.

*

«Du hast eine Reise geplant? Einfach so? Ich wollte wieder anfangen zu arbeiten!»

Kaum war die Wohnungstür hinter ihnen geschlossen, brach der Ärger aus Lea heraus, doch Jake lachte nur. «Beruhige dich, Sweetheart. Ich wollte nur, dass die Presseleute uns in Ruhe lassen. Hätte ich die Wahrheit gesagt, würden sie uns in den nächsten Wochen Tag und Nacht wie ein Mückenschwarm verfolgen. So wird es eine Weile dauern, bis sie merken, dass ich sie reingelegt habe.»

Leas Schultern sackten herab. Sie schüttelte den Kopf. «Du hättest mich vorwarnen können.»

Lachend zog er sie in eine feste Umarmung. «Tut mir leid. Die Idee kam spontan, als sie uns vor dem Gerichtsgebäude umlagerten.» Er umfasste ihr Gesicht und küsste sie. «Lass uns zu meiner Jagdhütte rausfahren. Ich muss sowieso noch einige Sachen dort abholen und Strom und Wasser im Haus abstellen, damit die Leitungen nicht kaputt frieren, wenn das Haus den ganzen Winter leer steht. Wir könnten unseren Sieg feiern und noch einmal ein Wochenende lang die Ruhe in der Natur genießen, bevor der Alltag losgeht. Was hältst du davon?»

Seine Iriden schienen dunkler zu werden und sein Lächeln löste ein erregendes Vibrieren in ihrem Unterleib aus. Die Aussicht auf ein ungestörtes Liebeswochenende im Wald war tatsächlich sehr verführerisch. «Okay», flüsterte sie.

*

Seufzend ließ sich Sam an seinem Schreibtisch in der Redaktion nieder. Rechts und links häuften sich Briefe, ausgedruckte Emails und Notizen, die ihm Kollegen in den letzten Wochen auf den Tisch gelegt hatten.

Weil Lea und der Fall Thompsen jeden seiner Gedanken bestimmt hatten, hatte er nichts davon Beachtung geschenkt. Umsonst. Trotz aller Mühen war es ihm nicht gelungen, neue Beweise gegen Thompsen zu finden. Nun war die Verhandlung vorbei und das Schwein rehabilitiert. Sam hatte es Sophia überlassen, den Artikel über das Urteil zu schreiben. Er selber hätte in diesem Fall nicht objektiv berichten können. Bei der Erinnerung an Lea, die ihn im Gerichtssaal nicht mal angesehen hatte, erwachte der Hass gegen Thompsen mit frischer Energie, aber Sam verbot sich jeden weiteren Gedanken daran. Es wurde dringend Zeit, wieder ein normales Leben zu beginnen, wenn er nicht doch noch seinen Job verlieren wollte.

Er zog sich den ersten Papierstapel näher und begann, ihn zu sortieren. Nach einer Weile öffnete jemand die Tür und Sam sah auf. Steven schlenderte herein. Er nickte beifällig. «Sieht so aus, als ob du deinen Job wieder wahrnimmst.»

Sam nickte stöhnend. «Ich werde dir nie vergessen, dass du mir so lange den Rücken freigehalten hast. Danke.»

Steven winkte ab. «Es hätte ja auch eine wirklich gute Story dabei herauskommen können.»

«Ist es aber nicht.»

Steven ließ sich auf einen der Besucherstühle fallen und zuckte mit den Schultern. «Man kann nicht immer Erfolg haben. Was hat Lea jetzt vor? Arbeitet sie wieder?»

«Das glückliche Paar geht auf Weltreise. Das haben sie nach der Verhandlung erzählt. Wer weiß, ob sie überhaupt noch mal als Journalistin aktiv wird. Sie ist total verändert.»

Sam räumte weiter und die meisten Zettel wanderten direkt in den Papierkorb, doch plötzlich hielt er einen Umschlag in der Hand, der ihn stutzen ließ. Das sah nach privater Post aus. Warum erreichte ihn so ein Brief in der Redaktion? Sein Name und die Adresse waren per Tinte notiert worden und es wirkte so, als hätte eine alte Person mit zittrigen Fingern sie geschrieben.

Er drehte den Umschlag um und wieder zurück. Er war noch verschlossen. Als er den Absendernamen las, runzelte er die Stirn. Der Brief war von der Kirchengemeinde in Stony Folk.

«Fuck.»

«Was ist?»,fragte Steven. Sam antwortete nicht, stattdessen riss er den Brief auf, zog den Inhalt heraus und faltete ihn auseinander. Es waren zwei Seiten und ein auf grauem Papier gezeichneter Plan. Er überflog die geschriebenen Inhalte.

«Verflucht!»

«Was ist das?»

«Ich hatte doch nach den Besitzverhältnissen von Thompsens Jagdhütte geforscht. Hier schreibt mir eine Mrs. Meyers, dass William Brooks, der Rancher, mit dem ich im Naturschutzgebiet zutun hatte, sie darum gebeten hat, die alten Kirchenbücher durchzusehen und mir die Besitzurkunde des Grundstücks zu schicken. Das ist das Ergebnis. Lies selbst.» Er reichte Steven das Blatt Papier und zückte sein Handy. «Leg die Urkunde und den Lageplan auf den Tisch, damit ich beides abfotografieren kann.»

*

Am späten Nachmittag erreichten Lea und Jake die Jagdhütte. Als sie aus dem Auto stiegen, sah Lea sich um. Jakes schwarzer Pick-up stand vor der Tür. Er wirkte verstaubt und Laub hatte sich auf der Ladefläche gesammelt. Immerhin war es einige Wochen her, dass sie mit Sam und Sophia nach New York gefahren waren.

«Deinen Wagen kannst du verkaufen, ein Pick-up in der Familie reicht», sagte Jake und deutete auf sein neuwertiges Fahrzeug, während er um das alte Auto von Lea, mit dem sie hergefahren waren, herumging und die Stufen zur Veranda emporstieg.

«Kommt gar nicht in Frage. Ich liebe mein Auto!»

Er lachte und schloss auf.

Sie folgte ihm und betrat hinter ihm die Hütte. Erinnerungen an ihre wochenlange Abgeschiedenheit tauchten auf. Was für ein krasser Gegensatz zu New York und ihrem Leben dort. Sie freute sich darauf, endlich wieder zu arbeiten, Menschen zu treffen, unterwegs zu sein, doch ab und zu ein Wochenende zur Entspannung hier in der Wildnis wäre sicher auch nicht schlecht.

«Willst du die Jagdhütte behalten?», fragte sie, während er im Kamin ein Feuer anzündete, damit es schnell warm wurde.

Lea sah durch die massiven Eisengitter aus dem Fenster. Es war längst dunkel, da wirkte der dichte Wald fast unheimlich.

Jake zuckte mit den Schultern. «Ich habe noch nicht darüber nachgedacht.»

Leas Handy piepte. Ups?

Obwohl sie sich gleich nach ihrer Ankunft in New York ein neues Telefon besorgt hatte, war sie es nicht mehr gewohnt, angerufen zu werden. Und wieso hatte sie überhaupt Handyempfang? Während sie sich die Frage stellte, konnte sie sie auch schon selbst beantworten. Jake hatte ja während ihres Aufenthalts in der Hütte gelogen, um sie davon abzuhalten, Kontakt zur Außenwelt aufzunehmen.

Plötzlich fühlte sich der Gedanke mies an. Natürlich hatten sie inzwischen ausführlich über seine Motive gesprochen, er hatte sich für seine Lügen entschuldigt, er hatte ja nur Zeit gewollt, damit sie ihn kennenlernen sollte. Doch wann hätte er die Wahrheit gesagt, wenn Sam und Sophia nicht gekommen wären? Wäre sie dann immer noch hier bei ihm eingesperrt?

Mit einem unwilligen Kopfschütteln zog sie das Handy heraus. Blöde Gedanken. Und überflüssig. Jetzt war ja alles gut.

Das Display zeigte den Eingang einer Textnachricht von Sam. Wollte er sich entschuldigen? Sie öffnete die App.

Hi Lea, ich weiß, du willst es nicht wissen, aber lies bitte trotzdem bis zum Ende. Soeben habe ich in meinem Poststapel auf dem Redaktionsschreibtisch einen Brief von der Kirchengemeinde in Stony Folk gefunden. Er enthielt die Kopie eines Eintrags des alten Kirchenbuches mit einem Lageplan. Sie betrifft das Grundstück, auf dem Thompsens Hütte steht. Ich habe sie für dich abfotografiert. Ruf mich bitte an! Du kannst mich jederzeit erreichen.

Lea presste die Lippen fest zusammen. Sam traute Jake immer noch nicht. Nicht mal der Freispruch des Gerichts hatte seine Meinung geändert. Sie wollte das Handy schon wieder wegstecken, doch dann las sie die Nachricht nochmal. Eintrag im Kirchenbuch über die Jagdhütte? Warum schickte er ihr davon ein Bild? Sie klickte auf die Fotos, um sie zu vergrößern, und überflog die Zeilen und den Lageplan. Ihr Blick blieb am Namen des Eigentümers hängen. Der Schreck jagte elektrische Reize durch ihre Nervenbahnen, die sie zusammenzucken ließen. Da stand Vittorio Lorenzo.

Plötzlich fühlten sich ihre Handflächen klebrig feucht an. Vittorio Lorenzo war Matteo Lorenzos Großvater. Sie kannte den Namen, irgendwann während ihrer jahrelangen Nachforschungen über ihn, seine Firmen und seine Familie, war sie darauf gestoßen.

Dieses Grundstück hatte Lorenzos Familie gehört? Hatte? Oder tat es das immer noch? Ein dicker Kloß bildete sich in ihrer Kehle. Hatte diese Information etwas zu bedeuten oder war es nur ein total bescheuerter Zufall.

«Jake?» Ihre Stimme klang kratzig und sie musste sich räuspern.

«Ja?» Er pustete in die kleine Flamme im Kamin, um das Feuer schnell größer zu machen.

«Wann hast du diese Hütte gekauft?»

«Ich habe sie von meinem Vater geerbt.»

«Warum konntest du dich hier verstecken, wenn das Grundstück auf deinen Namen eingetragen ist? Warum haben dich die Cobs hier nicht gesucht?»

Stille. Er richtete sich auf und drehte sich um.

«Warum fragst du?»

«Wusstest du, dass dieses Grundstück mal dem Großvater von Matteo Lorenzo gehört hat?»

Seine Wangenmuskeln zuckten und seine Augen wurden schmal. «Wer sagt das?»

«Sam. Er hat mir einen Ausdruck des alten Kirchenbuches und einen Ausschnitt einer Landkarte dazu geschickt.»

Jaks schlenderte auf sie zu. Seine Mimik war undurchdringlich. Plötzlich kroch Lea eine Gänsehaut den Nacken hinauf und der Drang, zu fliehen, überfiel sie. Reflexartig trat sie einen Schritt zurück. «Jake?»

«Der Arsch kann es nicht lassen, was?» Aus seiner Stimme war die Wärme und Vertrautheit verschwunden. «Eigentlich dachte ich, wir könnten noch eine Weile Spaß haben, aber diese penetrante Nervensäge gibt ja keine Ruhe.»

Bevor Lea den Sinn seiner Worte erfasst hatte, riss er ihr das Handy aus der Hand und warf es fort. Es knallte mit einem lauten Scheppern auf den Holzboden. Er packte sie an einem Oberarm, drehte sie und legte seinen Unterarm um ihre Kehle, während er ihr den rechten Arm schmerzhaft auf den Rücken verdrehte. Alles ging so schnell, dass sie nicht reagieren konnte.

Er zerrte sie vor den versteckten Wandschrank neben dem Fernseher.

Sie schrie und versuchte, sich zu wehren, doch er war viel stärker als sie. Rüde ruckte er ihren Arm noch ein Stück höher und sie glaubte, in ihrer Schulter das Ächzen der Sehnen und Gelenkbänder zu hören. Er öffnete die Schranktür, zerrte das Klebeband heraus und drückte sie bäuchlings auf den Boden.

Minuten später hatte er ihre Handgelenke auf ihrem Rücken fest verschnürt. Sie brüllte weiter und kämpfte mit ganzer Kraft, doch er kniete sich über ihre Beine und fesselte auch ihre Füße. Sie war wehrlos.

«Miese Schlampe!», fluchte er, ließ sie los, richtete sich auf und versetzte ihr einen Tritt in den Bauch. «Halt dein Maul, das Gewinsel nervt und hier hört dich sowieso niemand.»

Lea hustete und krümmte sich, zerrte verzweifelt an den Fesseln, doch die gaben nicht nach, sondern drückten nur noch fieser in ihre Haut. Der Schmerz und die Erkenntnis, sich in ihm getäuscht zu haben, machten sie fassungslos. Keuchend gab sie auf, drehte den Kopf und beobachtete ihn.

«Verfluchte Journalistenbrut!», motzte Jake und fegte in einem Anfall von Aggression die Kaffeemaschine vom Küchentresen. Lea zuckte zusammen.

Einen Moment war es still, dann trat er wieder vor sie, verschränkte die Arme vor der Brust und sah auf sie hinab. Sie starrte ihn an und war immer noch nicht fähig, einen Satz zu formulieren.

Seufzend hockte er sich hin und griff an ihr Kinn. «Du bringst meine Pläne durcheinander, Sweetheart. Warum müsst ihr Reporter immer so misstrauisch sein. Wir hätten noch ein paar nette Wochen haben können, aber nun muss ich dich früher loswerden, als geplant.»

«Wie meinst du das?», flüsterte sie.

«Du kannst nicht am Leben bleiben, Schätzchen. Schade. Wirklich schade. Ich hatte dich verletzt und mit Hilfe der Psychopillen so gut im Griff, aber du entgleitest mir schon wieder viel zu schnell. Die Großstadt tut dir nicht gut.» Er rieb sich das Kinn. «Eigentlich wollte ich Gras über die Sache wachsen lassen, noch eine Weile nett mit dir zusammen sein, und dann einen Unfall inszenieren, doch dein blöder, sturrer Freund heizt dein Misstrauen zu sehr an. Das wird mir zu gefährlich, und deshalb werde ich mich eher von dir trennen müssen. Ich kann nicht riskieren, doch noch im Knast zu landen.»

Er richtete sich auf und ließ sich auf einen Sessel fallen.

Leas Herzschlag trommelte bis in ihren Kopf hinein, trotzdem arbeitete ihr Verstand endlich wieder messerscharf. Es war, als hätte jemand einen Nebelschleier von ihren Augen gerissen, durch den sie wochenlang die Welt nur verschwommen wahrgenommen hatte. Sie zwang sich, sich zu konzentrieren. Sie musste mit Jake reden. Zeit schinden. Wenn sie sich nach der Textnachricht nicht bei Sam meldete, würde er vielleicht kommen, um sie zu retten. Der Gedanke war ein Strohhalm, an den sie sich klammern konnte. Sie durfte auf keinen Fall total durchdrehen. Das Einzige, was ihr jetzt noch helfen konnte, war Nervenstärke. «Lass mich laufen. Ich werde niemandem etwas sagen und du kannst verschwinden», stieß sie hervor.

Er lachte trocken. «Keine Chance, Süße. Ich habe einen Deal mit meinem Freund Matteo, und der schließt dein Ableben mit ein.» Er stand auf und seufzte. «Am besten verschaffe ich dir nachher, wenn es ganz dunkel ist und sicher keine Wanderer mehr unterwegs sind, ein Bad im Pine Creek. Ein Unfall beim Spazierengehen in der Dämmerung kann hier leicht passieren, wenn man die schmalen Pfade an den Ufern benutzt. Soll mal jemand was anderes beweisen.»

Lea schluckte. «Ich versteh das alles nicht. Warum tust du das?»

Er hob eine Hand und zeigte in einer Kreisbewegung durch die Hütte. «Varantes hat gut recherchiert. Dieses feudale Gebäude gehört tatsächlich seit Generationen Lorenzos Familie. Matteo hat mir geholfen, dich in die Finger zu bekommen. Ich war in der alten Fabrik dabei, Süße. Wir haben deine Finger- und Fußknochen gebrochen, damit du eine Weile lang auf meine Hilfe angewiesen warst. Auf diese Weise habe ich deinen Panzer geknackt und dich dazu gebracht, mich an dich ranzulassen.» Er strich ihr mit den Fingern über die Wange. «Der Sex mit dir war übrigens nicht schlecht, ich hätte ihn gern noch etwas länger genossen.» Lea wurde übel. Sie drückte den Kopf zurück, um sich seiner Berührung zu entziehen. Lachend richtete er sich auf. «Du hast Matteo in den letzten Jahren ganz schon genervt, Schätzchen, und es wurde immer aufwendiger für ihn, dafür zu sorgen, nicht angeklagt zu werden. Agent Miller hat wegen dir nicht schlecht verdient. Er wird dich vermissen.»

Leas Gedanken rasten. Miller stand auf Lorenzos Gehaltsliste? Jake und Lorenzo kannten sich? «Wieso hast du mit Lorenzo zutun? Woher kennst du ihn?»

Jake öffnete die Tür vom Bad und verschwand darin. Lea hörte, wie der Wasserhahn der Badewanne aufgedreht wurde, dann kehrte er zurück. «Während der Untersuchungshaft lernte ich im Knast ein paar von Lorenzos Jungs kennen. Eigentlich war es nur ein ganz simpler Handel. Seine Leute halfen mir bei der Flucht, dafür sollte ich dich umbringen, damit du ihn nicht mehr ärgerst. Eigentlich hatte ich vor, Judy dazu zu bringen, ihre Aussagen zu revidieren, doch als ich dann hören musste, dass sie sich umgebracht hat, beschloss ich, dich noch nicht zu töten, sondern erst dazu zu bringen, für meine Rehabilitation zu sorgen. Du warst der Schlüssel zu meiner Freiheit, ich musste dich nur in meine Finger bekommen und eine Weile für mich alleine haben. Der Plan, den Matteo und ich uns dann ausdachten, war perfekt. Das musst du zugeben. Der Deal war meine Rehabilitieren und gleichzeitig solltst du vor den Behörden unglaubwürdig werden, damit sämtliche Verdächtigungen gegen Matteo vom Tisch sind. Wir haben das Ganze sehr sorgfältig geplant, und es hat ja auch geklappt. Wir haben bloß nicht einkalkuliert, dass dieser Widerling Varantes ein dermaßen sturrer Hund ist.»

Er ging wieder ins Bad und das Wasser wurde abgestellt. Stille.

Jake kehrte zurück. «Auf gehts, Lea. Ich verspreche dir, es wird nicht lange dauern. Ertrinken geht ziemlich schnell.»

«NEIN! HÖR AUF! LASS MICH!»

«Tut mir leid, Babe. Ich kann kein Risiko eingehen. Du musst tot sein, bevor ich dich in den Fluss werfe und falls sie deine Leiche finden und eine Autopsie vornehmen, sollte Wasser in deiner Lunge sein.»

Er packte ihre Oberarme, zerrte sie halb hoch und schleifte sie ins Bad. Als Lea die gefüllte Wanne vor sich sah, rastete sie aus. Sie schrie, so laut sie konnte, und ihr Körper bebte und arbeitete in den

Fesseln.

«Nun hör schon auf zu brüllen, das nützt dir sowieso nichts», motzte er, doch sie schrie weiter, bis er sie im Genick packte und ihren Kopf untertauchte.

Lea presste die Lippen zusammen und kämpfte mit aller Kraft gegen seinen festen Griff, ihr Herz donnerte immer härter im Brustkorb und ihre Lunge fühlte sich an, als ob sie platzen würde. Das Weiß der Wannenwand schien sich in den Wellen aufzulösen. Vor ihren Augen blitzen Sterne auf. In ihren Ohren rauschte es. Das war das Ende. Sie hatte keine Chance.

15

Plötzlich verschwand der Druck von oben und Leas Körper fühlte sich federleicht an. Durch das Rauschen in ihren Ohren hörte sie ein dumpfes Poltern. Ein heftiger Sog setzte ein, der sie in die Höhe zog und in die Luft zu schleudern schien. Sie rutschte halb rückwärts, halb zur Seite und spürte harten Boden unter ihrem Körper. Ihre Augen klappten auf, Judy Garner beugte sich über sie, und ihr Konturen waren von einem hellen Lichtstrahl umgeben. Das konnte nur eins bedeuten. Jake hatte gewonnen. Es war vorbei. Sie war tot.

Während die Erkenntnis, dass sie im Jenseits gelandet war, den letzten Rest ihres Kampfgeistes entweichen ließ, schüttelte sie irgendetwas und drehte sie rabiat auf den Bauch. Jemand riss ihren Mund auf, sie keuchte, bekam aber keine Luft, sie spürte Brechreiz und ein widerlicher schmerzhafter Husten setzte ein. Ihr Brustkorb schien zu explodieren, brennender Schmerz verdrängte alle anderen Wahrnehmungen. Sie erbrach Wasser, keuchte, lechzte nach Luft und das Rauschen in den Ohren wurde leiser.

«So ist es gut, raus mit dem Scheiß», lobte eine Frauenstimme. Lea spürte ihren gefesselten, schmerzenden Körper und begriff, dass sie am Leben war.

Sie japste nach Luft und allmählich normalisierte sich ihre Atmung. Sie hörte ein Ratschen und registrierte, dass ihre Hände und Füße befreit wurden. Sofort versuchte sie, sich aufzurappeln, und Griffe um ihre Oberarme unterstützten sie dabei. Sie drehte sich und kam zum Sitzen.

«Gehts wieder?», fragte die Frauenstimme und Lea sah auf. Fasziniert starrte sie ihre Retterin an. Es war immer noch Judy Garner. Sie hatte kürzer Haare als damals und wirkte kräftiger, aber ihre Gesichtszüge waren unverkennbar. «Du ... Du ... Was ... Wieso ...»

«Keine Angst, ich bin kein Geist.»

Lea schüttelte den Kopf, um den letzten Rest Benommenheit aus ihrem Verstand zu bannen. «Du lebst?»

«Yes. Gesund und munter.»

Judy wischte ihr mit einem Handtuch das Gesicht ab. Lea schob es beiseite. Sie runzelte die Stirn und sah nach rechts und links, um sich zu vergewissern, dass sie sich tatsächlich in der realen Welt befand. Sie entdeckte Jake und zuckte zusammen. Unwillkürlich entkam ihr ein Keuchen aus dem Mund, das sich fast wie ein Wimmern anhörte.

Er lag seltsam verkrümmt neben dem Waschbecken und rührte sich nicht.

«Ist er ...?»

«Ja. Das Schwein ist mausetot. Kannst du aufstehen?»

Wie hypnotisiert starrte Lea auf den Körper des Mannes, den sie geliebt hatte und der plötzlich zu einem Monster mutiert war. Er lag tot vor ihr, aber sie konnte die Realität trotzdem noch nicht begreifen. Es war einfach zu viel.

Judy tätschelte ihre Wange. «Hey! Bist du okay?»

Lea nickte, während sie weiter Jakes reglosen Körper anstarrte.

«Sieh mich an!», forderte Judy. «Du lebst! Er kann dir nichts mehr tun.»

Wieder konnte Lea nur nicken.

«Du bist immer noch ganz bleich. Greif zu, ich helfe dir hier raus.» Sie packte Leas Hände und zog ihren Körper hoch. Als Lea stand, entdeckte sie den Blutfleck unter Jakes Hinterkopf, der sich unaufhörlich kreisförmig ausbreitete. Sie stieß ein Keuchen aus. «Du hast ihn erschlagen?»

«Nein. Wenn man es genau nimmt, hat er Selbstmord begangen.» Judy drängte Lea ins Wohnzimmer und drückte sie rückwärts auf einen Sessel. «Setz dich erstmal.»

Plötzlich musste Lea schrill kichern. «Das ist verrückt. Ich lebe. Du lebst. Der Mann, den ich dachte, zu lieben, wollte mich wie eine Katze ersäufen. Das ist doch nicht real! Ich phantasiere!»

«Es ist real.» Judy trat zur Haustür, die weit offen stand, und schloss sie.

Aus dem Kichern wurde Schnaufen, bei dem Lea viel zu wenig Luft in die Lungen bekam. Ihre Hände begannen, wild zu zittern. «Ganz ruhig, das ist nur das Adrenalin, es wird gleich besser. Versuche, gleichmäßig zu atmen.» Lea konnte nicht antworten. Ihre Lunge schien verschlossen zu sein, sie japste nach Luft. Judy beugte sich herab und packte sie an den Schultern. «Es ist alles gut. Ausatmen, Lea. Du musst loslassen und ausatmen. Sieh mich an, wir machen es gemeinsam.» Sie ließ mit einem lauten Zischen langsam die Luft aus ihrem Mund und Lea bemühte sich, sie nachzuahmen. Natürlich. Das war die richtige Maßnahme gegen eine Panikattacke. Das wusste sie doch selber. Einatmen und zischend ausatmen, einatmen und zischend ausatmen. Nach einer Weile wurde es besser und Judy nickte zufrieden. «So ist es gut.» Sie hockte sich auf den niedrigen Couchtisch.

«Danke», flüsterte Lea, deren Körper immer noch zitterte. Sie wischte ihre schweißnassen Hände an der Jeans ab und lehnte sich erschöpft zurück. Plötzlich schossen ihr Tränen in die Augen und flossen ihre Wangen herab, als hätte jemand einen Hahn aufgedreht. Judy strich ihr lächelnd über den Arm. «Heul ruhig ne Runde, dann gehts dir gleich besser.»

Lea schüttelte den Kopf und wischte sich über die Wangen. Sie atmete tief durch. «Er wollte mich killen. Einfach so!»

«Ja, so war er. Gefühle kannte der nicht, nur für sich selbst. Kannst du wieder normal atmen? Panikattacken sind was Übles. Damit kenne ich mich aus. Ich hatte monatelang welche, immer wenn ich auf der Straße einen Typen sah, der Jake nur ansatzweise ähnelte. Jedes Mal dachte ich, er hätte mich gefunden und würde mich wieder in seine Gewalt bringen.»

Lea nickte. «Ich bin in Ordnung.» Sie schüttelte den Kopf. «Ich versteh das alles immer noch nicht. Wie konntest du ihn überwältigen?»

Judy deutete auf den Stapel Holz neben dem Kamin. «Ich habe ihm eins von den Scheiten über den Schädel gezogen, was anderes fand ich in der Eile nicht. Daraufhin ließ er dich los und wollte sich auf mich stürzen, aber durch meinen Angriff kam er aus dem Gleichgewicht und fiel rückwärts. Er knallte mit dem Genick auf den Rand der Marmorkante des Waschtisches. Das war's.» Sie schüttelte sich. «Ein fieses Geräusch, sag ich dir.»

«Das ist irre!», zur Abwechslung musste Lea mal wieder loskichern, doch ein neuer Hustenanfall erzeugte ein fieses Brennen in ihrer Kehle und frische Tränen rollten ihren Wangen hinab. «Oh, fuck», stöhnte sie heiser.

Judy stand auf, ging in die Küchenecke und füllte ein Glas mit Wasser. Fasziniert sah Lea zu. «Wie kommst du auf einmal hierher? Ich denke immer noch, du bist ein Geist», krächzte sie mühsam. «Warum bist du nicht tot? Und woher wusstest du, dass ich mit ihm hier bin?»

Judy reichte ihr das Glas. «Trink in kleinen Schlucken, damit deine Kehle sich erholt.»

Lea gehorchte und die Kühle des Wassers linderte das Brennen in ihrem Hals.

Judy setzte sich auf die Couch und schob mit einer knappen Bewegung ihre nur noch schulterlangen Haare hinter die Ohren. «Als ich nach dem Prozess hörte, dass Jake geflohen war, wusste ich, er würde sich an mir rächen wollen. Deshalb bin ich offiziell gestorben» Sie lächelte. «Durch das Zeugenschutzprogramm bekam ich eine neue Identität. Das war ein Segen für mich. Nur meine Eltern wussten, wo ich mich aufhielt. Vorgestern war dein Freund Sam Varantes bei Mom und Dad. Er erzählte ihnen von dir, dem Wiederaufnahme-Verfahren und dass Jake freikommen würde. Mein Dad war dagegen, aber Mom wusste, was richtig war. Sie rief mich spät abends an. Erst wollte ich mich feige raushalten und in meinem Versteck bleiben, denn meine

Angst vor diesem Mistkerl», sie warf einen Blick in Richtung Bad, «war wirklich riesengroß. Aber es ließ mir keine Ruhe. Du hast mich damals aus seinen Fängen befreit und ich wusste so genau, wie es dir jetzt ergeht, wie raffiniert dieses Monster agiert, um den Willen einer Frau zu beeinflussen. Ich konnte dich nicht hängen lassen. Ich rang mich dazu durch, nach New York zu fahren und im Prozess noch einmal auszusagen, doch als ich ankam, war die Verhandlung schon vorbei.» Sie seufzte. «Ich habe euch beobachtet, als ihr aus dem Gericht kamt und Jake den Journalisten erzählte, ihr würdet auf eine lange Reise gehen. Du hast zu ihm aufgesehen, als wäre er ein Gott. Mir war klar, dass du in Lebensgefahr schwebst, denn er brauchte dich nicht mehr. Er hatte ja sein Ziel erreicht und die Ankündigung einer Weltreise mit einer privaten Yacht passte ins Bild. Ich bin euch mit meinem Auto gefolgt, erst zu deiner Wohnung, dann raus aus der Stadt. Ich habe die ganze Zeit auf eine Gelegenheit gewartet, dich allein zu erwischen, um dich aus seiner Nähe zu bringen. Aber ihr habt ja nicht mal eine Pinkelpause an einer Tankstelle gemacht.

Als ihr in das Naturschutzgebiet eingebogen seid, musste ich zurückbleiben, um nicht aufzufallen. Ich habe das Auto stehenlassen und bin zu Fuß weitergeschlichen. Dann habe ich dich brüllen hören und bin losgerannt. Keine Sekunde zu früh.»

Lea stöhnte. «Mein Gott. Was für ein Glück.» Sie rappelte sich auf und öffnete die Arme. «Komm. Ich muss dich mal eben ganz fest drücken.» Judy nahm die Einladung glucksend an und sie umarmten sich. «Danke», flüsterte Lea und schniefte. «Das werde ich dir nie vergessen.»

Judy löste sich von ihr. «Gern geschehen. Ich bin froh, dass ich dir helfen konnte.» Verstohlen rieb sie eine Träne von ihrer Wange und seufzte theatralisch. «Dass wir Frauen auch immer heulen müssen.»

Lea schüttelte den Kopf und wischte die eigenen Tränen ab. «Du bist ganz anders, als früher. So cool.»

Judy grinste. «Das will ich hoffen. Ich habe eine tolle Therapeutin, die mir geholfen hat, wieder ich selbst zu werden. Sie hat mich auch dazu überredet, Selbstverteidigung zu trainieren, das gibt zusätzliches Selbstvertrauen.»

Lea nickte und atmete tief durch. «Die Frau bekommt eine Flasche Champagner von mir. Ich verdanke ihr vermutlich mein Leben.» Sie zupfte an ihrer nassen Bluse herum. «Ich muss mich umziehen.»

Sie ging ins Schlafzimmer, in dem ihre Reisetasche neben dem Bett stand und wechselte das Oberteil. Dann kehrte sie zurück. «Was machen wir jetzt?»

Judy zuckte mit den Schultern. «Ich würde sagen, wir rufen die Polizei.»

Lea rümpfte die Nase. «Keine gute Idee. Matteo Lorenzo hat bezahlte Handlanger bei den Cops. Sie werden uns wegen Mordes anklagen, da bin ich sicher.»

«Wer ist Matteo Lorenzo?»

«Das ist eine lange Geschichte. Ich erzähle sie dir nachher auf der Rückfahrt nach New York.» Ihr Blick fiel auf die Eisengitter vor den Fenstern und sie erinnerte sich daran, dass Jake erzählt hatte, in der Gegend würde oft eingebrochen. Sie nickte zufrieden. «Ich weiß, was zu tun ist. Du musst Deine Fingerabdrücke beseitigen, meine sind egal, dass ich lange hier war, ist ja bekannt. Ich sorge in der Zeit für Chaos. Es muss so aussehen, als ob Jake von Einbrechern überrascht wurde, die ihn auf dem Gewissen haben.»

«Wie du meinst.» Judy nickte und gemeinsam machten sie sich an die Arbeit. Judy wischte akribisch alles ab, was sie berührt hatte und Lea öffnete Schränke, um deren Inhalt auf dem Boden zu verteilen und Geschirr zu zerschmettern.

Schließlich holte Lea ihre Reisetasche und brachte sie zur Tür. «Fertig, wir können los.»

Sie griff sich ihren Autoschlüssel und ihr Blick fiel auf ihr

Handy, das noch dort auf dem Boden lag, wo Jake es hingepfeffert hatte. Sie bückte sich und hob es auf. «Es ist heil geblieben.»

Im gleichen Moment fiel ihr die Message mit dem Kirchenbucheintrag ein. «Ich muss von unterwegs aus Sam anrufen! Er wird sich Sorgen machen und weiß noch nicht, dass Arschloch Miller auf Lorenzos Gehaltsliste steht, er darf ihn auf keinen Fall alarmieren, weil ich mich nicht melde.»

«Miller?»

«Das ist ein Agent beim NYPD.»

Bevor sie die Hütte verließen, zerstörten sie das Schloss der Eingangstür mit einem Beil, das sie im Schuppen fanden.

Die Tür blieb halb offen stehen, als sie zu Leas Auto liefen. Sie drehte sich noch einmal um. Da drin lag der erste Mann, in den sie sich verliebt hatte, der mit seiner Zärtlichkeit und Fürsorge tief in ihrem Herzen eine Tür geöffnet hatte, und es war derselbe, der sie an diesem Tag kaltblütig ermorden wollte. Ein bitterer Geschmack bildete sich auf ihrer Zunge. Zum ersten Mal seit der Nacht in der alten Fabrik spürte sie wieder den Willen und Kampfgeist in sich erwachen, für Gerechtigkeit zu kämpfen.

*

Zum hundertsten Mal sah Sam auf das Display seines Handys. Mittlerweile war es fast dreiundzwanzig Uhr und Lea hatte immer noch nicht reagiert. Kein entgangener Anruf, keine neue Nachricht. Über drei Stunden war es her, dass er ihr das Bild geschickt hatte. Interessierte es sie nicht? Hatte sie es noch gar nicht gesehen, weil sie sich mit ihrem Liebhaber im Bett herumwälzte? Hatte Thompsen ihr eine plausible Erklärung geliefert? Ruhelos lief er in seiner Wohnung auf und ab.

Sophia sah von ihrem Laptop auf. «Setz dich hin, Sam. Sie wird sich nicht eher melden, nur weil du Furchen in deinen Teppich läufst.»

Er ließ sich neben sie auf die Couch fallen. «Du hast recht. Sorry. Ich kann mir einfach nicht vorstellen, dass sie diese Urkunde nicht doch endlich misstrauisch macht.»

«Vielleicht hat sie ihr Handy ausgeschaltet und deine Nachricht noch nicht gesehen.»

Er nickte, aber innerlich protestierte sein Bauchgefühl. Fuck! Er war drauf und dran die Cops anzurufen, aber was sollte er denen erzählen? Schließlich wurden gerade in allen Medien Fotos des glücklichen Paares vor dem Gerichtsgebäude veröffentlicht.

Er sollte damit abschließen. Lea war mit diesem Typen zusammen und blind für alles andere um sie herum. Er sollte sie vergessen und sich auf sein Leben konzentrieren. Wenn doch bloß sein verfluchtes Bauchgefühl endlich Ruhe geben würde.

«Fertig.» Sophia schob den Laptop in seine Richtung und deutete auf den Bildschirm. «Guckst du mal eben meinen Text durch, bevor ich ihn in die Redaktion schicke.»

«Na klar.»

Er zog sich den Laptop näher und begann, zu lesen. Sophia hatte einen Bericht über ein privates Kinderheim für die Wochenendausgabe geschrieben. Er nickte beifällig. Ihr Schreibstil wurde immer präziser, sie hatte das Talent, das Wesentliche einer Story zu erfassen, und sie scheute sich nicht davor, kritisch zu berichten, auch wenn die Gefahr bestand, mächtige Leute zu verärgern. Aus Sophia würde eine gute Journalistin werden.

Als das Handy neben ihm auf dem niedrigen Couchtisch zu vibrieren begann, zuckte er zusammen und griff sofort danach. Es war Lea! Endlich! Hastig drückte er auf den grünen Hörer. «Hey!»

«Hey, Sam.»

Die Erleichterung ließ ihn tief ausatmen. «Fuck, bin ich froh, von dir zu hören. Ich habe mir furchtbare Sorgen gemacht. Alles okay mit dir?»

«Du hattest die ganze Zeit recht.» Im Hintergrund dröhnte

Motorengeräusch und ihre Stimme hörte sich rau an.

«Was ist passiert? Bist du in Sicherheit?»

«Ja. Alles in Ordnung. Hast du der Polizei von dem Kirchenbucheintrag erzählt?»

«Nein.»

«Gott sei Dank.»

«Warum? Was ist los? Warte, ich stelle laut, Sophia sitzt neben mir, sie soll mithören.»

Er tippte auf das Lautsprechersymbol und legte das Handy auf den Tisch. «Okay, kann losgehen.»

«Hi Sophia.»

«Hi, Lea!»

«Lorenzo und Thompsen arbeiten zusammen. Sie haben mich in die alte Fabrik gelockt, damit Jake mich hilflos in seine Finger bekommt und manipulieren kann. Er hat mir auch Drogen verabreicht, die mich die meiste Zeit müde gemacht haben und mir den klaren Verstand raubten. Und Agent Arschloch Josef Miller ist nicht nur ein arroganter Sexist, sondern auch ein Falschspieler, er steht auf Lorenzos Gehaltsliste. Deshalb konnte der Typ sich die ganzen Jahre immer wieder aus dem Netz von Indizien und Beweisen, die ich gesammelt hatte, befreien.»

«Verflucht, was für ein Rattennest!»

Sie lachte hart auf und kämpfte gegen einen Hustenanfall. «Das trifft es auf den Punkt», krächzte sie, als sie sich wieder beruhigt hatte. «Fuck, Sam, es tut mir so leid, dass ich nicht auf dich gehört habe.»

«Vergeben und vergessen, ich bin froh, dass es dir gut geht. Wo bist du?»

«Im Auto unterwegs nach New York.»

«Was ist mit deiner Stimme?»

«Nur ein bisschen gereizt, ich habe etwas zu viel Wasser geatmet und kotzt.»

«Du hast Wasser gekotzt? Wieso? Und wo ist Thompsen?»

«Der liegt tot in seinem Badezimmer. Er hat versucht, mich zu ertränken.»

«WAS?»

«Als ich ihn gefragt habe, was es mit dem Eintrag im Kirchenbuch auf sich hat, ist er ausgerastet. Er hat meinen Kopf in der Badewanne unter Wasser gedrückt und wollte meine Leiche im Pine Creek River entsorgen. Es sollte so aussehen, als wäre ich beim Spazierengehen in den Fluß gefallen und ertrunken. In letzter Sekunde kam Judy Garner und rettete mich.»

Sams Körper zuckte so heftig nach vorne, dass Sophia zusammenzuckte. «Judy Garner lebt?»

Lea gluckste heiser ins Telefon. «Als ich sie das erste Mal sah, dachte ich, ich bin tot und sie erscheint mir als Geist. Aber sie besteht tatsächlich aus Fleisch und Blut. Sie war im Zeugenschutzprogramm. Ihre Mutter hat ihr von deinem Besuch erzählt, daraufhin ist sie nach New York gekommen, um vor Gericht auszusagen, aber als sie ankam, war der Prozess bereits vorbei. Danach ist sie mir und Jake gefolgt. Das war mein Glück.»

«Wow.»

«Ja. Sie hat auf Jake mit einem Kaminholz eingeschlagen, damit er von mir ablässt, daraufhin ist er auf die scharfe Kante vom Waschtisch im Bad gestürzt und hat sich das Genick gebrochen.» Sie hustete erneut hart. «Fuck, tut das weh. Solltest du je auf die Idee kommen, Selbstmord zu begehen, versuche nicht, dich zu ertränken. Das ist ein einziger Horror.»

«O Mann. Lea. Ich bin froh, dass du noch fluchen kannst.»

Sie lachte krächzend. «Ich auch. Hör zu, Sam, was ich jetzt sage, ist wichtig. Wir haben nicht die Polizei gerufen, weil ich befürchte, dass mal wieder Beweise manipuliert werden und man uns nicht glaubt, dass es Selbstverteidigung war. Wenn ich in meiner Wohnung bin, will ich bei der Polizei anrufen und Jake als vermisst melden. Ich werde sagen, dass er nach dem Prozess rausgefahren ist, um das

Blockhaus winterfest zu machen, ich ihn nicht mehr erreichen kann und mich nun sorge. Um damit durchzukommen, brauche für die letzten Stunden ein Alibi.»

«Wir waren zusammen», rief Sophia. «Ich hatte ein stundenlanges Exklusivinterview in deiner Wohnung mit dir.»

«Super.»

«Was ist mit Judy? Wo ist sie jetzt?», fragte Sam.

«Sie fährt in ihrem Wagen hinter mir und wird sich die nächsten Tage in meiner Wohnung verstecken, bevor sie offiziell wieder ihre Identität annimmt.»

«Habt Ihr darauf geachtet, dass es in der Jagdhütte keine Spuren von ihr gibt?»

«Wir sind doch nicht blöd, Purzelchen.»

Sam lachte. «Gott, bin ich froh, meine alte Lea wiederzuhaben.»

*

«Nehmt Kuchen, Mädels.» Lea deutete auf den geöffneten Karton, den Sophia mitgebracht hatte und der immer noch halb voll mit leckerstem Gebäck, Sahnetörtchen und Cup Cakes mitten auf dem Küchentresen stand.

Judy rutschte auf ihrem Barhocker herum und stöhnte. «Ihr mästet mich. Wenn das so weiter geht, kann ich zurück nach Portland rollen.»

«Gibst du jetzt dein neues Leben ganz auf? Du hast doch unter der Scheinidentität bestimmt einen Job und Freundeskreis, oder?», fragte Sophia.

«Ich habe einen Verlagsvertrag und schreibe ein Buch über meine Geschichte mit Jake. Der Verlag wird sich über die neuen Entwicklungen freuen, das macht die Story ja noch deutlich interessanter. Freunde habe ich nicht viele.» Sie zuckte mit den Schultern. «Wer mich unter dem Decknamen kennengelernt hat, wird mich auch als Judy Garner mögen. Da sehe ich kein Problem.»

«Bleibst du in Portland?»

Judy zuckte mit den Schultern. «Mal sehen. Meine Eltern möchten am liebsten, dass ich wieder bei Ihnen einziehe. New York würde mich auch reizen, aber es kommt natürlich darauf an, wie es mit meinem Buch läuft und ob ich danach weiter schreibe oder mir einen Job suchen muss.» Sie sah Sophia an. «Wie ist es mit dir? Gefällt dir das Zeitungspraktikum? Willst du Journalistin werden?»

Sophia grinste. «Ich bleibe auf jeden Fall dabei. Ich werde nächstes Jahr ein Studium beginnen und nebenbei als freie Journalistin interessante Storys aufspüren. So wie Lea. Frei und unabhängig. Das finde ich klasse.»

Lea lächelte. «Ich helfe dir gerne beim Einstieg.»

«Das ist super.»

Lea stupste sie zwinkernd mit dem Ellenbogen an. «Und was ist das zwischen Sam und dir? Die große Liebe?»

Sophia winkte ab. «Wir sind Kollegen, Freunde und im Bett macht es Spaß. Über mehr denke ich nicht nach. Warum muss man eine Beziehung immer gleich in eine Kategorie einordnen, das ist doch bescheuert.» Sie biss herzhaft in ein Cupcake, kaute und schloss mit einem Stöhnen die Augen. «Mhm. Der ist köstlich.»

«Wer? Sein Schwanz.»

Judy grölte los und Sophia verschluckte sich am Kuchen.

«Der auch», stöhnte sie, als der Hustenanfall vorüber war, und sie lachten alle.

«Verflucht, ist das nett mit euch.» Judy grinste. «Nicht zu glauben, dass wir uns erst zwei Tage kennen.»

Sophia Augenbrauen zuckten hoch. «Ihr kennt euch doch schon viel länger.»

Lea winkte ab. «Damals war Judy nicht sie selbst.» Sie nickte ihr zu. «Ich kann jetzt, nachdem es mir selbst passiert ist, noch viel besser verstehen, warum du auf Jake reingefallen bist. Der Typ war wirklich ein Weltmeister auf dem Gebiet der Manipulation. Heute Nacht habe ich wieder geträumt, dass er mich ertränken wollte und ich fürchte, solche Alpträume werden mich noch lange verfolgen.»

Judy nickte. «Das Schlimmste ist, dass man seiner eigenen Urteilskraft anderen Menschen gegenüber nicht mehr glaubt. Jedem Mann, dem ich begegne, traue ich die gleichen Gemeinheiten zu, wie Jake sie mir angetan hat. Ich werde mich nie wieder verlieben können.»

Lea drückte ihren Arm. «Das verstehe ich besser, als du denkst. Ich bewundere es, wie taff du nach den schlimmen Erlebnissen mit ihm geworden bist. Ab jetzt bleiben wir auf jeden Fall enge Freunde.»

«Willst du dich noch lange bei Lea verstecken?», fragte Sophia.

Judy zuckte mit den Schultern. «Es macht mich misstrauisch, dass es von Seiten der Polizei so still ist.»

Lea nickte. «Das stimmt. Vorgestern Morgen haben sie mir mitgeteilt, dass sie die Leiche gefunden haben. Seitdem ist Ruhe. Wenn sich die Medien nicht auf die Meldung gestürzt hätten, dass Jake tot aufgefunden wurde, könnte man glauben, wir haben das alles geträumt.»

«Stimmt. Warum stand in den Zeitungen nichts von einem Überfall? Warum fahnden sie nicht in den Medien nach den Mördern und suchen möglichen Zeugen. Nicht mal die Todesursache haben sie öffentlich genannt. Dabei war der Genickbruch doch eindeutig.» Judy schüttelte den Kopf. «Ich traue dem Frieden nicht. Es geht alles zu glatt. Haben sie dich überhaupt schon wegen eines Alibis gefragt?»

Lea winkte ab. «Als sie mir den Leichenfund meldeten, habe ich in einem Nebensatz erwähnt, dass ich Sophia ein langes Interview für die Times gegeben habe, und die Presseleute, die hier nach der Todesnachricht vor der Tür lungerten, haben die gleiche Story bekommen.»

«Gestern hat Sam beim NYPD angerufen», erzählte Sophia. «Als er fragte, ob man schon was über die Todesursache wüsste, hieß es, der Fall würde vom Countysheriff bearbeitet und ginge sie nichts an. Das ist doch seltsam.»

Lea schüttelte den Kopf. «Hört auf damit. Wir machen uns zu viele Gedanken. Sie glauben bestimmt, dass es Einbrecher waren, sonst hätten sie doch auf jeden Fall bei Sophia angerufen, um sich mein Alibi bestätigen zu lassen.»

Es klingelte an der Tür. Sophia warf einen Blick auf die Uhr. «Das wird Sam sein, der wollte nach dem Pressetermin in der Börse vorbeikommen.»

Lea stand auf, drückte auf den Summer für die Haustür und öffnete die Wohnungstür einen Spalt. Dann schlenderte sie zurück an den Küchentresen. «Ich setze mal frischen Kaffee auf.»

«Das sieht ja hier nicht unbedingt nach einer Trauerfeier aus.»

Alle drei Frauen starrten ruckartig zur Eingangstür. Nicht Sam kam näher geschlendert, sondern Agent Arschloch Josef Miller. Lea fing sich als erste. Sie ging ihm entgegen.

«Agent Miller, was führt Sie zu mir?»

Er ließ seinen Blick an ihrer Figur herunter und wieder heraufwandern, sah dann an ihr vorbei und stutzte. «Judy Garner?»

Judy räusperte sich. «Richtig. Guten Tag, Agent.»

«Ich denke, Sie sind tot?»

«Ich war im Zeugenschutzprogramm.»

Lea trat zur Seite, sodass Miller sie wieder ansehen musste. «Was kann ich für sie tun, Agent?»

Er grinste. «Die trauernde Pseudo-Witwe sitzt mit ihrer Vorgängerin, einer angeblichen Psychopathin, fröhlich beim Kaffeetrinken? Das ist eine interessante Konstellation.»

«Ist das verboten?», fragte Sophia deutlich angriffslustig.

Millers Augen wurden schmal. «Wer sind Sie denn?»

«Sophia Westfield, ich arbeite ... äh ... bin Praktikantin bei der Times.»

«Das Alibi. Verstehe.»

Lea schnaubte. «Was *verstehen* Sie, Agent?»

Seine Lippen wurden schmal. «Damit kommen Sie nicht durch, Johnson.»

«Ich weiß nicht, wovon sie reden.»

«Zum Beispiel von ihren Fingerabdrücken in Thompsens Jagdhütte.»

Sie lächelte. «Ich habe mehrere Wochen lang in diesem Blockhaus gelebt, Agent.»

«Und sie haben mit ihren angeblich gebrochenen Fingern täglich das Holz für den Kamin gehackt.»

Sie zuckte mit den Schultern. «Nein, aber ich habe das Beil als Gewicht für Kraftübungen benutzt, nachdem die Knochen wieder zusammengewachsen waren.»

«Natürlich.»

«Was wollen Sie mir unterstellen, Agent?»

Er steckte die Hände in die schrägen Taschen seiner Anzughose. «Sie hören von mir.»

Er drehte sich um und machte die ersten Schritte in Richtung Wohnungstür.

«Von Ihnen oder von Ihrem Freund Matteo Lorenzo?», fragte Lea und er stockte.

Er drehte sich um und starrte sie an. Sie wich seinem Blick nicht aus, und sie erkannte deutlich ein nervöses Zucken an seinem rechten Augenlid.

Sie dachte, er würde noch etwas sagen, aber er drehte sich nur abrupt zurück in Richtung Tür und verschwand.

Eine gefühlte Ewigkeit lang beobachteten die Frauen die offene Tür, bis Lea sich zusammenriss, hin marschierte und sie mit Schwung schloss.

«Wieso wissen die von deinen Fingerabdrücken, sie haben doch dir gar keine für den Abgleich abgenommen», fragte Judy.

Lea winkte ab. «Ich habe mal an Lorenzos Limousine eine

Wanze geklebt, dafür haben sie mich dran gekriegt, und deswegen gibt es eine Akte mit meinen Fingerabdrücken.»

«Wenn Du mich fragst, brauchst du ein dreifaches Türschloss, solltest dich bewaffnen und nachts nur noch in Begleitung eines Bodyguards vor die Tür gehen.» Sophia ließ geräuschvoll die überschüssige Luft aus ihrer Lunge heraus. «Du bist definitiv in Gefahr.»

Judy stöhnte. «Verflucht, Lea, warum hast du Lorenzo erwähnt? Jetzt müssen sie dich ja umbringen!»

Lea ließ sich auf die Couch fallen. «Ich habe es so satt, mich von diesen feisten Arschlöchern an der Nase herumführen zu lassen. Ich will, dass das endlich aufhört! Ich will, dass Lorenzo vor Gericht gestellt wird! Ich will, dass korrupte Cops wie Miller suspendiert und angeklagt werden. Ich will nicht, dass noch länger Kinder und Frauen leiden müssen, weil diese Monster so viel Macht haben.»

Judy seufzte. «Mit legalen Mitteln kriegt man die nie.»

Lea rannte zu ihrem Archivschrank und öffnete ihn, zerrte die beiden dicken Ordner mit Informationen über Matteo Lorenzo heraus und knallte sie auf den Tisch. «Dann eben mit Illegalen.»

16

«Du lenkst sie ab, ich greife in ihre Tasche.»

«Alles klar.» Sophia nickte und gleichzeitig liefen sie auf die Treppe zu, die in die Metrostation hinunterführte. «Da ist sie», Lea deutete auf die grauhaarige Frau in dem schwarzen Mantel, die sie verfolgten, seitdem sie ihre Arbeitsstelle verlassen hatte.

Sophia stöhnte. «Hoffentlich hat Lorenzo seine Gewohnheiten nicht geändert. Dann ist das hier alles für die Katz.»

«Bestimmt nicht. Sobald wir unten sind, sprichst du sie an.» Sophia nickte und Lea blieb ein Stück zurück.

Sie musste grinsen, als Sophia begann, die ausländische Touristin zu spielen, die nicht wusste, wie man sich in der New Yorker Subway eine Fahrkarte beschaffte und in welche Linie sie einsteigen musste.

Lorenzos Haushälterin benahm sich so, wie Lea es nach ihren Beobachtungen der letzten Tage erwartet hatte. Sie war sehr freundlich und nahm sich Zeit, um dem jungen Mädchen aus der fremden Stadt die Fahrpläne zu erklären. Lea schlich hinter sie, griff in die sackähnliche Handtasche und fühlte den Schlüsselbund. Sie zog ihn heraus, identifizierte den richtigen Schlüssel, löste ihn vom Ring und steckte das Bund zurück in die Tasche. Fertig.

Fünf Minuten später sprangen sie in Judys Auto, mit dem die Freundin an der Straßenecke gewartet hatte.

«Perfekt!» Zufrieden betrachtete Lea den Schlüssel, während Judy losfuhr. «Und du bist ganz sicher, dass es der richtige ist?»

«Hundertprozentig. Als ich letzte Nacht das Grundstück ausgekundschaftet habe, war ich an der Hintertür und habe gesehen, dass es das alte Schloss war. Da kam mir die Idee. Meine Mutter hatte damals auch einen eigenen Schlüssel für diese Tür und das war genau dieser.» Sie hielt ihn hoch und zeigte auf eine Seite. «Seht ihr diese kleine Kerbe?»

Die beiden anderen nickten. «Klar.»

«Die war schon drin, als meine Mom damals dort Haushälterin war und den Schlüssel an ihrem Bund hatte. Daran habe ich ihn immer erkannt, wenn sie mir ihren Schlüsselbund gab, damit ich den Müll rausbringen konnte.»

Sie sah auf die Uhr. Fahr zu seiner Villa. Wir müssen unbedingt mitbekommen, wann die Security Feierabend macht.

Eine halbe Stunde später parkten sie vor Lorenzos Haus und beobachteten in angespannter Stille das Grundstück.

«Da sind sie.»

Lea nickte. «Wenn Lorenzo abends keine Termine mehr hat, fahren sie immer alle nach Hause. Nur einer von den Typen bleibt auch nachts. Der schläft dann in der Einliegerwohnung im Keller, in der meine Mutter und ich damals lebten.»

«Ganz schön leichtsinnig, bei so einem großen Anwesen mitten in Manhattan», meinte Judy. Lea winkte ab. «Er hat ja überall am Haus Kameras, deswegen fühlt er sich sicher.»

Sophia rutschte auf der Rückbank vor, um zwischen Lea und Judy besser hindurch sehen zu können. Gespannt verfolgten sie, wie das große Tor des Haupteingangs sich öffnete, der Angeberjeep mit den Bodyguards herausfuhr und auf die Hauptstraße abbog, während das Tor sich bereits wieder schloss.

«Los gehts.» Judy startete den Motor und fuhr um den Häuserblock herum zur Rückseite des Grundstücks und dort in eine schmale Seitenstraße.

«Und du bist sicher, dass jetzt auch keine anderen Hausangestellten mehr da sind?», fragte sie.

Lea nickte. «Yes. Er hat seit Jahren nur eine Haushälterin, die täglich tagsüber kommt und eine Putzfrau zweimal in der Woche vormittags.»

«Perfekt.»

Judy parkte das Auto und sie stiegen aus. Während der Fahrt durch die Stadt hatten Lea und Sophia sich umgezogen. Nun trugen sie alle bequeme Joggingklamotten in gedeckten Farben. Im Sportdress fielen sie in der Upper West Side auch im Winter am wenigsten auf, denn hier joggten ständig Anwohner, schließlich war der River Side Park nicht weit. Und unter den gefütterten Jacken ließen sich die Waffen gut verstecken. Im gemütlichen Trab liefen sie los. Nach einer Weile zeigte Lea nach vorne. «Das ist das Nachbargrundstück, bei dem wir über den Zaun müssen.»

Die anderen beiden nickten stumm. Jetzt wurde es ernst. Keiner war mehr zum Scherzen zumute.

Sie erreichten die Stelle, sahen sich kurz um und kletterten über den Zaun, der hier leicht zu überwinden war. Lorenzos Nachbarn schienen sich nicht von Einbrechern zu fürchten.

«Rechts lang, da ist die Hecke, durch die wir durch können.»

Gebückt liefen sie hintereinander über eine Rasenfläche und zwängten sich durch die dünnen winterlich nackten Zweige der Hecke. Nun standen sie auf Lorenzos Grundstück. Lea deutete auf das Haus. «Wir laufen nacheinander rüber und robben uns an der Hauswand entlang zum Nebeneingang.»

Judy zeigte nach oben. «Die Kamera ist an. Siehst du das rote Licht?»

Lea nickte. «Das ist egal. Es ist ja nur der eine Wachmann da und der ist sicher nachlässig. Wer erwartet einen Einbruch um diese Zeit? Es ist ja gerade erst achtzehn Uhr. Er wird nur sporadisch gucken und sich dabei auf die Aufnahmen an der Vorderseite des Hauses konzentrieren. Vom Nachbargrundstück erwartet der garantiert keinen Eindringling. Außerdem laufen wir einzeln rüber direkt zur Hauswand. Da ist ein toter Winkel, wir sind also nur für jeweils zwei Sekunden vor der Linse. Glaub mir, der sieht nichts. Und falls es ganz blöd läuft und ihm doch eine Bewegung auffällt, wird er glauben, es ist die Katze der Nachbarn.»

«Und wenn nicht? Wenn er sieht, dass wir größer als Katzen sind?»

Lea grinste. «Dann ist es auch nicht schlimm. Er wird nicht sofort Alarm schlagen, sondern aus den Fenstern auf die Terrasse sehen, und da er nicht weiß, dass wir ganz zivilisiert durch eine Tür hereinmarschieren, ist es auf jeden Fall ein Überraschungsangriff. Der Typ wird uns keine Probleme machen, da bin ich ganz sicher. Schließlich sind wir drei intelligente Frauen gegen einen dummen Muskelprotz.»

Sophia stieß ein nervöses Kichern aus. «Hoffen wir lieber, dass er uns nicht sieht. Vielleicht hätten wir doch echte Pistolen anstatt dieser Attrappen besorgen sollen.»

«Still jetzt.»

Sie schlichen weiter, liefen nacheinander über den Rasen und trafen sich dicht an die Hauswand gepresst wieder. Lea ging vor, die drei Stufen zum Kellereingang hinab. Sie zog den Schlüssel der Haushälterin aus der Tasche und steckte ihn ins Schloss. Bingo. Die Tür sprang auf. Gespannt warteten sie, ob eine Sirene losging, aber es blieb still. Lea hatte richtig vermutet, so früh am Abend war die Alarmanlage noch nicht eingeschaltet.

«Kommt rein», wisperte sie und winkte den Freundinnen, ihr zu folgen. Sophia als letzte schloss leise die Tür. Im Dämmerlicht einer Notbeleuchtung schlichen sie den Flur entlang zur Treppe ins Erdgeschoss. Lea stockte, ihr Magen zog sich unangenehm zusammen. Es war der Geruch, eine Mischung aus altem Haus, dicken Teppichen, Reinigungsmittel und antiken Möbeln. Er versetzte sie in ihre Kindheit zurück und sie spürte in der Kehle den Reiz, zu würgen. Verflucht! Reiß dich zusammen, motzte sie innerlich mit sich selbst und konzentrierte sich auf ihr Vorhaben.

«Das ist der Eingang zur Einliegerwohnung», wisperte sie und zeigte auf eine Tür neben der Treppe. Sophia und Judy nickten. «Alles klar.» Hierhin wollten sie den Bodyguard bringen, sobald sie ihn in ihrer Gewalt hatten.

In den elastischen Laufschuhen mit Gummisohlen war es kein

Problem, geräuschlos nach oben zu gelangen. Im großrahmigen, hohen Foyer war es still, und die dicken Vorhänge vor dem vorderen zweiflügeligen Haupteingang waren zugezogen. Heute wurde definitiv kein Besuch mehr erwartet. Lea wendete sich dem Flur zu, der neben der breiten, geschwungenen Treppe, über die man ins nächste Stockwerk gelangte, zu den hinteren Räumen des Erdgeschosses führte.

«Die zweite Tür.» Lea zeigte drauf und die anderen beiden nickten. Jede wusste, was jetzt geplant war, sie hatten es bis ins Detail abgesprochen.

Lea öffnete die Tür so langsam und leise wie möglich. Als sie einen Spalt breit auf war, konnte sie hineinsehen. Es war ein nüchterner, weiß gestrichener Büroraum mit grauen Möbeln. An der Seite sah sie ein Aktenschrank und geradeaus einen großen Schreibtisch, über dem an der Wand vier Bildschirme befestigt waren. Der Wachmann saß mit dem Rücken zur Tür bequem zurückgelehnt auf einem Schreibtischstuhl. Die Monitore vor ihm waren eingeschaltet und man konnte Teile des winterlich dunklen Grundstücks erkennen. Der Typ sah nicht hin, sondern nach unten auf das Display seines Smartphones. Lea entdeckte kleine Ohrhörer in seinen Ohrmuscheln. Eine Sekunde lang zögerte sie. Es wäre nicht schlau, ihn beim telefonieren zu unterbrechen, wer auch immer am anderen Ende der Leitung saß, würde vermutlich sofort die Polizei alarmieren. Sie lugte über seine Schulter und erkannte die Symbole einer Musik-App und die Facebook-Timeline. Erleichtert nickte sie den anderen zu. Gleichzeitig zogen sie die Waffen und bedrohten ihn damit von drei Seiten.

«Kein Ton, keine Bewegung», befahl Judy in seinem Sichtfeld halblaut, während Lea den Lauf der Pistole gegen seinen Nacken drückte. Er zuckte zusammen und zog mit einem Ruck an dem Kabel der Ohrhörer, sodass sie herauspurzelten.

«Ich warne dich. Bleib still, wenn du diesen Abend überleben willst!», wisperte Lea an seinem Ohr und presste den Lauf der Waffe noch eindringlicher in seine Haut. Er nickte und blieb unbeweglich sitzen. Sie streckte den Arm über seine Schulter hinweg, öffnete die Hand und wedelte mit den Fingern. «Das Handy.»

Er gab es ihr, und sie steckte es in die Tasche ihres Hoodys. Fast musste sie kichern. Der Typ war so perplex, dass er keine Bewegung machte, sondern die drei Frauen, die ihn plötzlich umringten, nur dümmlich anglotzte.

Judy wedelte mit ihrem Revolver. «Aufstehen, Beine breit und Hände auf den Tisch.» Er gehorchte.

Sophia und Judy tasteten seinen Körper nach Waffen ab, während Lea ihn weiter bedrohte. Sie fanden zwei Pistolen, die sie in ihre Hosenbünde steckten.

«Wir gehen nach unten in die Gästewohnung. Leise. Sehr leise. Wenn auch nur ein Piep aus deinem Mund kommt, bist du tot», sagte Lea und er nickte.

Keine zehn Minuten später lag er mit dem Klebeband, das Judy in ihrer Tasche mitgebracht hatte, gefesselt und geknebelt auf seinem Bett.

«Sitzt dein Boss oben im Wohnzimmer?», fragte Lea und er nickte. Sie drehte sich um und winkte ihren Komplizinnen, ihr zu folgen. Alles lief nach Plan. Trotzdem blieb die Anspannung in sämtlichen Muskeln ihres Körpers bestehen. Gleich würde sie in diesem Haus, in dem sie die schlimmste Zeit ihres Lebens verbracht hatte, Matteo Lorenzo gegenüber stehen, dem Mann, der sie als Kind gequält und immer wieder vergewaltigt hatte. Er war der Mann, den sie seit Jahren mehr hasste, als jeden anderen Menschen auf der Welt. Diesmal würde sie ihn endlich besiegen.

Sie gingen zurück ins Foyer, durchquerten es und stiegen die Treppe in den ersten Stock hinauf. Lea sah sich um. Sie erkannte alles wieder. Die letzte Tür hinten links führte in die Küche, die mittlere in das Esszimmer und die vorderste in das große Wohnzimmer, das über eine innere Verbindungstür mit dem Speisezimmer auch direkt verbunden war. Auf der anderen Seite des Stockwerks befand sich die Bibliothek.

Ihre Mutter musste damals das Essen immer im Speiseraum servieren. Nach der Abendmahlzeit hatte Lorenzo es sich im Wohnzimmer gemütlich gemacht ... wenn er nicht auf die Idee gekommen war, sich mit der kleinen Tochter der Haushälterin in deren Kinderzimmer zu vergnügen, während ihre Mutter die Küche aufräumte.

Wie oft hatte sie gebettelt, nicht mit Onkel Matteo in ihr Zimmer gehen zu müssen, doch Mom hatte stets nur erwidert, sie solle höflich sein, der arme Mr. Lorenzo wäre so traurig, keine eigenen Kinder zu haben. Unwillig schüttelte Lea den Kopf. Diese Erinnerungen konnte sie im Moment nicht gebrauchen.

«Was ist?», fragte Judy und Lea winkte ab. «Nichts. Alles okay. Seid ihr bereit?»

Judy und Sophia nickten.

«Los gehts.»

Ohne noch länger zu zögern, öffnete Lea die Tür und sie stürmten hinein. Sie hatten genau besprochen, wie es ablaufen sollte, denn der Überfall musste schnell gehen. Lorenzo durfte nicht die Chance haben, auch nur eine Taste eines Telefons zu berühren.

Und es gelang.

Matteo blätterte in der Tageszeitung, als sie hereinstürmten. Er ließ sie sinken und starrte die drei Frauen an, als ob er Geister sähe.

Judy griff sofort zu den beiden Telefonen, einem Smartphone und einem Modul des Hausanschlusses, die auf dem niedrigen Glastisch vor der Couch lagen. Lea lächelte. Perfekt.

«Guten Abend, Onkel Matteo.»

Lorenzo fand seine Fassung bedeutend schneller wieder, als sein dämlicher Bodyguard. Er räusperte sich. «Guten Abend, Mrs. Johnson.» Seine Augen wurden schmal, als er Judy und Sophia musterte. Nichts in seiner Mimik verriet, ob er die beiden Frauen erkannte. Stattdessen faltete er in aller Ruhe die Tageszeitung zusammen und legte sie auf den Tisch. «Darf ich den Damen etwas zu trinken anbieten? Sie hätten ihren Besuch ankündigen sollen, es wäre mir eine Freude gewesen, Ihnen einen Snack vorbereiten zu lassen.»

Judy schnaubte. «Du kleiner alter pädophiler Arsch fühlst dich wohl sehr sicher, was?»

Sophia zwinkerte. «Er weiß ja noch nicht, dass sein Bodyguard bereits ins Bettchen gegangen ist und ihm nicht zu Hilfe eilen wird.»

«Ich denke nicht, dass ich Hilfe benötigen werde», Lorenzo lächelte. «Vielleicht sagen Sie mir einfach, was der Anlass für Ihren Besuch ist. Egal, um was es geht, ich bin sicher, wir werden uns gütlich einigen.»

Er zwinkerte Lea an und strich sich mit der Hand über die Haare, ... und plötzlich überfielen sie die Erinnerungen.

«Komm her, mein Kind.»
«Nein.» Sie umarmt ihren Teddy fester.
«Du musst dir keine Sorgen machen. Deine Mutter wird nur eine Nacht zur Beobachtung im Krankenhaus bleiben. Morgen holen wir sie wieder nach Hause.»
Lea nickt.
«Komm auf meinen Schoß, Lea.»
Sie schüttelt den Kopf und geht rückwärts. Onkel Matteo lächelt. «Ach, du möchtest fangen spielen?»
Sie schüttelt wieder den Kopf, doch er zwinkert vergnügt und steht auf. «Lauf, kleine Lea, sonst kriege ich dich.»
Sie rennt aus dem Wohnzimmer, weiß nicht wohin, die Tür der Bibliothek steht auf, sie läuft hinein, will sich hinter einem Sessel verstecken, doch da greift er schon nach ihr, beugt sie mit eiserner Kraft bäuchlings über die Sessellehne, schiebt ihr den Rock auf den Rücken und zerrt ihr das Höschen herunter.

Es brennt wie Feuer, als er in sie eindringt, noch viel brutaler als sie es sonst von ihm kennt. Sie schreit und Tränen strömen ihr aus den Augen. Aber heute ist niemand außer ihnen beiden im Haus. Niemand kann sie vor ihm retten.

Es ist schnell vorbei und er lässt sie los. Er keucht und dreht sich um. «Geh in dein Zimmer, Lea.»

Ohne zu zögern, rennt sie aus dem Raum.

Sie liegt auf dem Bett, krümmt sich vor Schmerzen und weint. Später bemerkt sie, dass ihr Teddy nicht da ist. Er muss noch oben neben dem Sessel auf dem Boden liegen. Wenn Onkel Matteo ihn dort findet, wird er ihm bestimmt auch weh tun. Sie schleicht ins obere Stockwerk. In der Bibliothek brennt Licht und die Tür steht einen Spalt breit offen. Onkel Matteo ist nirgends zu sehen, so läuft sie hinein. Sie findet den Teddy, hebt ihn auf und ihr Blick fällt auf einen ungefähr einen Meter breiten und vielleicht eineinhalb Meter hohen Durchgang zwischen den Regalen, den sie noch nie zuvor dort gesehen hat.

«Was tust du hier?» Sie zuckt zusammen, denn Onkel Matteos Stimme hinter ihr klingt sehr böse. Er stellt sich vor sie und verdeckt den seltsamen Eingang.

«Mein Teddy», flüstert sie.

Er packt sie hart an der Kehle. Sie spürt seinen stinkenden Atem im Gesicht. «Wenn du jemals einem Menschen von diesem Durchgang erzählst, werde ich dich in dem Raum dahinter einsperren und die Tür nie wieder öffnen. Du wirst verhungern und verdursten. Haben wir uns verstanden?» Seine Stimme ist leise und Lea Herz rast ...

«Lea? Hey!» Jemand rüttelte an ihrer Schulter. Das war Judys Stimme. Irritiert sah Lea sich um.

Judy runzelte die Stirn. «Alles in Ordnung mit dir?»

Lea brauchte einen Moment, um wieder ganz in der Gegenwart anzukommen. Sie atmete tief durch. Doch dann lächelte sie. «Wir müssen in die Bibliothek.»

Sophia zog die Augenbrauen hoch. «Planänderung? Keine Hausdurchsuchung?»

Lea nickte. Ich hatte gerade eine Erinnerung, die anscheinend tief in meinem Unterbewusstsein vergraben war. Meine Mutter musste damals mal nach einem Sturz eine Nacht im Krankenhaus verbringen und ich war mit dem Arsch allein in diesem Haus. Sie lächelte Lorenzo an. «Erinnerst du dich, Onkel Matteo?»

Zum ersten Mal gelang es ihm nicht, seine Gefühle vor den Frauen zu verbergen. Seine Wangen zuckten und seine Finger suchten auf seinem Schoß fahrig nach etwas Greifbarem.

«Ich weiß, wo wir suchen müssen», sagte Lea und richtete die Waffe auf Lorenzo. «Hoch mit dir, alter Mann.»

Er gehorchte. Plötzlich war er bleich und Lea erkannte Schweißperlen auf seiner Stirn.

In der Bibliothek befahl sie ihm, sich in einen Sessel zu setzen. «Lasst ihn nicht aus den Augen.»

Sie betrachtete die lange Regalwand rechts neben der Fensterwand. «Hier muss es sein.» Konzentriert holte sie sich die Szene von damals vor ihr inneres Auge. Ein Bücherfach war ausgeräumt gewesen. Zielstrebig machte sie sich daran, einen Stapel Bücher herauszureißen und auf den Boden zu werfen. Als das Fach leer war, klopfte sie gegen die hintere Holzwand. Hier musste es irgendwo einen Riegel geben.

Und tatsächlich, als sie an den Rand drückte, klappte die Wand auf, und dahinter kam ein Schlüsselloch zum Vorschein. Es war einfacher als gedacht.

Sie drehte sich Lorenzo zu und öffnete die Hand. «Den Schlüssel.»

Er presste die Lippen zusammen und rührte sich nicht.

Lea lächelte. «Verschnürt ihn mit dem Klebeband, aber lasst seine Finger frei. Ich komme gleich wieder.»

«Eye, eye, Madam.» Judy grinste. «Mit Vergnügen.»

Lea lief in die Küche und von dort aus in die kleine Abstellkammer, in der damals immer eine Rohrzange gelegen hatte, da der Abfluss des Küchenbeckens dazu tendierte, zu verstopfen. Und richtig, auch jetzt lag diese Zange da.

Sie marschierte zurück.

Judy und Sophia hatten Lorenzos Arme und Beine verschnürt, und die Handgelenke vor seinem Bauch zusammengebunden.

Lea nahm seinen Zeigefinger und klemmte ihn in die Zange. «Na, alter Mann, kommt dir das bekannt vor? Bestimmt möchtest du auch mal wissen, wie es sich anfühlt, wenn einem die Finger gebrochen werden, nicht wahr?»

Lorenzo zuckte und keuchte, doch er sprach nicht und Lea drehte die Zange mit einer ruckartigen Bewegung nach oben. Es knackte so hell, als ob man einen trockenen Zweig zerbrechen würde. «Fuck, mir wird schlecht», murmelte Sophia und Lorenzo schrie auf.

Lea nahm ungerührt den anderen Zeigefinger in die Zange. «Wo ist der Schlüssel, du Arsch?»

«Fußleiste», krächzte er, während ihm Tränen aus den Augen rannen. «Ach, der arme Onkel Matteo weint.» Lea tätschelte ihm die Wange. «So ängstlich, du armes Mäuschen. Ich bin's doch nur, die kleine Lea.»

Er versuchte, den Kopf wegzudrehen, sie griff in seine Haare. «Welche Fußleiste?», herrschte sie ihn an.

«Links neben der Tür» wimmerte er mehr, als er es sagte.

«Ich sehe nach», murmelte Sophia und lief hin. Lea starrte Lorenzo an, dessen Visage plötzlich wie die eines neunzigjährigen Greises wirkte. Er atmete in kurzen Stößen und seine Haut nahm eine bläulich-bleiche Tönung an.

«Mach schnell, ich glaube, er krepiert bald.»

Sophia kehrte zurück und hielt mit triumphierendem Grinsen einen Schlüssel in der Hand. Sie marschierte ans Regal, steckte ihn ins Schloss und drehte um.

Lea trat neben sie und gemeinsam zogen sie die Öffnung zu dem niedrigen Durchgang auf.

Plötzlich flippte Lorenzo aus, er schrie, fluchte und kämpfte gegen seine Fesseln, doch die Frauen beachteten ihn nicht mehr.

Lea und Judy durchquerten gebückt den Durchgang und fanden sich in einem schmalen, länglichen Raum wieder, in dem rundherum auf hohen Regalen Aktenordner, mobile Festplatten, DVDs und Kartons standen. Leas Blick fiel auf ein Smartphone, das an der Seite lag. «Ich wette, das ist meins. Ich hatte es in der alten Fabrik dabei.» Sie schaltete es ein. Das Display leuchtete auf und fragte nach dem Pin. Lea tippte ihn ein. Bingo. Es war der Richtige, es war tatsächlich ihr Telefon.

Mit einem triumphierenden Grinsen öffnete sie den Fotoordner. Alle Bilder aus der alten Fabrik waren noch da und die Videoaufnahme des Gesprächs der Männer, während der sie erwischt worden war, auch. Perfekt.

«Lea», murmelte Judy und sie hob den Kopf. «Was ist?»

«Da.» Judy zeigte auf einen Karton. Lea sah hinauf und lass ihren Namen und Jahreszahlen. Es war der Zeitraum, in dem sie mit ihrer Mutter in der Villa gelebt hatte. Sie griff nach dem Karton und holte ihn aus dem Regal, öffnete ihn und entdeckte DVDs, auf denen handschriftlich ihr Name und jeweils ein Tagesdatum vermerkt waren. «Das Schwein hat heimlich gefilmt, wie er mich vergewaltigt hat.»

«O Mann.» Judy drückte ihre Schulter.

«Hey, mit dem Typen stimmt was nicht?» Sophias Stimme klang ängstlich. Lea stellte den Karton auf den Boden und kletterte hinter Judy zurück in die Bibliothek.

Sophia zeigte auf Lorenzo. «Er benimmt sich so komisch.»

Sein Kopf wackelte ganz seltsam hin und her, seine Augen waren weit geöffnet, doch sein Blick schien leer wie bei einem Toten. Er stieß undefinierbare Worte aus.

Judy runzelte die Stirn. «Ich war vor Jahren dabei, als mein

Onkel einen Schlaganfall hatte. Das sah genauso aus. Wollen wir ihn krepieren lassen, oder einen Rettungswagen rufen?»

Lea starrte ihren Erzfeind an. «Am liebsten würde ich ihn verrecken lassen, aber dann würden wir uns auf eine Stufe mit Leuten wie ihm stellen. Das ist es nicht wert.» Sie nickte entschlossen. «Wir müssen uns beeilen. Sophia, mach Fotos von den Sachen in der Kammer und schick sie an eure Redaktion. Ruf Sam an und sag ihm, dass alles so schnell wie möglich auf der Online-Ausgabe und in den sozialen Netzwerken veröffentlicht werden muss, damit nicht wieder ein korrupter Bulle oder Richter irgendwas vertuschen kann.»

Sie nickte Judy zu. «Du befreist Lorenzo, achte darauf, keine Klebebandreste irgendwo rumliegen zu lassen.»

«Alles klar.»

Sie drehte sich zur Tür. «Ich kümmere mich um den Wachmann. Der soll den Notruf rausgeben.»

Sie lief hinunter in die Einliegerwohnung und riss dem Typen das Klebeband vom Mund. Er wimmerte auf.

«Hör zu, Mann, du kannst dich jetzt entscheiden. Entweder wirst du gleich als Mitwisser und Handlanger verhaftet und landest im Knast, oder du kommst als Held in die Medien, der dazu beigetragen hat, einen der miesesten Verbrecher New Yorks hinter Gitter zu bringen. Entscheide dich jetzt.»

«Ich bin nur Wachmann. Ich mache hier meinen Dienst, mehr nicht. Ehrlich! Ich habe nichts mit seinen Geschäften zutun.»

Sie nickte. «Hör mir gut zu. Du wirst aussagen, dass wir drei ganz normal zu Besuch gekommen und von Lorenzo freundlich begrüßt worden sind. Ist das klar?»

Er nickte eifrig. «Verstanden. Ehrlich, ich bin froh, aussagen zu können. Ich habe so einiges geahnt und schon zu meinen Boss gesagt, dass es sich nicht gut anfühlt, hier zu arbeiten. Ich bin Bodyguard, kein Mafiatyp.»

Lea lächelte. «Ich mache dich jetzt los, aber ich warne dich, falls du mich gerade verarscht, wirst du das bitter bereuen.»

«Ich schwöre, ich bin ehrlich.»

Sie befreite ihn von den Fesseln und hielt ihm das Telefon hin. «Ruf den Rettungsdienst. Sag, dein Boss ist plötzlich im Wohnzimmer vom Sessel gekippt und nicht mehr ansprechbar.»

«Alles klar.»

Er setzte sich auf, griff zum Telefon und tippte los.

*

Gelangweilt drehte Sam den Kopf, als sein Handy klingelte. Er lag auf der Couch und im Fernsehen lief ein Krimi. Er nahm das Telefon hoch und lächelte, als er Sophias Antlitz auf dem Display erkannte.

«Hi, Sweetheart.»

«Sam, ich schicke gerade Fotos und Videos ins Redaktionsnetzwerk. Alles muss so schnell wie möglich veröffentlicht und weit verbreitet werden, und dann komm am besten gleich mit einem Fotografen her.»

«Wohin?»

«Lorenzos Villa.»

Mit einem Satz stand Sam aufrecht neben der Couch und war hellwach. «Wohin?»

Sophia gluckste. «Die offizielle Version ist: Er hat Lea zu einem Gespräch in seine Villa eingeladen und Judy und ich haben sie begleitet, weil sie sich allein nicht hergetraut hat. Er hat ihr eine größere Summe angeboten, wenn sie aufhört, ihm hinter zu spionieren und ihn in Zukunft in Ruhe lässt. Wir haben friedlich zusammengesessen und geredet, als er plötzlich vom Sessel gerutscht ist und nicht mehr ansprechbar war. Und stell dir vor, auf der Suche nach einem Hausangestellten, der uns helfen sollte, betraten wir die Bibliothek und da stand ein geheimer Abstellraum offen.»

Epilog

«Prost, Ihr Heldinnen!» Sam hob sein Glas, nachdem der Kellner alle auf dem Tisch verteilt hatte. Sie tranken.

«Am besten war der Wachmann.» Kichernd stellte Sophia ihr Bierglas ab. «Ich hätte nicht gedacht, dass der Knabe so perfekt lügen kann.» Judy nickte. «Er hatte einen tollen treuen Dackelblick drauf.»

«Und Agent Arschloch Miller ...». Lea hob den Kopf, setzte einen arroganten Ausdruck auf und äffte ihn mit tiefer Stimme nach. «Hier stinkt doch was ganz gewaltig. Wieso hat Mr. Lorenzo einen gebrochenen Finger?»

Judy gluckste. «Sein Blick nach deiner Erklärung war noch besser.»

Sam sah auf. «Was hat sie geantwortet?»

«Sie sagte, *er hätte sich sehr tief in der Nase gebohrt und dann hätte es plötzlich geknackst*. Anschließend zeigte sie seinen Kollegen den Ordner mit der Aufschrift NYPD und erklärte, dass der Inhalt bereits an die Presse weitergeleitet worden sei, woraufhin die Typen in ihren schicken Uniformen ganz blass wurde und Miller umgehend Handschellen anlegten.»

Lea lächelte verträumt. «Ja, das war ein toller Moment. Ich hätte die Cobs reihenweise küssen können.»

Sie grölten Alle los.

«Was wird jetzt aus Lorenzo?», fragte Sophia, nachdem sie zu Atem gekommen war.

«Falls seine Gehirnzellen nach dem Schlaganfall ihre Arbeit wieder aufnehmen, wird er vor Gericht gestellt, ansonsten muss er die letzten Jahre seines Lebens in einem staatlichen Pflegeheim dahin vegetieren, ein privates kann er sich ganz sicher nicht mehr leisten», meinte Sam.

Lea lächelte. «Ich bin am meisten darüber froh, dass auch alle anderen Arschlöcher überführt werden können. Die Aktenordner enthalten genügend Namen und Belege, sodass der gesamte Handel auffliegen wird. Die Bundespolizei wird wohl heute Nacht noch mindestens zwanzig angesehene Mitglieder unserer Gesellschaft in fünf Bundesstaaten verhaften.» Sam grinste. «Es ist gut, wenn man Freunde beim Fernsehen hat. Dieses Mal kann sich keiner mehr raus winden. Alle Fakten sind schon viel zu weit verbreitet.»

Sophia runzelte die Stirn. «Lea, warum hat deine Mutter dir nicht geglaubt, als du damals von diesem Mistkerl missbraucht worden bist.»

Lea zuckte mit den Schultern und drehte das Glas zwischen ihren Fingern. «Sie wusste es nicht.»

«Du hast es ihr nicht gesagt?»

«Lorenzo hat es mir verboten, und ich hatte viel zu große Angst vor ihm, um nicht zu gehorchen. Ich habe erst mit ihr darüber geredet, als ich erwachsen war. Es gehörte zur Therapie, die ich machte, bevor ich mit meinem Job als freie Journalistin begann.»

Judy schnaubte. «Sie muss doch was gemerkt haben.» Lea zuckte mit den Schultern. «Vielleicht hat sie das, und war auch nur zu ängstlich, um zu reagieren. Lorenzo war auch damals schon ein angesehener und einflussreicher Mann.»

Sophia lehnte sich zurück. «Wenn wir eins aus dieser Geschichte lernen können, dann ist dies: Mächtig sind diese Arschlöcher nur, wenn man sie mächtig sein lässt.»

Lea nickte. «Ich habe viel zu lange allein versucht, ihn zu überführen, ich hätte mir viel eher ein Team suchen sollen.»

Judy seufzte. «Das war auch mein Problem mit Jake. Ich hätte mir Hilfe holen müssen, anstatt alles allein durchstehen zu wollen. Stattdessen habe ich mich geschämt und wollte nicht, dass andere Leute mitbekommen, wie er mit mir umgeht.»

«Aber dafür muss man sich doch nicht schämen!», rief Sophia. Lea winkte ab. «Das sagt sich so leicht. Aber wer hilft einem denn? Die Behörden? Die Nachbarn?»

«Die Leute zucken mit den Schultern und gucken weg, um nicht selber Ärger zu bekommen,» sagte Judy.

«Die Guten, die Aufrechten in unserer Gesellschaft, die müssen viel mehr zusammenhalten, damit man sich nicht schämen muss, wenn man ein Opfer geworden ist. Und dafür ist die freie und mutige Pressearbeit das wichtigste. Gemeinsam sind wir stark! Lasst uns in Zukunft dafür kämpfen!»

Lea hob ihr Glas. «Wahre Worte, Sophia. Darauf trinken wir.»